Natasha Narayan

Die Abenteuer von Kit Salter

Das Elixier der Unsterblichkeit

FSC
Mix
Produktgruppe aus vorbildlich bewirtschafteten Wäldern und anderen kontrollierten Herkünften

Zert.-Nr. SGS-COC-001940
www.fsc.org
© 1996 Forest Stewardship Council

Das für dieses Buch verwendete FSC-zertifizierte Papier liefert Arctic Paper Mochenwangen GmbH

1 2 3 4 5 14 13 12 11 10

Die englische Originalausgabe erschien bei
Quercus, 21 Bloomsbury Square, London, WC1A 2NS
unter dem Titel „A Kit Salter Adventure: The Maharaja's Monkey“

Umschlaggestaltung: Sabine Reddig unter Verwendung
einer Illustration von Emil Landgreen
Redaktion: Claudia Scharf

Printed in Germany

ISBN 978-3-473-36811-2

www.ravensburger.de

Natasha Narayan

Die Abenteuer von Kit Salter

Das Elixier der Unsterblichkeit

Band 2

Aus dem Englischen
von Yvonne Hergane-Magholder

Ravensburger Buchverlag

Teil I

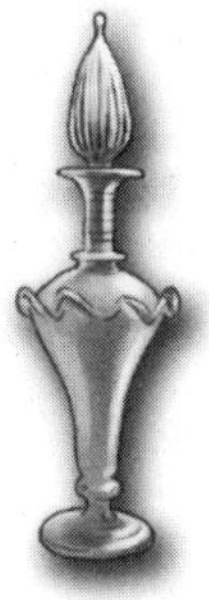

I

„Röteln."

„Tomaten."

„Radieschen."

„Ihre Lippen sind röter als Radieschen", deklamierte Waldo. „Hm, gar nicht schlecht. Los, Kit, schreib das auf."

„Als ranzige Radieschen", fügte Isaac grinsend hinzu.

„Psst", zischte ich. „Ich muss mich konzentrieren."

Ich war nämlich gerade dabei, einen Liebesbrief an meine Gouvernante zu fälschen, und versuchte gleichzeitig, die Tür des Unterrichtsraums im Auge zu behalten. Meine Freunde drängten sich um mich und redeten pausenlos auf mich ein.

Unser Brief sollte so klingen, als hätte ein großer, dunkler Fremder ihn geschrieben. Solche Männer kamen immer in den Liebesromanen vor, die meine Gouvernante unter der Bettdecke verschlang. Ich stellte ihn mir vor, wie er Miss Minchin mit seinen Armen umschlang, während er ihr emporgerecktes Gesicht mit

Küssen bedeckte. Meine Gouvernante würde ein wallendes Organzakleid tragen – und dazu ausnahmsweise mal ein Lächeln!

Wenn es ihn doch nur gäbe, diesen Mann!

Wenn ich, Kit Salter, ihn doch nur zum Leben erwecken könnte! Wer weiß, er wäre vielleicht sogar bereit, die Minchin zu heiraten, und würde uns vier damit von endlosen Schulstunden und noch endloserem Gezeter befreien.

Miss Celestina Minchin, Ihre Haut ist weißer als eine Lilie, Ihre Augen sind blauer als Lavendel, Ihre Lippen röter als ...

Mein Stift stand still. Natürlich konnten Miss Minchins Lippen nicht röter als Radieschen sein, das war doch nicht romantisch.

Ich brauchte eine Eingebung.

Wie konnte man ihre Lippen beschreiben? Um die Wahrheit zu sagen, waren sie alles andere als bezaubernd. Normalerweise blafften sie mich an oder waren missbilligend geschürzt. Nicht gerade die Art Lippen, von denen man in Liebesbriefen schwärmt.

„Wenn ihr Röteln oder Tomaten nicht mögt“, knurrte Waldo, der immer gerne den Ton angibt, „wie wäre es dann mit Blut? Die Lippen von der Minchin glänzen doch immer wie eine frische Blutlache!“

„Ich will ihr keine Albträume machen“, erklärte ich

freundlich. „Es soll ein Liebesbrief sein. Ah, ich hab's. Ich werde ihre Lippen mit einer Rose vergleichen."

„Langweilig!", erwiderten meine Freunde im Chor.

„Außerdem sind manche Rosen rosa", fügte Isaac hinzu. „So eklig pfirsichrosa wie ein Babypopo."

Meine beste Freundin Rachel saß derweil abseits von uns anderen. Sie hatte die Arme ablehnend verschränkt und starrte mich zornig an, als wollte sie mir wortlos ins Gewissen reden. Ich wusste, dass sie unseren Streich nicht guthieß. Rachel sorgt sich ständig um die Gefühle anderer Leute. Aber ich ignorierte ihre Blicke ebenso wie mein Gewissen. Würde ich immer auf diese beiden Spielverderber hören, hätte ich ja nie Spaß im Leben.

„Die Zeit wird knapp", drängte ich. „Die Minchin kann jede Minute hier sein." Ich nahm meinen Stift wieder auf und fuhr in der gleichen, schnittigen Handschrift fort.

Ihre Lippen sind röter als die röteste Rose. Sie sind wahrhaftig so himmlisch wie Ihr Name …

„Was soll das denn jetzt?", unterbrach mich Waldo, der mir über die Schulter schielte.

„‚Caelestis' heißt auf Lateinisch ‚himmlisch'", erklärte ich. „Ich spiele auf ihren Vornamen Celestina an."

„Gefällt mir nicht besonders."

Ich beachtete ihn nicht, denn was verstand Waldo schon von Wortspielen? Schnell kritzelte ich weiter:

Sie strahlen heller als der Morgenstern. Ich würde mich wie im Himmel fühlen, streifte mich Ihr Blick nur ein einziges Mal. Meine verehrte Dame, ich flehe Sie an, treffen Sie sich mit mir am Eingang des Ashmolean Museum, beim zehnten Schlag der Uhr am heutigen Morgen. Dann werde ich den Mut haben, Ihnen mein Herz zu schenken.

Ihr heimlicher und ergebener Bewunderer
Sir X

PS: Ihre Ehre zu verletzen, liegt mir fern. Wenn es Ihnen angenehmer ist, können Sie gerne eine Anstandsdame mitbringen.

Ich hatte keine Angst, dass die Minchin meine Handschrift wiedererkennen könnte. Sticken und Klavierspielen kann jeder – ich, Kit Salter, beherrsche die Kunst der Schriftfälschung. Ich habe schon Krankheitsbescheinigungen in der Handschrift meines Papas erstellt und Lebensmittelabrechnungen unserer Haushälterin.

Nun schob ich das Briefchen in einen Umschlag, verschloss ihn, legte ihn eilig auf Miss Minchins Pult und huschte zu meinem Platz zurück. Gerade noch rechtzeitig, denn draußen hörte ich bereits die Absätze meiner Gouvernante über die Stufen klackern. Und schon rauschte sie herein.

„Guten Morgen, meine Lämmchen!“, begrüßte sie uns, als wären wir Babys in einer Säuglingsstube. Sie hielt inne und sah mich an. „Fühlst du dich auch wohl, Kathleen? Du siehst heute irgendwie fiebrig aus.“

Ich runzelte die Stirn. Mein Name ist Kit, schlicht und einfach Kit Salter. Ich kann dieses mädchenhafte „Kathleen“ nicht leiden und außer meiner Gouvernante nennt mich niemand so. Rachel konnte mir so viele Vorhaltungen machen, wie sie wollte – die Minchin hatte einen Dämpfer mehr als verdient.

„Ich habe nur eine kleine Magenverstimmung, Miss Minchin“, brummte ich.

Ihr Blick wurde argwöhnisch.

„Du machst doch nicht etwa eine Banting-Kur, oder?“

„Ganz bestimmt nicht“, antwortete ich. „Nur Dummköpfe machen Diäten! Hungern, nur um dünn zu sein! Nur um in so ein blödes, altes Korsett zu passen! Keinen Pudding mehr, keinen Kuchen, kein Eis, keine Bonbons …“

„Und keines dieser köstlichen Schokoladenhäppchen, die in Bunters Konditorei verkauft werden“, fügte Isaac hilfreich hinzu.

„Ja, und Sherrytörtchen“, fuhr ich fort. „Ich liebe Sherrytörtchen und …“

„Das reicht!“, blaffte die Minchin mit hungrigem

Blick. „Wisst ihr, ich habe die Banting-Diät bereits selbst ausprobiert, aus gesundheitlichen Gründen natürlich, nicht aus Eitelkeit. Ich habe nicht das geringste Interesse am Schlanksein. Sollte deine Verdauung wirklich gestört sein, Kathleen, empfehle ich dir Beechams Heilpulver. Das hilft mir immer recht zuverlässig. Und jetzt an die Arbeit!"

Die Minchin verteilte hektisch unsere Grammatikbücher und Arbeitshefte. Erst als sie sich wieder zu ihrem Pult umdrehte, bemerkte sie den lavendelfarbenen Umschlag.

Verstohlen beobachtete ich sie beim Öffnen. Als sie die Nachricht las, errötete sie „röter als die roteste Rose", wie ihr geheimer Verehrer es nennen würde. Das Erröten begann an ihren Wangen und wanderte ihren Hals hinab, bis sie, ganz ehrlich, wie eine Tomate aussah. Oder als hätte sie Röteln. Sie erhob sich halb von ihrem Stuhl, sank dann aber wieder zurück. Ihre Lippen bebten. Ich sah zu Waldo hinüber. Seine Augen strahlten, genau wie Isaacs, nur Rachel warf mir einen missmutigen Blick zu.

„Kinder, mir fällt gerade ein, dass ich dringend etwas erledigen muss", sagte die Minchin und rappelte sich hoch. „Ich habe soeben eine Nachricht erhalten von ... ähm ... von meiner Tante."

„Nichts Ernstes hoffentlich?", fragte ich mit höchst besorgt klingender Stimme.

„Nicht im Geringsten", erwiderte sie eine Spur zu

schnell. „Nun ja – ich hoffe es jedenfalls. Sie hat ein schwaches Herz. Man kann nicht vorsichtig genug sein. Bitte fahrt mit eurer Arbeit fort.“

Mit diesen Worten schwebte die Minchin hinaus. Und zu meiner Überraschung ging sie nicht die Treppe hinunter, sondern nach oben in Richtung ihres Zimmers.

„Übermitteln Sie Ihrer Tante unsere besten Wünsche!“, rief Waldo ihr nach, bevor er sich zu uns umdrehte. „Diese Frau kann ja lügen wie gedruckt“, sagte er bewundernd.

So, das geschah der Minchin recht. Sie gab mir immer das Gefühl, als sei ich eine Belästigung. Noch schlimmer war ihr ewiges Bedürfnis, mich zu einer höflichen jungen Dame zu formen, als wäre ich ein Klumpen Lehm.

„Sie ist aber in ihr Zimmer raufgegangen. Bestimmt hat sie den Trick durchschaut“, wandte Isaac ein.

„Immer langsam mit den jungen Pferden“, sagte Waldo und klang dabei wie ein amerikanischer Cowboy, was er im Grunde ja auch ist. „Die sitzt gleich wieder im Sattel.“

Er hatte Recht. Etwas später sahen wir die Minchin die Stufen hinuntertrippeln, völlig in Gedanken versunken. Meine Güte, was für eine Veränderung! Wenn auch kaum zum Besseren: Ihr Haar hatte sie zu einem Haarknoten hochgesteckt, einzelne Haarsträhnchen herausgezupft und über ihre hageren, gepuderten Wangen drapiert. Zwei mit – wie ich vermutete – Rote-Bete-Saft gefärbte Stellen leuchteten auf ihren weißen Wangen wie Fieberflecken. Ihr mageres Knochengestell war unter einem rosa Damast-Teekleid in das engstmögliche Korsett gequetscht. Wäre der verzweifelte Glanz in ihren Augen nicht gewesen, hätte man Miss Minchin für ein Mädchen auf dem Weg zu seinem allerersten Ball halten können.

Während wir zusahen, wie sie die Treppe hinunterklackerte, flüsterte Rachel: „Ich finde es nicht sehr nett, Miss Minchin derart zu täuschen."

„Warum?", fragte ich. Doch hinter meinem selbstsicheren Auftreten machten sich bereits erste Zweifel bemerkbar. Das Ganze war zwar nur ein Scherz, aber in den Augen der Minchin war solch ein verdächtiges Funkeln gewesen …

„Miss Minchin ist fast dreißig."

„Na und?"

„In ihrem Alter ist es unwahrscheinlich, dass sie noch heiratet."

„Ist doch egal. Ich will jedenfalls nie heiraten. Niemals. Tante Hilda ist auch nicht verheiratet und erlebt trotzdem die tollsten Sachen."

„Miss Minchin hat aber nicht das Geld, um auf Entdeckungsreise zu gehen."

Für einen Moment schwieg ich, denn mir wurde bewusst, dass Geldmangel bedeuten konnte, einen unangenehmen Job übernehmen zu müssen. Wie der, meine

Gouvernante zu sein. Dann fasste ich mich wieder. Ich würde Rachels Predigten doch nicht nachgeben!

„Warum spricht jeder übers Heiraten, als wäre es das Einzige, was ein Mädchen machen kann? Heiraten bedeutet doch nur, die Befehle eines Vaters gegen die eines Ehemannes einzutauschen."

„Wann hat dich dein Vater denn jemals herumkommandiert?", fragte Rachel und hob erstaunt ihre Augenbrauen. „Du bist die einzige Person, die hier Befehle erteilt. Abgesehen von deiner Tante Hilda natürlich."

Jetzt hatte ich langsam genug von Rachel. Ich ließ sie links liegen und rief meinen wahren Freunden zu: „Los, Waldo und Isaac, lasst uns ins Randolph Hotel gehen!"

„Wozu?", fragte Waldo.

„Schon vergessen? Tante Hilda und Gaston Champlon geben heute ihre neuen Reisepläne bekannt. Und die Gründung der ersten englisch-französischen Expeditionsgemeinschaft. Vielleicht geht es nach Afrika oder sogar in die äußerste Mongolei. Bestimmt werden massenhaft Zeitungsleute da sein, das gibt einen riesigen Trubel!"

Die anderen folgten mir, Rachel wie immer nur widerwillig. Warum war ich bloß mit so einem Sauertopf von Freundin geschlagen? In Sachen Nächstenliebe brauchte Rachel sicher keine Nachhilfe, aber wo war ihr Sinn für Humor? Konnte man nicht hin und wieder mal einen Scherz machen? Musste sie mich immer behandeln, als wäre ich eine hirnlose Schnecke? Während wir die Stufen hinunterstürmten, brummte mir der Schädel vor Wut auf Rachel, doch urplötzlich ließ mich etwas erstarren.

Zwei stämmige Männer mit sonnengegerbten Gesichtern standen vor der Tür zum Salon. Sie trugen Armeeuniformen, denen ein seltsam fremder Hauch von Hitze und Staub anhaftete. Wo mochten sie nur herkommen?

„Guten Tag, Miss“, grüßte mich einer von ihnen.

„Wer sind Sie?“

„Wir begleiten die Memsahib“, antwortete er. Ich war einen Augenblick lang verwirrt, bis mir wieder einfiel, dass Memsahib die Bezeichnung für die britischen Ladys war, die mithalfen, den indischen Teil unseres britischen Königreichs zu regieren.

Durch die Tür hörte ich meinen Vater nach mir rufen. Ich stürmte in den Salon. Und dort saß er auf dem Sofa – Professor Theodore Salter, in seiner ältesten Hose und einer mottenzerfressenen Jacke. Ihm gegenüber hatte eine magere Dame Platz genommen. Sie hatte hervorstehende Augen und einen Hals wie ein Kamel. Offensichtlich die Memsahib. Ich konnte meinen Blick kaum von ihrem Hals lösen – wenn sie sprach, rollte ihr Kehlkopf nämlich wie ein hüpfender Kricketball auf und ab. Neben ihr saß zusammengesunken ein engelsgleicher Junge mit schulterlangen, glänzend goldenen Locken, die sein blasses Gesicht umrahmten.

„Wer sind die Männer da draußen?“, rief ich.

„Unsere Beschützer!“, antwortete die magere Dame und blickte dramatisch gen Himmel.

„Wie bitte?“

„Unser Leben ist in Gefahr. Wir müssen Tag und Nacht von der königlichen Garde bewacht werden.“

„Kit“, mischte mein Vater sich nun ein. „Dies ist Mrs Spragg. Sie ist vor Kurzem mit ihrem Sohn Edwin aus Indien zurückgekehrt.“

„Mein Gatte ist der britische Resident – das bedeutet, er ist Königin Victorias persönlicher Vertreter in Indien“, informierte Mrs Spragg uns. „Der arme, liebe Edwin leidet aber so sehr unter der Hitze und den Moskitos dort, dass wir beschlossen haben, ihn hier in Oxford ausbilden zu lassen.“

Ich konnte mir beim besten Willen nicht vorstellen, dass diese Frau vor irgendjemandem Schutz brauchte, und sah mir ihren Sohn genauer an. Edwin trug einen samtenen Matrosenanzug und seine Haut war bleich wie eine Schüssel Molke, als wäre er nie in seinem Leben draußen an der Sonne gewesen, schon gar nicht in Indien. Mein Urteil stand schnell fest: Edwin war ein Schwächling. Hoffentlich würde er jetzt nicht zu uns in den Unterricht kommen. Das war das Letzte, was wir brauchten – jemanden, der noch langweiliger war als Rachel …

„Mein Schätzchen Edwin ist ja so klug. Ein richtiges Wunderkind. Wissen Sie, Professor Salter, er hat bereits mit vier Jahren lesen gelernt!", erklärte Mrs Spragg meinem Vater.

Papa, der höchst wahrscheinlich schon im Bauch seiner Mutter Latein gelernt hatte, antwortete nicht.

„Wie Sie sich vorstellen können, war uns allen bald bewusst, was für ein Ausnahmetalent Edwin ist."

„Warum?", fragte Papa nach, der manchmal eine sehr lange Leitung hat.

Ohne ihm zu antworten, setzte Mrs Spragg, weltbeste Expertin in Sachen Edwin, ihre Lobhudelei fort.

„So einen eifrigen Leser wie Edwin haben Sie noch nie erlebt. Oh, wie er seine Bücher verschlingt! Er kann ein ganzes Buch an einem Abend lesen! Und zwar keine kindischen Geschichtenbücher! Zurzeit ist er mitten in diesem Historiker. Wie war noch gleich sein Name? Thomas Carlyle. Welch eleganter Schreiber, sagt Edwin immer!"

„Findest du Carlyle nicht etwas rührselig?", fragte mein Vater den Jungen interessiert.

Schätzchen Edwin murmelte eine Antwort, die ich nicht hören konnte.

„Ich für meinen Teil bevorzuge Gibbon", fuhr mein Vater fort. „Möchte übrigens jemand eine Makrone?"

Papa hielt den Gästen das Tablett hin. Makronen sind eine Spezialität unserer Köchin, mit viel Zucker und zarten Kokosflocken. Edwin streckte gierig seine Hand aus, aber Mrs Spragg schnappte ihm das Tablett vor der Nase weg.

„Edwin darf das auf keinen Fall essen", schnaubte sie. „Er hat eine ausgesprochen empfindliche Verdauung, wenn Sie verstehen. Schon ein einziger Bissen von der falschen Speise führt zu Unaussprechlichem."

„Warum unaussprechlich?", fragte Papa, dessen Leitung noch länger zu sein schien als gewöhnlich.

„Sieht aus wie heiße Schokolade", ließ Edwin erstmals seine Stimme erklingen. Und er schien jedes Wort zu genießen.

„Bitte?"

„Durchfall."

Mrs Spragg beeilte sich, laut weiterzusprechen, um ihren Sohn zu übertönen.

„Nach all den Problemen in Indien konnten wir Edwin natürlich keinen Moment länger in diesem heidnischen Land lassen. Ich dulde keine Gewalt! Seine Gesundheit ist so zart, es würde ..."

„Welche Gewalt?", unterbrach ich sie und merkte, wie meine Freunde, die mir in den Salon gefolgt waren, ungeduldig wurden.

„Haben Sie etwa noch nicht davon gehört? Der Maharadscha von Baroda, dieser böse Mann, hat versucht, meinen Gatten zu vergiften! Er lud uns alle zu einem Mittagsmahl in den Palast ein. Die Träger brachten köstlichen Kuchen und Limonade. Aber der Schuft hatte Arsen, Diamantstaub und Kupfer in die Zitronenlimonade meines Mannes gemischt – ein übles Gebräu."

„Wie schrecklich!", keuchte ich auf.

„Das ist noch nicht das Schlimmste. Aus Versehen griff Edwin nach dem mit Arsen versetzten Becher – und wäre beinahe gestorben! Er lag auf dem Boden, Schaum quoll ihm aus dem Mund!“

Man braucht kein Arsen, um Edwin umzubringen, dachte ich und schielte zu dem blassen Jungen hinüber. Ein Windhauch würde genügen, um ihn umzupusten.

„Und dann?“, fragte ich.

„Edwin brauchte Wochen, um sich zu erholen, und ich fürchte immer noch …“

„Ich meine nicht Edwin“, unterbrach ich sie. Diese Frau hatte wirklich nichts als ihren Sohn im Kopf. „Der Maharadscha, der Giftmischer – wie hieß er?“

„Malharrao? Ich bin überzeugt, dass er wahnsinnig ist. Nun, die Briten verhafteten ihn natürlich. Er wurde des versuchten Mordes angeklagt und nach England gebracht, um vor Gericht gestellt zu werden. Aber das Schreckliche ist …“ Sie machte eine dramatische Pause.

„Ja?“, drängte ich.

„Nach der Ankunft in Liverpool wurde Malharrao ins Walton Gefängnis gesteckt.“

„Ein fürchterlicher Ort“, sagte mein Vater. „Und absolut ausbruchssicher.“

„Aber er hat es geschafft auszubrechen! Er spazierte einfach aus seiner Zelle. Der Wärter fand sie leer, die Tür sperrangelweit offen.“

„Unglaublich!“, stieß ich hervor. „Wie konnte er entkommen?“

„Das ist allen ein Rätsel. Nur eines ist sicher …“ Wieder hielt sie inne.

„Nämlich?“, fragte ich.

„Er muss draußen einen Komplizen gehabt haben.“

„Vielleicht konnte er auch Schlösser knacken“, sagte ich. „Es gibt solche Leute – man denke nur an den großen Befreiungskünstler John Nevil Maskelyne.“

„Völlig unmöglich“, wehrte Mrs Spragg ab. „Nein, dieser Fall riecht nach Bestechung! Die Gefängnisleitung fand eine Goldmünze unter Malharraos Pritsche. Die Wärter müssen bestochen worden sein. Jemand mit Geld und Einfluss wollte den Maharadscha aus dem Gefängnis heraushaben.“ Mrs Spragg blickte sich argwöhnisch um, als ob sogar hier im Salon Spione lauschen könnten. „Man hat uns gewarnt, dass Malharrao uns verfolgen könnte. Deswegen müssen wir mit Edwin so vorsichtig sein.“

Edwin zitterte und Mrs Spragg legte ihm beschützend den Arm um die Schultern. Ich spürte einen Anflug von Mitgefühl für Edwin und seine Mutter – und schalt mich, sie so vorschnell verurteilt zu haben. Das ist nämlich einer meiner größten Fehler – Menschen zu beurteilen, die ich kaum kenne. Es musste beängstigend sein, von einem verrückten Maharadscha verfolgt zu werden.

Ich hätte gern weiter zugehört, denn es war eine faszinierende Geschichte, aber Isaac zupfte mich am Arm. Wenn wir jetzt nicht gingen, würden wir den Spaß im

Randolph verpassen. Also verabschiedeten wir uns und wollten gerade heraushuschen, als Rachel plötzlich aufschrie. Und wie sie schrie! Bestimmt hatte es das ganze Haus gehört.

Ich eilte zu ihr. Sie fasste sich an den Hals. Dort war eine rote Stelle zu erkennen, die aussah wie der Biss einer Schlange oder der Stich einer besonders bösartigen Wespe.

Wespen? Im Februar?

Am Boden glitzerte etwas und ich hob es auf. Ein winziges Ding, nicht größer als eine Nähnadelspitze. Was um Himmels willen war das? Ein Bruchstück von einer Nähnadel des Dienstmädchens? Der Stachel eines fremdartigen Insekts? Hatte dieses Ding Rachel verwundet?

„So geht das nicht!“ Mrs Spragg sprang vom Sofa auf und beschimpfte Rachel. „Du regst den armen Edwin zu sehr auf. Seine Nerven können hysterisches Benehmen nicht ertragen.“ Sie wandte sich an meinen Vater. „Professor Salter, wenn Sie Ihre Schüler nicht unter Kontrolle haben, können wir Ihnen Edwin nicht anvertrauen.“

„Wie Sie meinen“, sagte Vater milde.

Ich starrte weiter das Ding auf meiner Handfläche an – und plötzlich verstand ich. Klein und tödlich. Das war ein Pfeil! Ein Pfeil aus einem seltsamen, orientalischen Blasrohr. Gerade als mir dies klar wurde, traf mein Blick den von Edwin. Er grinste mich ganz offen hämisch an, während seine Mutter Rachel dafür beschimpfte, ihren armen, empfindsamen Sohn aufgeregt zu haben. Bestimmt hatte Edwin das Blasrohr aus Indien mitgebracht. Mrs Spraggs kleiner Engel hatte gerade meine beste Freundin angegriffen!

Manchmal sollte man eben doch seinem ersten Eindruck vertrauen. Gerade hatte ich mich noch selbst dafür gescholten, Menschen zu hastig zu beurteilen – dabei hatte ich mit Edwin Recht gehabt. Unter seinem engelsgleichen Äußeren steckte ein böser Teufel. Nun, diesmal hatte er sich die falsche Person für seine Streiche ausgesucht! Am liebsten hätte ich mich hier und jetzt gerächt, aber dann wären wir zu spät zu Tante Hilda gekommen.

Bevor wir gingen, warf ich dem Jungen einen finsteren Blick zu. Er fing ihn auf und wir wussten beide sofort, was das zu bedeuten hatte: Krieg! Dieses goldgelockte Schätzchen dürstete geradezu nach einem Kampf. Das werde ich dir heimzahlen, Edwin, versprach ich ihm stumm. Wart's nur ab!

2

„Ich muss unbedingt mal zum Augenarzt.“ Waldo grinste schmierig, während wir uns einen Weg durch das Gedränge im Randolph Hotel bahnten. „Ich sehe nämlich Dinge, die es eigentlich nicht geben kann.“

„Brillengläser würden deine Augenfarbe bestimmt betonen“, antwortete ich ihm mit vorgetäuschter Anteilnahme, denn ich wusste, dass mein Freund viel zu eitel war, um so etwas wie eine Brille auch nur in Betracht zu ziehen.

„Deine Tante. Sie sieht beinahe … hübsch aus!“ Er kicherte. „Wie ein Mann in einem Faschingskostüm.“

Ich musterte Tante Hilda, die auf einem gewaltigen Podium ein gutes Stück über dem Publikum thronte. Auf den ersten Blick wirkte sie wie immer – einer guten alten Englischen Bulldogge nicht unähnlich. Aber auf den zweiten Blick war etwas sonderbar. Hatte sie etwa eine Schleife im Haar? Das passte nicht zu ihr. Dazu trug sie ein lilafarbenes Kleid mit einem hübschen weißen Spitzenkragen. Zu hübsch für meine Tante Hilda!

Die Spitze wallte und schwallte nur so über ihr Kleid, ein Sturzbach weibischer Rüschen. Ich würde niemals einen solchen Kragen tragen. Was hatte meine Tante bloß dazu gebracht, so etwas anzuziehen? Wo waren ihre berühmten Karowesten? Ihre Hose, in der kleine Kinder sie für einen Mann hielten?

Meine barsche, unweibliche Tante – die Frau, die die schrecklichen Tataren von Omsk durch schiere Willenskraft dazu gebracht hatte, das berühmte Juwelendiadem herauszurücken – war auf einmal gekleidet wie die Minchin. Wie eine junge Dame, die sich aufgehübscht hat, um ihren Verehrer zu beeindrucken. Was um Himmels willen war hier los?

Da schoss mir ein Gedanke durch den Kopf: Champlon. Der französische Forschungsreisende musste meine Tante dazu überredet haben, sich wie ein gallischer Pudel zu kleiden. Monsieur Gaston Champlon mit seinem gewachsten Schnurrbart, seinen Spazierstöcken aus Malacca-Rohr und seinen bestickten Seidenwesten war ein eitler Dandy, ein Modenarr. Nun hatte er meine Tante in eine Anziehpuppe verwandelt. Hilda Salter und Monsieur Gaston Champlon – das lächerlichste Abenteurerpaar unter der Sonne!

Ich drehte Waldo den Rücken zu und versuchte einen Sitzplatz auf einer Bank zu ergattern. Waldo drängte sich neben mich und trat mir auf den Fuß, was mich vor Schmerzen aufjaulen ließ.

„Pass doch auf, du Tollpatsch!“, blaffte ich ihn an.

„Ich hab doch gar nichts getan!“, antwortete Waldo unbekümmert. Aber ich war ihm immer noch böse wegen der Bemerkung über meine Tante.

„Doch, du bist mir auf den Fuß gestiegen. Ich bin ein Mädchen und kein Perserteppich!“

„Ach, du bist ein Mädchen, wirklich? Das habe ich ja noch gar nicht gemerkt.“ Seine blauen Augen suchten meinen Blick, aber ich sah weg. „Und wieso benimmst du dich dann nicht wie eins?“

„Ach, du meinst, ich soll mich herausputzen und albern lächeln und mein Taschentuch fallen lassen?“, konterte ich. „Nein danke!“

„Wer redet denn von albern? Versuch doch einfach mal zu läch…“

„Du bist doch erst zufrieden, wenn ich dich bei jedem Naseputzen um Erlaubnis bitte!“

In unserem Übereifer waren wir wohl ziemlich laut geworden. Ein fremder Mann in einer Schottenjacke neben uns schmunzelte und zwinkerte Waldo zu, als wollte er sagen, tja, das sei eben typisch Mädchen. Zu meinem Erstaunen zwinkerte mein sogenannter Freund direkt zurück. Das war zu viel für mich. Ich wirbelte herum und ließ die beiden stehen.

Neugierig sah ich mich um. Es war mein erster Besuch im Randolph Hotel und ich war mehr als beeindruckt von den Stuckverzierungen an der Decke, den hohen Spiegelglasfenstern und den Kronleuchtern mit ihrem glitzernden Kristallbehang. Das Hotel gab es noch nicht lange, es war ein hochmodernes Haus mit einem wundervollen Blick auf die St. Giles Street und auf Oxfords alte, pastellfarbene Hochschulgebäude.

Während mein Blick durch den Raum schweifte, bemerkte ich, wie ein Stallbursche zu Tante Hilda hinaufhastete und ihr aufgeregt etwas mitteilte. Sie zog ihre Uhr heraus und sah nach der Zeit, dann blickte sie mit wachsender Unruhe in den Saal. Irgendetwas stimmte nicht.

Ich zwängte mich zwischen den Leuten hindurch zu meiner Tante, die gerade den Stallburschen anfuhr.

„Ist alles in Ordnung?“, fragte ich.

Tante Hilda drehte sich bestürzt zu mir um.

„Das ist eine Katastrophe, Kit.“

„Was ist denn passiert?“

„Die Konferenz sollte vor einer halben Stunde beginnen. Ich dachte, Gaston würde sich nur ein wenig verspäten, aber Jinks hier informiert mich eben, dass Gastons Pferd verschwunden ist. Der Franzose ist weg! Verstehst du, was das bedeutet?“

„Vielleicht musste er nur dringend irgendwohin“, versuchte ich sie zu beruhigen.

„Quatsch! Champlon hat mir einen üblen Streich gespielt!“

„Das ist nicht gesagt, Tante Hilda.“

„Das ist doch klar wie Kloßbrühe! Gaston Champlon hat mich sitzen lassen, der feige Köter! Ich war zu allem bereit, nur um ihm eine Freude zu machen! Er hat mich sogar überredet, dieses dämliche Kleid anzuziehen.“ Ihre Hände zupften an den Rüschen auf ihrem Leibchen. „So missbraucht er mein Vertrauen! Das ist einfach schrecklich! Dass ich, Hilda Salter, derart gedemütigt werde, jetzt, hier, vor allen Leuten!“ Tante Hilda bemühte sich nicht länger, leise zu sprechen, und ich bemerkte, dass einige Leute aus der ersten Reihe mit großen Ohren zuhörten. *„Gaston hat mich sitzen lassen!“*

Ich hätte Tante Hilda beinahe darauf hingewiesen, dass ihr Ziel doch gewesen war, eine neue französisch-englische Forschungsgruppe zu gründen, und nicht, Champlons Ehefrau zu werden. Doch ein Blick in ihr Gesicht belehrte mich eines Besseren. Ich beugte mich vor und ergriff ihre Hand. Überrascht und gerührt spürte ich, wie sie in meiner zitterte. Tante Hilda war plötzlich so verwundbar.

„Bitte reiß dich zusammen“, murmelte ich sanft. „Die Leute beobachten uns. Du willst doch nicht, dass das alles morgen Früh in der Zeitung steht.“

Damit hatte ich wohl genau das Richtige gesagt. Ihre Hand versteifte sich und Tante Hilda richtete sich kerzengerade auf. „Ganz sicher nicht!“, knurrte sie. „Ich werde es nicht zulassen, dass ein Mann … ein Franzose! … mich demütigt!“

„Du musst jetzt eine Erklärung abgeben“, fuhr ich fort. „Denk dir eine Ausrede aus.“

Sie nickte und fasste sich. Wie viel Kraft sie das kostete, konnte man an den gespannten Muskeln an ihrem Hals ablesen. Ich kämpfte mich wieder zurück durch die Menschenmenge. Die verwunderten Blicke meiner Freunde ignorierte ich geflissentlich. Normalerweise hätte ich die drei in meine Pläne eingeweiht, doch heute wollte ich lieber allein arbeiten.

Als ich den Raum verließ, war meine Tante längst aufgestanden und hatte sich an das Publikum gewandt. Tapfer wie immer erwähnte sie den abwesenden Champlon mit keinem Wort, sondern erzählte von ihrer glorreichen Vision: Als erster Forscher überhaupt wollte sie sich in den Himalaja wagen, ins allerhöchste Gebirge, auf das Dach der Welt!

Es war mitten am Vormittag und die Magdalen Street war relativ ruhig, als ich zum Worcester College hastete. Ich wusste, dass mein Vater dort eine Unterkunft für Champlon gebucht hatte. Es war ein Glücksfall, dass ich mit dem Pförtner gut befreundet war, einem Mann namens Simpson. Schon als Kind hatte ich auf dem sonnigen Collegegelände gespielt.

Simpson döste halb versteckt hinter einer Pfeifenrauchwolke in seiner Pförtnerloge. Als ich ans Fenster klopfte, fuhr er erschrocken zusammen.

„Ganz schön früh für ein Nickerchen, oder?“, fragte ich frech. Die Uhr hinter ihm zeigte zehn.

„Ach, Miss Kit, Sie haben Ihre alten Freunde wohl ganz vergessen. Wie lange ist es her, dass Sie zuletzt bei mir waren? Einen Monat? Meine Güte, Sie sind ja eine richtige junge Dame geworden!“

„Ich werde niemals eine richtige Dame sein, Simpson“, erwiderte ich. „Und ich könnte Sie niemals vergessen, selbst wenn ich es wollte – bei den vielen Standpauken, die Sie mir in meiner Kindheit gehalten haben! Was macht die Gicht?“

Einer der Nachteile des Pförtnerberufs besteht darin, dass man den ganzen Tag mit Essen und Trinken verbringen kann. Simpson musste für die Schlemmereien und den feinen Portwein teuer bezahlen – mit zittrigen Knien und chronischer Verstopfung. Insgeheim fürchtete ich, dass das College ihn bald in Rente schicken würde.

„Mein Magen schmerzt manchmal gar scheußlich. Es fühlt sich an, als würde ein Haufen Aale da drin herumtoben.“

„Sie müssen unbedingt mal bei uns vorbeikommen. Die Heilkräuter unserer Köchin helfen gegen alles“, antwortete ich. Und nun, da genug Höflichkeitsfloskeln ausgetauscht waren, beschloss ich, zum Thema zu kommen. „Simpson, ich bin im Auftrag von Monsieur Champlon hier. Ich müsste mal in seine Wohnung.“

„Ganz hinten im Gebäude, drei Treppen hoch. Das werden meine Knie aber nicht mitmachen.“

„Kann ich vielleicht den Schlüssel haben?“

„Sie führen doch irgendetwas im Schilde, Miss Kit, das sehe ich Ihnen an“, schimpfte er, doch dann stapfte er mühsam zum Schlüsselbrett.

Ich bedankte mich gebührlich, obwohl ich darauf brannte, loszukommen. Bis in die Haarspitzen spürte ich, dass an Champlons Verschwinden irgendetwas faul war. Und dass ich keine Zeit verlieren durfte.

Mein Herz pochte, als ich die düstere und schmale Treppe zu Champlons Räumen hinaufraste – Zimmer 3B, dritter Stock. Der Schlüssel war aus schwerem Messing und sah aus, als stammte er aus dem Mittelalter. Es kostete mich einige Geduld, bis sich der Schlüssel endlich im Schloss drehte und die Tür knirschend aufging.

Vor mir lag ein großes Studierzimmer. Die Wände waren mit Eichenholz verkleidet und auf einem umlaufenden Regal standen zahlreiche Rugby-Pokale und Ruder-Trophäen, welche wohl dem Studenten gehörten, der dieses Zimmer normalerweise bewohnte. Auf Champlon wies hier rein gar nichts hin. Dann fiel mein Blick auf die geöffnete Tür zum Schlafzimmer.

In diesem Zimmer gab es für die Anwesenheit des Franzosen Beweise im Überfluss: Schicke Kleidungsstücke hingen an großen Ständern, polierte Schuhe standen in Reih und Glied, unfassbare Mengen Eau de Toilette, vergoldete Rasierklingen und Haar- und Bartbürsten aus Ebenholz zierten den Ankleidetisch.

Eine der Duftflaschen war entkorkt. Ich schnupperte

daran und prallte voller Abscheu zurück: eine unerträglich süß riechende Mischung aus Moschus und Jasmin, die mich sofort an Champlon erinnerte. Der Franzose trug immer eine silberne Miniaturflasche dieses schrecklichen Duftzeugs bei sich. Ich hatte schon oft gesehen, wie er sie herausnahm und ein paar Tropfen davon auf seine Handgelenke tupfte.

Ein riesiger Ganzkörperspiegel befand sich neben dem Ankleidetisch, sodass sich Champlon seines makellosen Aussehens vergewissern konnte. Jedes Kleidungsstück war ordentlich aufgehängt oder liebevoll zusammengefaltet; Besitztümer, die Champlon eindeutig lieb und teuer waren. Es fiel mir schwer, zu glauben, dass er abgehauen sein sollte, ohne seine Schätze mitzunehmen.

Nachdenklich setzte ich mich auf das Bett. Anders als meine Tante glaubte ich mittlerweile nicht mehr, dass Gaston Champlon aus freien Stücken verschwunden war. Ihm war etwas passiert. Und vermutlich etwas Schlimmes, denn er war doch wegen der gewagten neuen Reisepläne genauso aufgeregt gewesen wie Tante Hilda. Wenn ihre Himalaja-Expedition ein Erfolg würde, würden sie beide ein Vermögen verdienen, ganz zu schweigen davon, dass ihre Namen in die Geschichtsbücher eingehen würden. Champlon hätte Tante Hilda niemals im Stich gelassen. Nur leider würde dieses perfekt aufgeräumte Zimmer mir keinen Hinweis auf seinen derzeitigen Verbleib liefern können.

Doch was war das?

Ich erzitterte in der leichten Brise, die durch das geöffnete Fenster hereinwehte. Wie hatte ich das bisher übersehen können? Es war ein eiskalter Wintertag – und das Fenster stand sperrangelweit offen! Als ich näher trat, erkannte ich, dass eine Fensterscheibe eingeschlagen worden war. Auf dem Fußboden vor dem Fenster waren mehrere kleine Schlammflecken zu sehen, die mit den kräftigen Rot- und Brauntönen des türkischen Teppichs verschmolzen.

Ich bückte mich und untersuchte sie genauer. Fußabdrücke? Dann mussten sie von einem sehr kleinen Kind stammen – höchstens fünf Jahre alt. Die Spuren waren seltsam gespreizt und an den Spitzen gezackt, wie von Zehennägeln. Von merkwürdig langen Zehennägeln.

Offenbar stammten die Spuren von einem jungen Dieb, der das Fenster zerbrochen hatte, um sich Zutritt zu Champlons Schlafzimmer zu verschaffen. Aber was für ein gewandter Dieb! Wie hatte er es geschafft, die steile Steinmauer des Hauses zu erklimmen – drei Stockwerke hoch?

Ich lehnte mich aus dem Fenster. Tief unten konnte ich die gepflegten Grünanlagen des College sehen, das Glitzern der Boote auf dem Kanal und dahinter die Weidewiesen von Port Meadow. Dann betrachtete ich die Fassade des Hauses. Was ich für eine glatte Steinmauer gehalten hatte, war in Wirklichkeit alt und bröckelig. Es gab viele Stellen, an denen ein wagemutiger

Bengel an vorspringenden Steinen Halt hätte finden können. Und mehr noch: Die Wand war mit üppig wuchernden Wilden Wein überzogen. Dessen knorrige Ranken waren dick genug, um selbst das Gewicht eines Erwachsenen auszuhalten, da war ich mir sicher.

Ich war froh, dass Rachel nicht hier war. Ganz zu schweigen von meinem Vater oder all den anderen Menschen in meinem Leben, die regelrecht Schlange standen, um mir zu sagen, wie leichtsinnig ich sei. Ich biss mir auf die Unterlippe und hievte mich auf die Fensterbank. Ganz vorsichtig suchte ich an der Kletterpflanze Halt für meinen Fuß. Dann begann ich den Abstieg: Stück für Stück, Schritt für Schritt schob ich mich nach unten.

Nein, Leichtsinn war das nicht, ich wusste genau, was ich tat. Wenn ich den Halt verloren hätte oder die Kletterpflanze abgerissen wäre, wäre ich drei Stockwerke tief gestürzt und unten auf den Steinplatten zerschellt. Dennoch hatte ich keine Angst. Auf Bäume zu klettern, hat mir immer schon Spaß gemacht – nur, dass ich diesmal nicht hinter Äpfeln her war.

Je weiter ich nach unten kam, umso sicherer war ich mir, dass jemand anders kurz vorher ebenfalls diese gefährliche Kletterei gewagt hatte. Einige Ranken des Wilden Weins waren verschoben oder abgebrochen und viele Blätter flach gedrückt. Und dann, etwa fünf Meter über dem Boden, sah ich auf einmal etwas Weißes im Blattwerk der Kletterpflanze stecken. Ich zog es heraus.

Ein Stück Stoff. Erst als ich wieder sicheren Boden unter den Füßen hatte, untersuchte ich meinen Fund. Es war ein Taschentuch aus feinstem weißen Leinen. In einer Ecke war ein Monogramm aus geschwungenen Buchstaben eingestickt: G. C. – Gaston Champlon.

Ich konnte nicht anders als triumphierend zu juchzen. Ein Student in weißer Kricket-Bekleidung, der mit der Nase in einem Buch über den Rasen flanierte, sah überrascht auf. Glücklicherweise schien seine Lektüre interessanter zu sein als ein Mädchen, das Kletterpflanzen herabstieg, denn er würdigte mich nur eines kurzen Blickes. So also ist auch Gaston hinuntergeklettert, dachte ich. Oder aber jemand hatte sein Taschentuch gestohlen und zwischen den Ranken verloren.

Aufgeregt kniete ich mich hin. Hier unten mussten doch auch Spuren zu finden sein! In den Blumenbeeten vor der Mauer war natürlich nichts außer gefrorenen Erdklumpen und einigen eisstarren Pflanzenstrünken. Aber im Raureif auf dem Rasen waren zwei Paar Fußabdrücke erkennbar – die seltsam langgezogenen Fährten des jungen Diebes und ein Paar Erwachsenenabdrücke, die so verschmiert aussahen, als wären sie den anderen im Laufschritt gefolgt. Die Spuren führten vom College weg in eine Ecke des Gartens, hin zum Kanal.

Ich zögerte keine Sekunde. Hinterher!

3

Atemlos erreichte ich den Kanal und suchte den Boden in beide Richtungen nach Fußspuren ab. Nichts! Ich hätte schreien können, so frustriert war ich. Ich wusste, sie mussten diesen Weg entlanggekommen sein. Die Fußabdrücke waren eindeutig gewesen. Doch zu sehen war – nichts.

Zu meiner Rechten befand sich das alte Gemäuer des Worcester College, zu meiner Linken das Rauch speiende Eagle Eisenwerk. Champlon und sein jugendlicher Begleiter konnten jeden der beiden Wege gewählt haben – den in die Stadt am College vorbei oder den in Richtung Industriegebiet. Es gab schlichtweg keine Möglichkeit, das herauszufinden. Einen Moment lang wünschte ich mir, ich wäre nicht im Streit von meinen Freunden weggegangen. Wenn Rachel, Isaac und Waldo hier gewesen wären, hätten wir uns in zwei Suchmannschaften aufteilen können, um beide Wege zu untersuchen.

Niedergeschlagen sah ich zum Kanal hin, auf dem

das Sonnenlicht glitzerte. Am Ufer blühten Greiskraut und Maiglöckchen, die Enten schliefen im Schilf, wo es ein bisschen wärmer war. Da fiel mein Blick auf die farbenfrohen Lastkähne, die am Rand des Kanals vertäut waren, nur ein Stück von der Brücke entfernt. Natürlich! Die Kanäle waren wichtige Handelsstraßen. Von Pferden gezogene Boote transportierten Kohle nach Manchester und brachten auf dem Rückweg jegliche Art von Handelswaren mit. Manche Leute fürchteten sich vor den Kahnführern, nannten sie schäbige, diebische Gauner, kaum besser als Zigeuner. Die Minchin beispielsweise machte immer einen großen Bogen um Kanalboote.

Nun, ich hingegen hatte Schiffer schon immer gemocht und nie auf das Gerede gehört. Als Kind habe ich oft mit einem Mädchen namens Rose Nell Coxon gespielt, dessen Familie auf so einem Kohlenkahn lebte. Alle paar Wochen kam der Kahn nach Oxford und Rose besuchte mich dann im Worcester College. Natürlich waren die Kahnleute schmutzig, so wie es jeder wäre, der auf diesen über und über mit Kohle bedeckten Booten leben müsste, mit zehn Brüdern und Schwestern auf engstem Raum zusammengepfercht. Auf den Kähnen gab es keine Waschmöglichkeit, es gab eben nur den Kanal, doch auf ein Tauchbad in dem fauligen Wasser hatte wahrlich niemand Lust.

Rose Nell war eine der besten Freundinnen, die ich je hatte.

Plötzlich war mir, als schaute mich vom nächstgelegenen Boot aus eine Gestalt an. Ich eilte hin und sah eine korpulente Frau, die mehrere Lagen dicker Kittel übereinandertrug. Ihr Haar war mit einem schmutzigen Kopftuch umwickelt. Sie hatte in ihrer Arbeit innegehalten, ein dampfender Kupferkessel mit Seifenlauge stand vor ihren Füßen auf dem Deck. Ihre Augen funkelten misstrauisch und nichts deutete darauf hin, dass sie Lust auf ein Gespräch mit mir hatte, aber ich versuchte es trotzdem.

„Guten Tag!“, rief ich ihr höflich zu. „Ob Sie mir wohl helfen könnten?“

„Kommt drauf an, wobei“, antwortete die Frau. Von meinem Standort am Ufer musste ich ziemlich laut rufen, um mir Gehör zu verschaffen.

„Ich suche jemanden. Einen Mann mit einem großen Schnurrbart. Ziemlich elegant, ziemlich klein.“

In den Augen der Frau blitzte etwas auf und sie schaute hastig zur Seite. Ich hätte schwören können, dass sie etwas wusste.

„Ich will Ihnen nichts Böses“, sagte ich möglichst vertrauenserweckend. „Bitte helfen Sie mir. Ich bin eine Freundin der Coxons.“

Das Gesicht der Frau entspannte sich. Langsam kam sie auf mich zu. Mit fiel auf, dass sie hinkte.

„’ne Tragödie, was mit Pete passiert is“, murmelte sie.

Ich nickte mitfühlend. Pete, Roses Vater, hatte einen

Arbeitsunfall gehabt – er war von einem schwingenden Eisenrad getötet worden, woraufhin die ganze Familie ihr Lastkahnleben aufgegeben hatte und irgendwo in den Norden gezogen war.

„Ich war früher eng mit Rose befreundet", sagte ich. „Wissen Sie vielleicht, wie es ihr geht oder wo ich sie finden kann?"

Die Frau schüttelte den Kopf und musterte mich weiterhin argwöhnisch. Doch ich muss ihrem prüfenden Blick standgehalten haben, denn sie sagte: „Kleinen Moment. Will nur kurz runter und mich herrichten. Heiße übrigens Peg."

Mit diesen Worten drehte mir Peg den Rücken zu und humpelte zur Kabine. Sie musste sich bücken, um durch die kleine, farbig angemalte Tür zu passen, die ihr schwimmendes Zuhause vor unerwünschten Blicken schützte. Ich war überrascht, dass Peg das Bedürfnis hatte, sich umzuziehen, um mit mir zu reden. Aber als sie eine Minute später wiederkam, wurde mir alles klar. Peg trug immer noch ihren abgetragenen Kittel und das schmuddelige Kopftuch, doch dann hob sie ihre Röcke und ich konnte sehen, dass ihr linkes Bein aus Holz war.

„Alle nennen mich Peg Leg", sagte Peg grinsend. „Hab das hübscheste linke Bein weit und breit, oh ja! Aber was wolltest du gleich noch mal wissen, Schätzchen?"

Ich beschrieb Champlon genau und versuchte dabei

zu verdrängen, dass mir die Zeit davonlief. Als ich fertig war, schaute Peg mich still und nachdenklich an.

„Und was genau willste nun von mir?“, fragte sie schließlich.

„Ich muss den Franzosen finden“, antwortete ich. „Er ist ein Freund meiner Tante Hilda, aber er ist verschwunden und hat sie im Stich gelassen.“

„Hat ihr wohl ’n Laufpass gegeben, was? Tja, das hat man davon, wenn man sein Herz an so ’nen mistigen Franzosen hängt.“

„Nein, Sie verstehen das falsch!“, protestierte ich, aber Peg Leg sprach schon weiter.

„Ich halte nix von Ausländern, nee. Mir sind anständige Engländer lieber.“

Ich wusste, dass ich besser die Klappe halten sollte, aber Pegs dumme Bemerkung ärgerte mich. Man kann doch nicht gegen jeden Nichtengländer sein! Ob man Fremde mag oder nicht, sie sind genauso Menschen wie wir.

„Wahrscheinlich kennen Sie überhaupt keinen Ausländer“, brummte ich.

„Und ob ich das tu“, antwortete sie empört. „Bin doch die Kanäle rauf- und runtergekommen. Bin ’ne Frau von Welt. Und sogar hier in Oxford gab’s schon einen – ’nen Inder, in dem Kahn da drüben. Grässlicher Anblick.“

„Ein Inder?“, fragte ich verwundert.

„Großer, strammer Kerl, trug immer so ’nen gelben

Stoff um den Kopf gewickelt. Sah aus wie ’n großer Teewärmer oder so.“

„Das nennt man Turban“, erklärte ich. „Ich glaube, die Inder tragen den, um ihren Kopf vor der Sonne zu schützen. In Indien ist es nämlich zuweilen sehr heiß.“

„Aber hier nicht“, merkte Peg an und verdrehte die Augen.

Vom Himmel fiel graues Licht auf die farbenfrohen Boote. Es sah nach Regen oder Schnee aus. Bei dem Wetter konnte man sich kaum vorstellen, dass es in anderen Teilen der Welt glühend heiß war.

„Wie ’n richtiger Trottel sah er jedenfalls aus, dieser Inder.“

Das war alles schön und gut, aber ich musste mich auf meine Suche nach Champlon konzentrieren. Ich war mir sicher, dass Peg etwas wusste.

„Also, haben Sie nun so einen Mann mit Schnurrbart gesehen?“, drängte ich.

„Schätzchen, hast du mir nicht zugehört? Das versuch ich dir doch gerade zu erklären. Die Ausländer stecken immer zusammen. Der Franzose war auf dem Boot von dem Inder. Ich hab sie an Deck streiten sehen. Schrien und brüllten sich gegenseitig an. Dann sind sie wieder reingegangen und ich hab nicht mehr auf sie geachtet, musste ja auch mit meiner Arbeit weiterkommen. Kann nicht den ganzen Tag rumstehen, nee, echt nicht. Aber eins kann ich dir sagen, so ein seltsames Volk hab ich noch nie gesehen.“

„Wann? Wann ist das alles passiert?“

Sie zuckte mit den massigen Schultern. „Ist vielleicht zwei Stunden her.“

„Und welcher Kahn war das?“, hakte ich nach. „Auf welchem Kahn war der Inder?“

Peg deutete auf ein Boot, das nur ein paar Liegeplätze weiter vertäut war. Es hatte einen seltsamen Namen – *Oudalali* – und war auffallend türkis und lindgrün gestrichen.

„Vielen Dank, Peg!“

Ich war schon halb die Uferböschung hinunter, als die Kahnschifferin mir noch etwas nachrief: „Ist sowieso zu spät!“

Wie vom Donner gerührt blieb ich stehen.

„Du hast Pech, Schätzchen“, sagte sie. „Die sind abgehauen. Längst weg, die Herrschaften.“

„Was meinen Sie damit?“

„Da ist ’ne Kutsche gekommen. In die sind sie alle eingestiegen, der Franzose, der Inder, die beiden anderen Kerle, samt Taschen und Gepäck und allem. Ich wette, die sehen wir nie wieder, den Inder und seinen widerlichen Kobold.“

Ich starrte Peg verwirrt an.

„Was für ein Kobold denn?“, fragte ich. „Wollen Sie damit sagen, er hatte einen Zwerg dabei?“

„Schlimmer, viel schlimmer. ’nen Affen hatte der!“

Plötzlich fiel es mir wie Schuppen von den Augen. Die winzigen Spuren, die von Champlons Zimmer zum

Fluss führten: Sie stammten nicht von einem kleinen Jungen, sondern von einem viel wendigeren Wesen, das Wände erklimmen und problemlos durch schmale Öffnungen schlüpfen konnte.

Von einem Affen!

4

„Er hatte einen Affen dabei?", stammelte ich. „Sind Sie sicher?"

„Bin ich."

„In Oxford gibt es keine Affen."

„Ich weiß doch, was ich gesehen hab!"

„Aber was machte der hier?"

„Stehlen", stieß Peg hervor. „Der hätte dir sogar das Höschen vom Hintern weggeklaut, Schätzchen."

Ich war froh, dass die Minchin nicht hier war. Bei dem Wort Hintern wäre sie garantiert in Ohnmacht gefallen.

„Nix, was der Affe nicht stibitzt hätte. Wie der einen so grinsend anglotzte mit seinen glänzenden Knopfaugen ... Der sah richtig bösartig aus, durch und durch."

Ein diebischer Affe also. Ich hatte keine Zeit zu verlieren.

Hastig dankte ich Peg Leg für die Auskünfte und eilte zur *Oudalali*. Das Boot war mit einer schweren Kette am Ufer befestigt. Die karierten Vorhänge an den

Fenstern waren zugezogen, die Kabinentür geschlossen. Der Kahn sah verlassen aus.

An Deck zu klettern, war ein Kinderspiel. Aber auf den Anblick, der sich mir bot, war ich nicht gefasst gewesen: Das Deck war mit Abfall übersät. Überall lagen kleine Haufen aus Zweigen und Blättern, Papierschnipseln und Stofffetzen.

Ich rüttelte an der Tür – und zu meiner Überraschung ging sie sofort auf.

Auf den ersten Blick sah es hier so aus wie auf jedem anderen Kanalkahn auch: holzverkleidete Wände, Klapptisch, eine einfache Bank. Ich war schon auf vielen Kähnen gewesen und kann sagen, dass sie gewöhnlich sauberer sind, als man denkt. Kahnschiffer räumen ihre wenigen Habseligkeiten meist sehr ordentlich auf.

Nicht in diesem Fall. Die Kabine sah aus, als hätte jemand wie wild jeden Müll gesammelt, der ihm unter die Augen gekommen war, und ihn dann einfach irgendwo fallen lassen. Kessel, Töpfe, Pfannen, Krimskrams, Fetzen, Papierstreifen – alles lag kreuz und quer. Als hätte hier ein Hurrikan getobt. Oder ein erbitterter Kampf.

Ein Haufen bunter Lumpen in einer Ecke erregte meine Aufmerksamkeit. Sie waren zwar genauso achtlos hingeworfen wie alles andere im Raum, doch schienen von feinerer Qualität zu sein. Ich sah sie mir näher an. Ja, tatsächlich: Zwischen den billigeren Fetzen lagen auch kleine, prächtig mitternachtsblaue Samtstücke und feine Spitze. Nicht gerade das, was man auf einem schlichten Kahn erwarten würde.

Ich stocherte erstaunt in dem Haufen herum … und ertastete plötzlich ganz tief unten etwas Kaltes und Hartes.

Ich zog den Gegenstand heraus. Er glitzerte, selbst im Halbdunkel des Kahns. Ich ging zum Fenster und sah ihn mir im fahlen Licht an. Das Ding war aus einem matten Metall gefertigt und mit Einlegearbeiten aus bläulichen Splittern verziert: Lapislazuli.

Was konnte das sein? Ein zerbrochenes Schmuckstück? Der Griff einer antiken Teekanne? Und plötzlich stockte mir der Atem. Im Metall war eine Gravur. Eine Hieroglyphe. Das Horusauge – auch Udjat-Auge genannt … Konnte das wirklich sein? Unmöglich, sagte ich mir, das wäre einfach zu sonderbar. Aber je länger ich auf das gebogene Stück Metall starrte, umso sicherer wurde ich mir. Ja, tatsächlich …

Dies war ein Stück eines antiken Anch, eines ägyptischen Kreuzes – das pharaonische Zeichen für das Leben.

Mein Abenteuer wurde von Minute zu Minute rätselhafter. Wer bewahrte denn ein zerbrochenes Anch in einem Haufen Abfall auf? Wie konnte jemand ein so kostbares Ding hier zurücklassen, auch wenn es nur ein Teilstück war? Sicherlich war es einfach übersehen worden, als das Kreuz zerbrach. Ja, so könnte es gewesen sein. Und ich zog einen weiteren Schluss: Das Fehlen von Kleidung und Gepäck hier im Raum bestätigte Pegs Geschichte. Der Inder hatte sich davongemacht.

Ich hob einen Stofffetzen vom Boden auf, wickelte das mutmaßliche Stück des Anch vorsichtig hinein und verstaute den kostbaren Fund in meiner Tasche. Doch bevor ich zu meinen Freunden zurückeilte, musste ich noch einmal zu Peg Leg. Ich hatte das untrügliche Gefühl, dass die Kahnschifferin mehr wusste, als sie mir erzählt hatte.

„Wo bist du gewesen?“, fragte Waldo eine halbe Stunde später misstrauisch. Das Treffen im Randolph Hotel ging seinem Ende entgegen. Ein Großteil der Presse und des Publikums war schon weg, doch meine Freunde standen noch in der Nähe der Tür herum. Insbesondere Waldo und Rachel beschweren sich immer, wie herrisch ich sei, aber es ist interessant zu sehen, wie hilflos sie werden, wenn sie mal auf sich allein gestellt sind.

„Ach, hier und da“, erwiderte ich leichthin.

„Und was hast du gemacht?“, brummte Waldo.

„Das Übliche.“

„Das Lächeln kenne ich doch. Also, was ist das große Geheimnis?“

„Ratet mal!“ Ich legte eine kleine Pause ein, um sie zu necken. „Tatsächlich sind einige sehr interessante Dinge passiert.“

„Ich wusste es“, stöhnte Waldo und die anderen murmelten etwas davon, dass ungerechterweise immer nur ich die Abenteuer erlebte.

Ich zog den Stofffetzen aus der Tasche, packte das Anch-Fragment aus und hielt es meinen Freunden vor die Nase.

„Was ist das? Hast du das etwa gestohlen?“, fragte Waldo und riss es mir gierig aus der Hand.

Ich ignorierte seine Stichelei. Natürlich. Ich kletterte doch ständig irgendwelche Regenrohre hoch, um den Leuten ihre Schätze zu stehlen.

Waldo hielt das Metall ins Licht und wir alle starrten es hingerissen an. Im Schein der Hotelkronleuchter glitzerte es geheimnisvoll. Wie hatte ich auch nur einen Augenblick lang denken können, es sei wertlos! Dies war eine seltene und wunderschöne Antiquität …

Plötzlich brach Waldo in Gelächter aus. „Leute, wir werden reich!“, gluckste er.

„Vergiss das *Wir*“, sagte ich scharf. „*Ich* habe es gefunden.“

„Wo genau hast du es gefunden, Kit?“, erkundigte sich Rachel.

„Warum?“, fragte ich zurück, um etwas Zeit zu gewinnen.

„Liest du denn nie die Zeitung?“

Wir folgten Rachel in die Eingangshalle des Hotels, wo sie eine Ausgabe der *Times* von einem Tisch nahm. Die Schlagzeile lautete *KARTE ZUM „PARADIES AUF*

ERDEN" IN INDIEN ENTDECKT, aber Rachel deutete auf einen anderen Bericht:

Berühmte Forschungsreisende Amelia Edwards ausgeraubt
Schätze sollten Geschenk an die Krone sein
Königin Victoria empört

Mit großem Entsetzen wurde gestern der Raub einiger ägyptischer Altertümer aus dem Besitz der berühmten Ägyptologin Amelia Edwards entdeckt. Der Diebstahl hatte sich in einem Lagerhaus in der ägyptischen Hauptstadt Kairo ereignet, wo Miss Edwards ihre Sammlung bis zur Rückreise nach England aufbewahrte.

Die Wachleute waren durch flackerndes Licht und Geräusche im Lagerhaus misstrauisch geworden. Sie ertappten die Einbrecher auf frischer Tat, als diese sich an den wertvollen Kisten zu schaffen machten. Nach einem kurzen Schusswechsel konnten die Räuber allerdings entkommen.

Erst jetzt, bei ihrer Rückkehr nach England, entdeckte Miss Edwards, dass einige der kostbarsten Stücke fehlten. Darunter ein Skarabäus aus der Regierungszeit Thutmosis' XI., ein mit Gold und Edelsteinen besetzter Sarkophag und ein seltenes und wunderschönes Anch aus der ersten ägyptischen Dynastie.

„Ach du Schande!“, keuchte ich, als ich die Zeichnung des Anch unter dem Bericht erblickte. „Das ist es!“

„Ich weiß“, sagte Rachel und nickte. „Ich habe es vorhin sofort erkannt.“

So langsam fügten sich in meinem Kopf etliche Puzzlestücke zu einem Bild zusammen. Aber das Ganze war und blieb verwirrend. Champlons Verschwinden. Der Mann mit dem Turban. Und nun Miss Edwards' Anch.

Wo lag der Schlüssel zu diesem Rätsel versteckt? In Ägypten mit seinen wogenden Palmen und heißen Wüsten? Oder in Indien, dem Land der Maharadschas, mit seinen sagenhaften Schätzen? Die Ferne rief mich. Ich meinte schon fast die Hitze zu spüren, die Gewürze zu riechen … Mein Puls beschleunigte sich vor Aufregung.

„Kit, also du kannst dieses Anch-Ding doch nicht … ähm … einfach mal so … gefunden haben.“ Rachel sah mich scharf an.

„Doch“, sagte ich grinsend.

„Aber wie?“

„Na ja, ich hab schon eine ziemlich genaue Vorstellung davon, wer – oder was – hinter all dem steckt.“

„Dann spuck's aus“, knurrte Waldo.

„Ich erzähle es euch auf dem Nachhauseweg. Wir sollten jetzt nämlich besser los. Nicht, dass die Minchin vor uns da ist.“

„Angeberin“, brummte Waldo.

Auf dem Heimweg weihte ich meine Freunde in die Neuigkeiten ein. Waldo war zwar etwas beleidigt, weil er den ganzen Spaß verpasst hatte, gab mir aber Recht, dass der Affe in den Diebstahl des Anch verwickelt sein musste.

Rachel wollte direkt zur Polizei gehen, aber ich hatte, nach allem, was ich von Peg Leg gehört hatte, andere Sorgen: Der Inder und Gaston Champlon waren in einer mit mysteriösen Kisten beladenen Kutsche verschwunden.

Wir mussten so schnell wie möglich herausfinden, warum Champlon entführt worden war. Ich kaufte Peg nämlich nicht ab, dass der Franzose freiwillig mitgegangen sein sollte. Er hätte doch meine Tante nie aus freien Stücken zurückgelassen. Jemand hatte ihn dazu gezwungen. Wahrscheinlich erpresste ihn der geheimnisvolle Inder mit irgendwas.

Wer war dieser Mann?

Wir gingen gerade an dem altehrwürdigen St. John's College vorbei, als mich ein leiser Pfiff von Isaac aus meinen Gedanken riss. Eine Dame lehnte an der Steinmauer, die Schultern hochgezogen, das Gesicht fast völlig hinter den Haaren verborgen. Sie schob eine Strähne beiseite und ich erkannte Miss Minchin. Sie hatte geweint. Ihr Gesicht war ganz zerknittert, ihre Augen gerötet. Ihre Hände krampften sich um ein zusammengeknülltes Stück Papier, das ich entsetzt als den gefälschten Liebesbrief wiedererkannte. Sie beachtete die Blicke der Vorbeigehenden überhaupt nicht, völlig versunken in ihrer Traurigkeit.

„War vielleicht doch nicht so schlau von dir, oder?“, murmelte eine Stimme hinter mir.

„Ich weiß, ich weiß“, sagte ich grimmig. „Ich hätte den Brief nicht schreiben sollen.“

Rachel schüttelte missbilligend den Kopf. Auch die anderen schauten mich anklagend an, als wäre alles nur meine Schuld, dabei hatten Isaac und Waldo mich doch angestachelt.

Wut kochte in mir hoch. Es war ein Scherz gewesen, nur ein Scherz. Doch gleichzeitig war mir flau im Magen und ich wäre fast in Tränen ausgebrochen. Es tut mir leid, es tut mir leid, es tut mir leid!, hätte ich am liebsten geschrien, aber ich blieb still und senkte nur den Kopf.

Warum war immer ich im Unrecht? Warum konnte nicht zur Abwechslung mal Rachel die Garstige sein?

Unter dem bohrenden Blick meiner Freundin fiel ich regelrecht in mich zusammen.

„Ich gehe zu ihr“, sagte ich mit leicht bebender Stimme. „Ich werde es ihr beichten. Und mich entschuldigen.“

Rachel schüttelte den Kopf. „Nein. Das würde alles nur noch schlimmer machen“, sagte sie. „Ich werde Miss Minchin zurückbegleiten. Und jetzt ab mit euch! Nach Hause! Sofort!“ Mit diesen Worten wandte sie sich ab. Wir sahen zu, wie sie Miss Minchin die Hand auf den Arm legte und unsere Gouvernante verwirrt hochsah.

Ich machte mich auf den Heimweg. Die beiden Jungs trotteten hinterher, wichen meinen Blicken aus und unterhielten sich flüsternd. Sie hielten Abstand zu mir, als hätte ich eine ansteckende Krankheit. Mir doch egal, redete ich mir ein. Aber in Wahrheit fühlte ich mich mies. Wie hätte ich ahnen können, dass Miss Minchin sich einen dummen Spaß so zu Herzen nehmen würde? Ich hatte sie nicht unglücklich machen wollen. Dann packte mich wieder die Wut. Waldo und Isaac waren an dieser Katastrophe schließlich genauso schuld wie ich.

Als wir vor unserer Villa in Park Town ankamen, konnte ich mich nicht länger beherrschen. Ich drehte mich um und rauschte auf die zwei Jungen zu. Sie standen eng beisammen, beide hatten den gleichen ernsten Ausdruck im Gesicht.

„Was ist?“, fragte ich heftig.

Waldo zuckte mit den Schultern.

„Ihr habt mich doch angestachelt!“

„Niemals! Ich ...“, begann Waldo, doch Isaac legte ihm die Hand auf den Arm.

„Sie hat Recht“, sagte er ruhig. „Wir sind alle verantwortlich. Wir waren alle gedankenlos. Jetzt müssen wir uns überlegen, wie wir das wieder geradebiegen.“

„Ich werde mich natürlich entschuldigen“, murmelte ich. „Ihr sagen, dass alles nur ein Scherz war.“

Waldo schüttelte den Kopf.

„Das bringt nichts."

„Wir haben einen anderen Plan", fügte Isaac hinzu.

„Und zwar?"

„Wir und vor allem du, Kit, müssen von jetzt an sehr nett zu Miss Minchin sein."

Ich nickte.

„Das ist noch nicht alles", sagte Isaac todernst. „Du musst es wiedergutmachen, Kit. Und dazu gibt es nur eine einzige Möglichkeit."

„Nämlich?"

„Du musst für Miss Minchin einen Ehemann finden."

„Das soll wohl ein Witz sein! Wie soll ich für sie denn einen Mann finden?"

„Sie braucht einen Ehemann und damit basta", sagte Waldo bestimmt. „Wir werden dir dabei helfen. Aber du musst alles einfädeln. Wir haben da auch schon eine Idee: dein Vater."

Ich starrte ihn entgeistert an. Wie bitte? Mein Vater und die Minchin? Sollte ich sie vielleicht auch noch „Mami" nennen? Für den Rest meines Lebens allmorgendlich ihr kränkliches Gesicht am Frühstückstisch ertragen? Da nahm ich lieber alle Schuld der Welt auf mich, als mich auf so etwas einzulassen. Außerdem konnte ich mir nicht vorstellen, dass mein armer Papa jemanden heiraten würde, der sich nicht für Altaramäisch und den Erhalt antiker Pergamente interessierte.

Um die Wahrheit zu sagen, ich konnte mir nicht vorstellen, dass er überhaupt jemals wieder heiratete.

„Nein“, sagte ich.

„Warum denn nicht?“, fragte Waldo. „Dein Vater ist Witwer. Er ist alleinstehend. Genau wie Miss Minchin. Sie passen perfekt zusammen.“

„Alleinstehend? Wie kommt ihr denn auf die Idee? Er hat doch mich.“

Waldo und Isaac wechselten einen Blick.

„Genau das meinte ich“, murmelte Isaac.

„Und er hat seine Bücher!“, sagte ich hitzig.

Sie sahen mich durchdringend an, meine scheinheiligen Freunde, als wäre ich der letzte Abschaum.

Mir war ganz schlecht.

„Wenn ihr so scharf drauf seid, könnt ihr doch die Minchin heiraten“, fauchte ich.

„Ich bin zu jung“, wehrte Isaac ab und beeilte sich, die Stufen hinaufzukommen.

„Eins sage ich euch, sie heiratet meinen Vater nicht! Nur über meine Leiche!“

„Tja, dann müssen wir dich wohl umbringen“, erwiderte Waldo. Er lächelte nicht und für einen kurzen Augenblick war ich mir nicht sicher, ob er einen Scherz gemacht hatte.

5

Beim Öffnen der Haustür stolperte ich, fiel hin und stieß mir das Knie an einer Kiste. Ich stöhnte auf und sah mich verwundert um. Die ganze Eingangshalle stand voller Gepäck: verschrammten Schrankkoffern mit rostigen Scharnieren und Aufklebern exotischer Reiseziele von Marokko bis New York, Lederhandtaschen, Reisetaschen und Gott weiß was noch alles. Ein fremder Wind wehte durch unser Heim. Es sah nicht mehr aus wie eine Eingangshalle in Oxford, sondern wie eine staubige Raststation mitten in der afrikanischen Savanne.

„Sofort, Theo! Am besten gestern!“, dröhnte meine Tante. Schon stürmte sie in die Eingangshalle und mein Vater schlurfte ihr hinterher. Tante Hildas Kragenkleid war verschwunden, stattdessen trug sie Reisekleidung: einen praktischen Tweedrock mit passender Jacke und dazu robuste Stiefel.

Papa sprach mit derart leiser Stimme, dass ich nicht verstehen konnte, was er sagte. Doch sein nervöser Gesichtsausdruck sprach Bände. Er flehte Tante Hilda an, etwas nicht zu tun. Und ihre Miene sagte eindeutig, dass sie nicht auf ihn hören würde.

„Da sind Kit und ihr Klettenpack ja", sagte Tante Hilda, als sie uns sah. „Nun, meine Liebe, ich bin gleich weg. Ich nehme den Zug runter nach Portsmouth und morgen Früh geht es dann mit dem Schiff weiter nach Indien."

„Wie bitte?" Ich starrte sie an. Schon wieder Indien! Es war schon fast unheimlich, wie sehr sich die Hinweise darauf mehrten, dass ich mich in Richtung Osten orientieren sollte.

„Was meinst du mit ‚wie bitte'? Ich fahre nach Indien. Verstehst du kein Englisch mehr?"

„Aber du hast doch gar keine Vorräte für eine Expedition. Du hast nicht mal eine Fahrkarte!"

„Solche Kleinigkeiten konnten eine Hilda Salter noch nie aufhalten."

„Aber wie willst du ..."

„Wenn ihr denkt, dass Champlon mir meine besten Ideen stehlen kann, um dann vor mir in Indien zu sein, habt ihr falsch gedacht", unterbrach mich meine Tante. „Dieser Schweinehund hat mich eingewickelt, Kit! Mich richtig hinters Licht geführt. All diese Schleimereien und blumigen Sprüche, von wegen Lila würde meinem Teint schmeicheln und so ..." Sie hielt abrupt inne und ihrem Gesicht war der Schmerz deutlich anzusehen.

„Aber das stimmt doch auch“, log ich freundlich.

„Was?“

„Das lila Kleid stand dir wunderbar.“

„Quatsch! Der Mann hat mich nur benutzt. Und ich, Hilda Salter, die Blüte des Sambesi, die einzige Frau, die jemals die nordwestliche Grenze Indiens überquert hat, bin auf ihn hereingefallen.“

Ich griff nach Tante Hildas Arm und zog sie sanft ins Wohnzimmer. Vater folgte uns hilflos. Obwohl meine Tante weiter zornig vor sich hin grummelte, schien sie tief im Inneren doch merkwürdig verunsichert zu sein. Unter normalen Umständen hätte sie sich nämlich nie so von mir führen lassen. Ich lotste sie zu einem bequemen Sessel und schubste sie nahezu hinein. Sie sollte sich anhören, was ich zu sagen hatte.

„Ich muss dir etwas erzählen, Tante Hilda, und zwar über Monsieur Champlon.“

„Komm zur Sache, Mädchen.“

„Zuerst muss ich dich etwas fragen: Woher weißt du, dass Champlon nach Indien gefahren ist?“

„Er wurde am Bahnhof gesehen, zusammen mit irgend so einem indischen Ganoven, den er engagiert hat. Er gab das ganze Gepäck auf, Richtung Portsmouth, wo es auf ein Dampfschiff namens *Himalaya* geladen werden soll. Morgen läuft der Dampfer in Richtung Bombay aus.“

Nun war ich an der Reihe, verdutzt zu schauen.

„Das kann doch nicht wahr sein!“

„Er selbst erteilte den Auftrag. Mein Stallbursche war zufällig am Bahnhof und hat ihn gesehen. Er wies gerade die Gepäckträger an, dass sie die Koffer, bis sie auf der *Himalaya* waren, nicht aus den Augen lassen sollten. Ich weiß alles über die *Himalaya* – ein feines Dampfschiff mit moderner Zwei-Zylinder-Maschine ist das. Eines der schnittigsten Boote des ganzen Königreichs, verdammt noch mal!"

„Hilda, also wirklich!", schimpfte Vater wegen ihrer Wortwahl, während ich kaum fassen konnte, was ich da gehört hatte.

Alle meine Annahmen lösten sich plötzlich in nichts auf. Ich war so sicher gewesen, dass Champlon erpresst wurde – oder von dem seltsamen Inder entführt worden war. Aber nun hatte der Franzose allem Anschein nach selbst befohlen, das Gepäck nach Indien zu verschiffen. Es sah ganz danach aus, als steckte er hinter der ganzen Operation und als wären der Mann mit dem Turban und der Affe nur seine Handlanger. Aber das ergab keinen Sinn! Warum sollte Champlon meine Tante sitzen lassen? Was versprach er sich davon?

Ich erzählte meiner Tante von dem Affen und dem gestohlenen Stück des Anch. Sie zog scharf die Luft ein, als sie meinen Fund sah.

„Das habe ich schon mal irgendwo gesehen", sagte sie nachdenklich und starrte das antike Stück an.

„Wir glauben, dass es Amelia Edwards gestohlen wurde, dieser berühmten Forschungsreisenden."

„Unsinn.“ Das Gesicht meiner Tante erstarrte bei der Erwähnung ihrer Rivalin. „Diese Person ist doch keine Forschungsreisende. Touristin wäre die passendere Bezeichnung.“

Damit drehte sie mir den Rücken zu und läutete nach dem Dienstmädchen. Unter endlosem Geschimpfe, dass Champlon offensichtlich nicht nur ein Hochstapler, sondern auch ein Dieb sei, wies sie das Mädchen an, die Polizei zu benachrichtigen.

Manchmal kann ich meine Tante nicht verstehen. Wieso dachte sie, Champlon habe Miss Edwards' Schatz gestohlen? Das Anch-Fragment hatte ich doch auf dem Kahn gefunden, nicht in seinen Räumen. Andererseits sprach schon einiges dafür, dass er Tante Hilda hinters Licht geführt hatte. Vielleicht hatte er sie wirklich nur benutzt, ihr all ihre Geheimnisse entlockt, hatte ihre reichen Förderer gemolken und sie nun Knall auf Fall sitzen gelassen. Vielleicht war er tatsächlich Mitglied einer Bande, die Antiquitäten stahl. Wenn ja – doch ich war mir dessen noch lange nicht sicher –, dann war er wirklich ein ganz gemeiner Schurke!

So oder so, mein Entschluss stand fest.

„Ich werde dich nach Indien begleiten, Tante Hilda“, verkündete ich.

Zum ersten Mal huschte ein Lächeln über das Gesicht meiner Tante. „Sehr schön“, sagte sie. „Ich denke, du könntest mir tatsächlich von Nutzen sein.“

Wir besiegelten die Abmachung per Handschlag, als

ich hinter mir ein merkwürdiges Stöhnen hörte. Es war Papa: Sein Gesicht war rot und sein wolliges Haar vom Kopfschütteln ganz zerzaust. Zudem stampfte er mit dem Fuß auf.

„Du fährst auf keinen Fall mit, Kit!“, zeterte er. „Denk nur an die Gefahren: Cholera, Typhus, Hitze, Banditen …“

„Ich fahre trotzdem, Papa.“

„Nein, das erlaube ich nicht. Du wirst auf keinen Fall nach Indien reisen! Du wirst hierbleiben und deinen Unterricht bei Miss Minchin fortsetzen!“

„Papa, mach dir keine Hoffnungen. Ich reise nach Indien.“

„Indien ist kein Ort für eine junge Dame.“ Mein Vater schaute mich durchdringend an. Seine Augen flehten geradezu. „Liebste Kit, bitte versteh doch! Du bist das Kostbarste, was ich auf der Welt habe!“

Aus Verlegenheit versuchte ich, das Ganze ins Lächerliche zu ziehen.

„Kostbarer als deine Bibliothek?“

„Was?“

„Deine Bücher“, erklärte ich. „Liebst du mich wirklich mehr als deine Bücher?“

„Ja, natürlich!“

Ich legte ihm eine Hand auf den Arm.

„Papa, ich mache das nicht, um dich zu ärgern, glaub mir. Ich liebe Abenteuer, das ist alles.“

„Du weißt, dass ich kein strenger Vater bin“, sagte

er. „Aber diesmal muss ich darauf bestehen, dass du mir gehorchst. Kein Vater lässt sein Kind ins Verderben segeln."

„Papa ..."

„Komm mir jetzt nicht so, Kit", murrte er, doch da ging plötzlich die Türglocke und Stiefelgepolter drang aus der Eingangshalle zu uns herein. Die Polizei war gekommen, um das Stück des Anch abzuholen.

„Hilda fährt allein nach Indien", sagte mein Vater. „Keine Widerrede – du bleibst hier."

Teil II

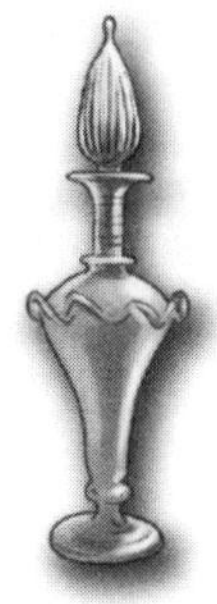

6

„Marmelade!“, bellte jemand.

Eine Dame mit einem suppenschüsselförmigen Sonnenhut ragte über uns auf. Isaac und ich lagen auf dem Promenadendeck des Dampfschiffs *Himalaya* und lasen. Bevor wirs uns versahen, riss sie uns unsere Romane aus der Hand.

Ich hatte beim besten Willen keine Ahnung, wovon die Frau eigentlich sprach und warum sie diesen lächerlichen, merkwürdigen Helm trug. Sicher, es war sengend heiß, denn wir befanden uns mittlerweile in den Tropen, aber am trüben Himmel war kein einziger Sonnenstrahl zu sehen.

„Wie bitte?“, fragte ich verblüfft.

„Du hast Marmelade an der Wange.“

Auf einmal erkannte ich die Stimme. Sie gehörte Mrs Spragg, der Mutter des grässlichen Edwin.

„Was geht Sie der Zustand meiner Wange an?“, protestierte ich.

„Sauberkeit kommt gleich nach Gottesfurcht.“

„Ich glaube kaum, dass Jesus seine Zeit mit ständigem Gesichtwaschen verplempert hat."

„Unverschämtheit", zischte Mrs Spragg. „Denk dran, du bist jetzt nicht mehr nur Kathleen Salter."

„Was?"

„Man sagt nicht ‚was', sondern ‚wie bitte'. Als englische Dame repräsentierst du außer Landes sozusagen das gesamte Königreich oder zumindest die weibliche Hälfte", erklärte sie und drückte mir ein Taschentuch in die Hand. Dann stolzierte sie in Richtung Erste-Klasse-Kabinen davon. Und nahm dabei unsere Bücher mit!

„Abgekartetes Spiel", murmelte ich, denn die Bücher, die sie uns weggenommen hatte, waren unheimlich spannend gewesen. „Sie wollte bestimmt bloß etwas Aufregendes zu lesen haben."

Isaac stöhnte auf und drehte sich in seinem Liegestuhl um. Wirklich blöd, dieser Auftritt von Mrs Spragg, denn es hatte mich jede Menge Überzeugungsarbeit gekostet, Isaac hierherauf an Deck zu locken. Er hatte die ganzen bisherigen fünf Wochen unserer Reise gejammert, die Seeluft bringe ihn um, und hatte sich Tag und Nacht in seiner Kabine verkrochen. Es stimmte schon, dass er einen fiesen Ausschlag im Gesicht hatte, der seine Haut wie die eines gebrühten Hähnchens aussehen ließ. Trotzdem machte er meiner Ansicht nach zu viel Theater.

„Reiß dich zusammen, Isaac, und lenk dich ein bisschen ab“, sagte ich. „Warum erfindest du nicht irgendetwas? Ein Heilmittel für Miss Minchin.“ Unsere Gouvernante war nämlich schwer seekrank.

„Vergiss es“, ächzte Isaac. „Ich werde nie wieder etwas erfinden!“

Wer jemals eine Reise mit einem Dampfschiff nach Indien erwägt, den flehe ich an, es bleiben zu lassen. Wie man sich so eine Reise vorstellt und wie die Wirklichkeit aussieht, sind nämlich zwei völlig verschiedene Dinge. Ich hatte vorher gedacht, uns stünde ein ausschweifendes Unterhaltungsprogramm bevor: Bowling und Krocket am Nachmittag, Tanz und Theater am Abend, glitzernde Empfänge, anregende Deckspaziergänge mit dem Kapitän. Vor allem aber hatte ich mir üppige Mahlzeiten im Erste-Klasse-Speisesaal vorgestellt, mit strahlenden Kerzenleuchtern und einem Menü, das nicht nur aus Pökelrindfleisch und noch mehr Pökelrindfleisch bestand.

Doch leider, leider war es in Wirklichkeit an Bord der *Himalaya* vor allem eines: stinklangweilig. Alle Langweiler Englands schienen sich auf diesem Schiff versammelt zu haben. Und die Damen waren noch viel schlimmer als die Herren. Noch nie, absolut niemals war ich so öden und oberflächlichen Menschen begegnet. Selbst die kleinsten Details meines äußeren Erscheinungsbildes wurden in epischer Breite ausgewalzt – mein nicht ausreichend gekämmtes Haar, meine schmutzigen Fingernägel, meine undamenhaften Kleider, meine unverblümte Art, meine abgenutzten Schuhe. Es gab beinahe nichts an Kit Salter, was die Gnade dieser Memsahibs fand, dieser Teepflanzer- und Beamtengattinnen, deren Männer von den englischen Behörden nach Indien entsandt worden waren. In ihren Augen war ich eine Schande für das britische Königreich.

Fast sehnte ich mich nach den Zeiten, als ich es nur mit Miss Minchins Nörgeleien zu tun gehabt hatte.

Doch zurück zu dem Tag, an dem ich die *Himalaya* betrat. Hatte mein Vater mir nicht strengstens untersagt, Tante Hilda auf ihrer Reise zu begleiten? Nun ja, irgendwann schafften es meine Tante und ich mit vereinten Kräften, dass sich mein armer, gutmütiger Papa doch geschlagen gab und sich mit unserer Reise einverstanden erklärte. Tatsächlich stellte sich sogar noch heraus, dass er wegen irgendwelcher neuen archäologischen Entdeckungen selbst Lust darauf hatte, nach Indien zu fahren.

Und so segelten meine Freunde und ich nun gen Osten, denn Rachels und Isaacs zerstreuten Vormund und Waldos spirituell veranlagte Mutter zu überzeugen, war nicht schwer gewesen. Letztere hatte eine Menge esoterisch angehauchter Geschichten ausgepackt, als sie von unserer Reise hörte, und ihrer Hoffnung Ausdruck verliehen, dass ihr Sohn in Indien Erleuchtung finden möge.

Ehrlich gesagt, konnte ich es kaum erwarten, nach Bombay zu kommen. Finstere Wolken verdunkelten den Horizont und das Wasser war kabbelig. Es sah aus, als gerieten wir bald in schlechtes Wetter. An die Reling des Oberdecks gelehnt, beobachtete ich die Wellen. Da fiel mein Blick auf eine Gruppe von Leuten, die sich auf dem Dritte-Klasse-Deck bei einer Partie Boule amüsierten. Ich ging hinunter und wollte gerade ins Spiel einsteigen, als Mrs Spragg auftauchte, die schlimmste Wichtigtuerin unter der Sonne.

„Das kommt gar nicht infrage", erklärte sie laut. Hinter ihr erspähte ich die bleichgesichtige Gestalt ihres Sohnes Edwin und hinter ihm wiederum ihre unvermeidlichen Leibwächter. Anscheinend hatte sich in ganz England kein Privatlehrer gefunden, der gut genug für den lieben Edwin gewesen wäre, sodass Mrs Spragg beschlossen hatte, ihn wieder mit zurück nach Indien zu nehmen.

„Wie bitte?", stammelte ich und konnte mein Pech kaum fassen. Gleich zweimal an einem Vormittag von Memsahib Spragg abgefangen zu werden!

„Meine liebe Kathleen, du kannst dich nicht einfach unter die Leute auf dem Unterdeck mischen. Dort läufst du Gefahr, auf Zwischendeckpassagiere und gemeine Seeleute zu treffen."

„Das ist wohl kaum eine Gefahr."

„Was?", stotterte sie.

Offenbar brachte ich sie so durcheinander, dass sie ihre eigenen Verhaltensregeln vergaß.

„Ich will doch nur ein bisschen Boule spielen."

„Mit *denen da*?“, fragte Mrs Spragg und blickte durch ihr silberumrandetes Opernglas. In ihren Augen waren Menschen in abgetragenen Kleidern und mit rauen Manieren einfach nur primitiv. Mir hingegen schienen sie eine viel bessere Gesellschaft zu sein als die lästernden Ladys und Gentlemen auf dem Oberdeck.

„Die junge Dame hat ein echtes Händchen für Boule“, erklärte ein wettergegerbter Seebär, der uns zugehört hatte. „Sie hat ein gutes Auge und eine ruhige Hand.“

„Das ist ja skandalös!“, wetterte Mrs Spragg und fuchtelte mit ihrem Opernglas durch die Luft. „Wenn Miss Salter sich in unserem Quartier in Baroda ebenso benimmt, wird man sie ganz sicher schneiden! Und niemand wird sie jemals zu Gesellschaften einladen.“

„Nicht *pukka*“, ergänzte Edwin mit einem hinterhältigen Seitenblick.

„Wie bitte?“, fragte ich verwirrt.

„Nicht fein.“

„Meine liebe Kathleen, da du keine Mutter hast, ist es an mir, dir moralische und gesellschaftliche Führung zu geben.“ Mrs Spragg packte mich grob am Arm und zog mich von der Gruppe weg. „Du musst etwas mehr Anstand lernen.“

Ich schluckte die alles andere als anständigen Worte hinunter, die ich Mrs Spragg am liebsten entgegengeschleudert hätte, und versuchte, mich aus ihrem Griff zu winden. Eine Sekunde später traf mich etwas hart am Schienbein, sodass ich zu Boden stürzte. Edwin hatte mir eine Boule-Kugel direkt gegen die Beine geschossen.

„Oh, das tut mir aber leid, Miss Salter." Er grinste blöde und hielt mir die Hand hin. „Da habe ich wohl meine Wurfkraft unterschätzt."

Ich starrte den Jungen wütend an, denn ich wusste genau, dass er das mit voller Absicht getan hatte. Ich ließ seine ausgestreckte Hand links liegen und rappelte mich auf. Höchste Zeit, dass ich mich vor der geballten Spragg-Macht in Sicherheit brachte.

Es war sehr ärgerlich, dass ich nun das Unterdeck verlassen musste, denn ich hatte mich hier noch ein wenig umschauen wollen. Wir waren nun schon seit ein paar Wochen an Bord der *Himalaya*, ohne dass ich Gaston Champlon, den Affen oder den seltsamen, Turban tragenden Inder gesehen hatte.

Dieser Inder. Bei dem Gedanken an ihn überkam mich eine böse Vorahnung. Ich habe mich schon immer sehr von meinem Bauchgefühl leiten lassen. Was auch immer geschieht, mein Kopf versucht instinktiv, Zusammenhänge zu erkennen. Und auch wenn Eigenlob stinkt – manchmal liege ich damit goldrichtig. Na ja, manchmal bin ich auch auf dem Holzweg. Aber diesmal war ich mir absolut sicher: Dieser schattenhafte Inder und der verschwundene, teuflische Malharrao, der Maharadscha von Baroda, hingen irgendwie zusammen. Vielleicht waren sie sogar ein und dieselbe Person!

Meine Tante, von der ich gehofft hatte, sie würde sich mit mir zusammentun und das Rätsel zu entwirren versuchen, war auf der ganzen Reise seltsam apathisch. Während die Minchin ständig seekrank war, hatte sich Tante Hilda anscheinend den Rücken verrenkt – und keinerlei ernsthaften Versuch unternommen, Champlon an Bord des Schiffs zu finden. Zu der Frage, was wir tun müssten, sobald wir Indien erreichten, hatte sie sich auch noch nicht geäußert. Sie lag nur da und jammerte wie ein liebeskranker Backfisch vor sich hin.

Einmal meinte sie zu mir, der Franzose habe bestimmt eine Passage auf einem anderen Dampfer gefunden. Aber das glaubte ich nicht. Erstens hatte außer der *Himalaya* kein anderes Schiff von Portsmouth in Richtung Indien abgelegt. Und zweitens hatte dieser Stallbursche doch gehört, wie Champlon befohlen hatte, sein Gepäck zur *Himalaya* zu bringen. Wieso hätte er es sich plötzlich anders überlegen sollen? Er und seine Begleiter hatten schließlich keinen Grund, anzunehmen, dass wir ihnen folgten.

Nein. Ich war mir sicher, dass Champlon und der Inder sich einfach nur von der prachtvollen Erste-Klasse-Welt der Speise-, Gesellschafts- und Ballsäle fernhielten. Bestimmt versteckten sie sich im Durcheinander der Zwischendeckpassagiere.

Doch heute waren eindeutig zu viele Wichtigtuer unterwegs, um die unteren Decks zu durchsuchen. Ich beschloss, in meine Kabine zurückzukehren. Den winzigen, mit drei Klappkojen ausgerüsteten Raum teilte ich mir mit Rachel und Miss Minchin, was ein recht mühsames Zusammenleben war.

Ich öffnete die Tür, ließ dabei einen Sonnenstrahl in den Raum, der die verbrauchte Kabinenluft und die Düsternis durchschnitt – und erntete dafür ein heiseres Stöhnen.

„Bist du das, Kathleen?“, erkundigte sich eine klägliche Stimme.

„Ja.“

„Bitte schließ sofort wieder die Tür, meine Augen ertragen das Licht nicht.“

Mit diesen Worten sank die Minchin zurück auf ihren Kissenstapel, die Augenlider in ihrem weißen, ausdruckslosen Gesicht flatterten. Neben ihrer Koje – die eindeutig die komfortabelste in diesem vollgestopften Raum war – stand ein Blecheimer. Ich warf einen flüchtigen Blick hinein – ja, meiner Gouvernante war offenbar wieder übel gewesen.

Durch das Bullauge sah man die schaumgekrönten Wellen und den dunklen Himmel darüber.

So langsam ging meine Geduld mit Miss Minchin zu Ende. Warum konnte sie sich nicht zusammenreißen und aufstehen?

Doch schon im nächsten Augenblick fühlte ich mich schuldig. Seit der Liebesbriefgeschichte versuchte ich, nett zu ihr zu sein. Zudem sah sie wirklich sehr krank aus, die Arme.

„Kann ich Ihnen irgendetwas holen? Ein bisschen Brühe vielleicht? Ich könnte den Steward rufen."

„Nein. Nichts", ächzte sie. „Die letzte Brühe, die man mir brachte, war kalt und obenauf schwammen Fettaugen. Hinterher war ich gleich zweimal unpässlich."

„Unpässlich?"

„Ich habe mich übergeben, Kathleen."

Ich schauderte. Wenn ich noch länger in dieser Kabine blieb, würde mir sicher auch schlecht werden. Da bot ich doch lieber den Memsahibs draußen die Stirn. An Deck gab es wenigstens frische Luft.

Ich rannte hinaus – und prallte geradewegs mit Waldo zusammen.

„Brrrr!", schnaubte er, als wäre ich ein feuriges Pony. „Wohin so eilig, Kleines?"

„Was hast du vor meiner Kabine zu suchen, Kleiner?", erwiderte ich. „Kannst du nicht mal fünf Minuten ohne mich auskommen?"

„Du kommst zu spät zum Mittagessen, ich wollte dich holen."

„Ich hab das Signal nicht gehört."

„Dann solltest du dir mal die Ohren waschen."

Ich folgte Waldo in den Speisesaal. Der Raum war bereits voller Menschen und die meisten Plätze an den beiden langen Tischen waren mit einer schnatternden Menge besetzt. Unter ihnen befand sich auch ein gewisser Mr Charles Prinsep, einer der attraktivsten Junggesellen auf dem Schiff. Man munkelte, er sei der jüngste

Sohn eines Ritters. Er war ein netter junger Mann mit gewelltem braunen Haar, einer Stupsnase und einem strahlenden Lächeln. Ich hielt ihn für einfältig, aber Rachel sagte, mit dem könne man bestimmt Pferde stehlen, und sie errötete regelmäßig, wenn er in der Nähe war.

Eine ganze Gruppe „Anglerinnen" hatte sich um ihn geschart. Nein, das waren keine Fischliebhaberinnen, sondern wohlerzogene junge Ladys, die in die Kolonien geschickt wurden, um sich unter den dortigen britischen Soldaten und Regierungsbeamten einen Ehemann zu angeln. Jene, denen es nicht gelang, einen Gentleman-Fisch an den Haken zu bekommen, kehrten dann im Frühling traurig nach England zurück.

Ich glitt auf einen leeren Stuhl und sogleich nahmen Mrs Spragg und der unvermeidliche Edwin neben mir Platz. Die Frau konnte mich einfach nicht in Ruhe lassen. Glücklicherweise saßen auch mein Vater, meine Freunde und vor allem meine Tante an diesem Tisch. Die einzige Person an Bord, vor der Mrs Spragg Angst hatte, war nämlich Tante Hilda.

Nach dem Tischgebet wurden die Speisekarten herumgegeben. Ich verstand nicht, warum es sie überhaupt gab, wo man doch sowieso nur die Wahl zwischen gebratenem und gekochtem Pökelrindfleisch hatte. Seit wir das Kap der Guten Hoffnung hinter uns gelassen hatten, waren die Vorräte an frischen Lebensmitteln zusammengeschrumpft. Es war Tage her, dass wir einen solchen Luxus wie frische Tomaten oder grüne Bohnen genossen hatten. Zum Glück kamen wir Bombay immer näher. Nur noch ein, zwei Tage, dann wären wir da, hieß es. Ich freute mich ehrlich darauf, nach Indien zu kommen. In das Land der heiligen Kühe – wo es verboten ist, Rindfleisch zu essen. Ich persönlich möchte das Zeug nämlich nie wieder zu mir nehmen müssen, ganz egal in welcher Form oder Zubereitungsart.

Vielleicht sollte ich einer dieser Exzentriker werden, die man „Vegetarier“ nennt. Denn ich könnte problemlos ohne Fleisch auskommen – na ja, vielleicht mit Ausnahme von Würstchen, Schinken und Nierchenauflauf.

Seufzend setzte ich meinen Kampf mit dem ledrigen Rindfleisch fort, das nur unwesentlich mit Senf verfeinert war. Mrs Spragg plapperte derweil unermüdlich weiter über „die Bürde des weißen Mannes“ – die Pflicht des englischen Volkes, die Welt zu regieren.

„Die Briten sind das stattlichste Volk der Erde. Deswegen, Kathleen, sind deine armselige Kleidung und dein unangemessenes Verhalten eine Schande für das gesamte Königreich.“ Mrs Spraggs stechende Augen fixierten mich. „Du musst verstehen, in Indien bist du nicht bloß eine junge Lady, sondern auch die Repräsentantin eines Volks mit gottgegebenen Rechten. Wir haben in Indien die heilige Pflicht …“

„Geld zu verdienen“, unterbrach Tante Hilda sie

laut. „Das ist die einzige Pflicht der englischen Frau. Hier geht es nur ums Geldverdienen, Kit. Und ob du das in groben Stiefeln oder Spitzenröckchen tust, ist vollkommen unwichtig."

„Das kann doch wohl nicht Ihr Ernst sein, meine liebe Miss Salter!", keuchte Mrs Spragg. „Sie wollen doch nicht etwa behaupten, dass schmutzige Geldgeschäfte wichtiger seien als die geistige Erziehung der Eingeborenen."

„Ich ziehe einen Goldbarren pro Wochentag jedem ‚geistig erzogenen Eingeborenen' vor. Sonntags eingeschlossen!"

Mrs Spragg warf meiner Tante einen entsetzten Blick zu. Aber sie hatte zu viel Respekt vor Tante Hildas Reputation und ihrer scharfen Zunge, um sich mit ihr anzulegen.

Kurz darauf wurde der Auflauf serviert – oder besser gesagt, die klumpige Rindsfettpampe. Ich stocherte mit dem Löffel darin herum und aß halbherzig einige Häppchen. Dann hatte ich genug. Noch mehr von diesem Essen und ich konnte mich neben der Minchin über den Spuckeimer beugen. Ich warf den Löffel hin und stieß meinen Stuhl zurück, verkündete, mir sei nicht gut, und verließ den Tisch.

Zu meiner Überraschung schloss sich Tante Hilda mir an. Als wir übers Promenadendeck gingen, hakte sie sich bei mir ein.

„Lass uns ein wenig plauschen", sagte sie.

„Gern", antwortete ich.

Doch schon verfiel sie wieder in Schweigen. Dieses Zögern sah meiner Tante so gar nicht ähnlich.

„Worum geht es denn, Tante Hilda?", fragte ich freundlich.

„Nun … also, dieser Champlon. Glaubst du, er ist mit einer anderen Frau abgehauen?"

Das verschlug mir die Sprache. Wie gesagt, ich hatte während dieser Reise viel Zeit zum Nachdenken gehabt. Ich glaubte einfach nicht, dass Champlon das Anch gestohlen hatte oder dass er mit dem fremden Inder im Bunde war. Ich glaubte eher, dass dieser Maharadscha, von dem Mrs Spragg erzählt hatte, der Drahtzieher war.

Wir hatten mittlerweile ein Telegramm aus Oxford bekommen: Das Fragment, das ich gefunden hatte, war zweifellos ein Teil des gestohlenen Anch und die Polizei lobte mich in den höchsten Tönen. Die dankbare Miss Edwards hatte mir sogar einen Finderlohn versprochen.

„Tante Hilda, du weißt doch, was ich denke", sagte ich schließlich. „Champlon wurde entführt."

„Dafür gibt es keine Beweise." Sie hielt einen Augenblick inne, ihr Blick suchte meinen. „Du weißt, wie diese Franzosen sind. Sie lieben es, von einem Mädchen zum anderen zu flattern."

„Du bist wohl kaum noch ein Mädchen", platzte ich unbesonnen heraus, doch schon im nächsten Augenblick wurde mir meine Taktlosigkeit bewusst. „Ich meine …"

„Ja, schon gut … Sie sind dennoch flatterhaft."

Wir kamen an meiner Kabine vorbei. Dunkle Wolken hingen tief über dem Schiff und eine kräftige Meeresbrise umwehte uns. Ich fröstelte – und im gleichen Moment hörte ich von drinnen ein Poltern, gefolgt von einem lauten Aufschrei. Hastig riss ich die Tür auf.

Miss Minchin, die ein lavendelfarbenes Teekleid trug, saß kerzengerade in ihrer Koje. Ihr Gesicht war angstverzerrt. Bebend zeigte sie zum Bullauge und stammelte unzusammenhängende Worte. Das Bullauge stand offen. Ich eilte hin und sah hinaus, aber da war nichts, nur schaumgekrönte Wellen und spritzende Gischt.

Ich schloss das Fenster, kehrte zu Miss Minchin zurück und nahm ihre Hand. Sie drückte sie fest und es dauerte eine Weile, bis sie sich einigermaßen beruhigt hatte.

„Ein Monster!", jammerte sie.

„Nein, hier sind keine Monster. Sie haben nur schlecht geträumt", versuchte ich sie zu besänftigen.

„Nein, du dummes Ding. Da war ein … ein seltsames Wesen", sagte sie. „Direkt über mir, Kit. Ich konnte seinen Atem an meinem Gesicht spüren. Die abscheulichste Kreatur, die ich je gesehen habe."

„Sie müssen geträumt haben. Dann ist das Fenster aufgeflogen und hat Sie erschreckt."

„Dieses Wesen hatte nichts Menschliches an sich!

Lange Zähne und abscheulich raue Lippen und überall Haare im Gesicht ... Ein Teufel!“

Haare im Gesicht? Plötzlich war ich hellwach. Nein, das war weder ein Teufel noch ein Monster gewesen – sondern der geheimnisvolle Affe des Inders! Die Kahnschifferin hatte auch schon gesagt, er habe ein zutiefst böses Gesicht. Aber was tat er an Bord dieses Schiffs? Wo versteckte er sich? Und was um Himmels willen hatte er in unserer Kabine gewollt? Wir besaßen keine wertvollen Juwelen! Mein Blick schoss durch den kleinen Raum, überprüfte, ob irgendetwas fehlte. Tante Hilda trat hinter mir herein und schnaubte missbilligend.

Dann sah ich etwas Sonderbares. Ein großer gelber Umschlag mit einem schmutzigen Fleck lag auf meiner zerwühlten Tagesdecke. Der war vorher nicht da gewesen! Ich rannte hin und riss ihn auf. Es war weder ein Blatt Papier noch eine Nachricht darin. Stattdessen fiel etwas ganz anderes heraus: duftende Samenkörner, eine glänzende Feder, ein paar struppige gelbe Haare und ein welkes Blütenblatt. Sonst nichts.

Und Tante Hilda war auf einmal wie von Sinnen. Sie rannte auf mich zu und presste mich so fest an ihren üppigen Busen, dass ich kaum mehr atmen konnte.

„Nein, lass Kit in Ruhe!“, kreischte sie einen unsichtbaren Feind an.

„Lass mich los“, japste ich.

„Gefahr! Der Schatten des Todes!“

„Wie bitte?“, fragte ich verwirrt und schaute besorgt zu meiner Gouvernante hin. Die war doch ohnehin schon mit den Nerven am Ende. Da musste meine Tante sie nicht noch mehr in Angst und Schrecken versetzen.

„Weißt du denn eigentlich gar nichts, Kit? Das ist ein ganz besonderer ‚indischer Brief‘. Diese ganzen Sachen hier – das sind alles Symbole. Sie warnen dich vor Gefahr.“

„Wie meinst du das?“

„Solche Dingbriefe sind eine uralte Geheimsprache. Sie sind in Indien weitverbreitet – und sie tauchen meist dann auf, wenn Probleme in der Luft liegen.“ Tante Hilda beugte sich vor und schaute sich den Kram, der auf meinem Bett lag, genauer an. „Die Löwenhaare stehen für Kali, die Hindugottheit des Todes. Sicher hast du schon einmal Bilder von ihr gesehen. Sie trägt eine Halskette aus Totenschädeln und einen Rock aus menschlichen Armen.“

Eine mit Totenschädeln geschmückte Todesgöttin. Das beängstigende Bild ließ mich verstummen.

„Dies ist eine Pfauenfeder“, fuhr Tante Hilda fort. Sie hielt die farbenfrohe Feder hoch – blau in der Mitte, nach außen hin heller werdend und in gelbgrünem Schimmer auslaufend. „Das Symbol Indiens, ein wunderschöner Vogel, aber stolz und wild.“ Dann zeigte sie auf die verwelkte Blume. „Und das ist die Blüte des Dhak, des Malabar-Lackbaums, der in ganz Nordindien wild wächst und prächtige rote Blüten hervorbringt. Diese Blüte kann so manches bedeuten, doch zusammen mit dem Symbol des Todes bedeutet sie Gefahr."

„Pst!", zischte ich, denn Tante Hilda schrie beinahe. Hastig schob ich sie auf den Flur hinaus.

„Dieser Brief ist eine Warnung, Kit." Meine Tante ließ nicht locker. „Dir wird etwas ganz Schlimmes zustoßen, wenn du Indien betrittst."

„Quatsch", murmelte ich, obwohl mir die Angst fast die Kehle zuschnürte.

„Dein Leben ist in Gefahr."

„Aberglaube."

„Das ist alles meine Schuld. Es war dumm von mir, dich mitzunehmen."

„Ich habe keine Angst", log ich.

In dem Moment stieß Miss Minchin ein schreckliches Wimmern aus. Ich schielte in unsere Kabine. Dem kalkweißen Gesicht meiner Gouvernante nach zu urteilen, hatte sie das ganze Gespräch mitbekommen. Schnell zog ich die Tür hinter Tante Hilda und mir zu.

Nun war es doch sowieso längst zu spät, um noch etwas an unserer Situation zu ändern. Ich war unterwegs nach Indien und würde mich durch nichts in der Welt, schon gar nicht von irgendeinem *Brief*, davon abbringen lassen.

7

Ich ging zurück in unsere Kabine, um nach Miss Minchin zu sehen. Mit all meiner Geduld versuchte ich, sie zu beruhigen. Aber weder Worte noch Kamillenkompressen oder Riechsalz konnten meine Gouvernante wieder richtig zur Besinnung bringen. Am Schluss ließ sie mich nur unter der Bedingung gehen, dass Rachel mich an ihrem Bett ablöste. Und zumindest erklärte sie sich bereit, eine Tasse Brühe zu trinken. Zu Miss Minchin nett zu sein, war wirklich harte Arbeit.

Erleichtert gesellte ich mich auf dem Promenadendeck wieder zu meiner Tante. Sie lehnte an der Reling und starrte auf den großen rot-weißen Schornstein, aus dem Rauch quoll. Ich wappnete mich innerlich für die Aufgabe, die mir nun bevorstand. Erst musste ich ihr Mut zusprechen und sie dann von meinem Verdacht überzeugen. Denn ich brauchte ihre Unterstützung, wenn mein Plan aufgehen sollte. Der Drohbrief hatte mir klargemacht, dass ich dringend etwas unternehmen musste.

Ich war mir sicher, dass der Affe hinter dem merkwürdigen Brief steckte; ihn galt es zu finden. Wir mussten unbedingt hinunter auf die unteren Decks. Doch ohne meine Tante, die sich bei der Schiffsbesatzung einer gewissen Autorität erfreute, würde ich dort niemals Zugang bekommen.

Anfangs zögerte Tante Hilda. Sie konnte sich nur schwer von der Überzeugung lösen, dass Champlon sie einfach hatte sitzen lassen. Doch der bedrohliche Brief sprach für meine Version der Dinge – warum sollte mir der Franzose etwas anhaben wollen? Schließlich gab meine Tante nach.

Ich bestellte noch eine Kraftbrühe für die Minchin, und keine zehn Minuten später waren wir unterwegs zu den Kabinen der Zwischendeckpassagiere. Ein Steward ging uns voraus. Dies war wahrscheinlich das erste Mal, dass Erste-Klasse-Passagiere darum gebeten hatten, das Unterdeck sehen zu dürfen. Obwohl meine Tante ihm erklärt hatte, wir würden eine verlorene Brosche suchen, war der Steward sichtlich verwirrt.

Erst als wir ihm ins Quartier für einzeln reisende Männer folgten, verstand ich, warum er so nervös war. Der Ort war muffig, dick verqualmt und ein süßlicher Duft nach ranzigem Fleisch und schmutziger Unterwäsche hing in der Luft. Männer mit schmuddeliger Kleidung ruhten auf Kojen, die wie Bücherregale bis unter die niedrige Decke gestapelt waren. Ein paar Leute hockten auf dem Boden und spielten Karten, andere rauchten Pfeife oder lagen einfach nur da und starrten Löcher in die Luft.

Im Vergleich zu Tante Hildas luxuriösem Erste-Klasse-Prunkzimmer hatte ich schon meine Kabine als überbelegt empfunden, doch der Gedanke verging mir schlagartig, als ich diese auf engstem Raum zusammengepferchten Menschen erblickte. Die *Himalaya* konnte eintausendfünfhundert Passagiere aufnehmen und die meisten von ihnen wurden auf diesem Deck untergebracht.

Nicht, dass die Männer bedrückt gewirkt hätten. Als meine Tante und ich eintraten, setzte lautes Gejohle ein. Ein muskulöser Kerl, der sich in Unterwäsche auf seiner Koje fläzte, hatte sogar den Nerv, meiner Tante hinterherzupfeifen. Der Steward brachte ihn jedoch schnell zur Ruhe. Meine Tante kann mit jeder Art von peinlichen Situationen gut umgehen, doch diesmal wurde selbst sie leicht rot.

Ich konzentrierte mich darauf, der Reihe nach die Männer in Augenschein zu nehmen, die zum Teil zu zweit oder dritt in eine Koje gequetscht waren. Champlon hätte sich ja schließlich verkleidet haben können. Ich entdeckte etliche Inder und auch sonst jede Menge Männer verschiedener Herkunft und Hautfarbe. Aber keinen Gaston Champlon. Dabei hatte ich so gehofft, ihn in der Männerunterkunft ausfindig zu machen!

Als Nächstes inspizierten wir die Familienkabinen und dann das Quartier für einzeln reisende Frauen. Die

Frauen aßen noch zu Mittag und ich muss sagen, ihr Essen sah noch viel unappetitlicher aus als unseres.

Im Unterdeck gab es zu viele Inder, als dass ich unseren Verdächtigen hätte identifizieren können. Es war, als suchte man in London nach einem Engländer.

Nachdem wir schließlich sogar die Latrinen überprüft hatten, war ich gezwungen, mich geschlagen zu geben. Der Gestank war überwältigend.

Enttäuscht stiegen wir zurück aufs Promenadendeck.

„Ach du heiliger Strohsack!“, rief Tante Hilda. „Was ist denn hier los?“

Matrosen liefen brüllend durcheinander, einige Damen fielen in Ohnmacht, mehrere Herren rannten zur Reling. Der heftige Seegang ließ unser Schiff schlingern, aufgeblähte weiße Segel versperrten mir den Blick. Eine kleine, diagonal rot-gelb gefärbte Signalflagge flatterte im Wind. In der Ferne krachte eine Kanone. Fluchend rannte ein Steward los.

Als Tante Hilda die Flagge erblickte, stieß sie ebenfalls einen Fluch aus.

„Mann über Bord!“, schrie ein Seemann.

„Es ist eine Dame, du Trottel!“, brüllte ein anderer.

Ich rannte hinüber zur Reling, aber jemand stieß mich mit dem Ellbogen aus dem Weg. Es war ein Herr, der seine Jacke ausgezogen hatte. Er griff sich ein Tau, band das eine Ende an den Mast und das andere an einen Rettungsring, den er in die tosenden Wellen warf, und dann sprang er über Bord. Da erst erkannte ich ihn – es war der Liebling der Anglerinnen, Charles Prinsep. Dann war die Frau im Wasser bestimmt eine von denen, die Prinsep im Salon umschwärmt hatten.

Über die Reling gebeugt sah ich zu, wie Mr Prinsep am Seil hinabkletterte. In der tosenden Gischt und den Wellen konnte ich niemanden entdecken. Auch Waldo und Isaac hatten sich mittlerweile zu mir gesellt und starrten wie gebannt nach unten.

„Mutiger Mann", murmelte Waldo.

Mr Prinsep durchpflügte die Wellen in immer größer werdenden Kreisen, dabei hielt er mit einer Hand den Rettungsring fest. Wir feuerten ihn mit Zurufen an, doch so langsam schwand meine Hoffnung, dass sein Rettungsversuch von Erfolg gekrönt sein würde. Bis auf ein paar Möwen, die über die Schaumkronen hinwegsegelten und immer wieder ins Wasser stießen, war nichts zu sehen. Sicherlich war die Dame, wer immer sie auch war, inzwischen ertrunken.

Eine Hand griff nach meinem Arm. Es war Rachel, ihre Augen waren vor Schreck geweitet.

„Wo ist Miss Minchin?", stammelte sie.

„Ich weiß nicht."

„Sie ist nicht in ihrer Kabine, Kit. Da stimmt was nicht. Sie hat doch ihre Koje schon seit Tagen nicht verlassen."

„Vielleicht …", begann ich, aber Rachel schnitt mir das Wort ab.

„Oh, Kit, sie war so traurig, seit …"

Ihr unvollendeter Satz hing unheilschwanger in der Luft. Entsetzt starrte ich Rachel an.

Denn sie hatte Recht. Ich wusste, dass sich Miss Minchin von dem gefälschten Liebesbrief nie so richtig erholt hatte. Ich schüttelte die Hand meiner Freundin ab. Einen Moment lang dachte ich daran, selbst in die Wellen zu springen. Niemals, niemals würde ich mir vergeben können, sollte ich Miss Minchin mit meinem dummen Streich wirklich in den Tod getrieben haben …

Doch plötzlich drang lautes Geschrei an unsere Ohren. Tief unten signalisierte Prinsep, man solle das Seil hochziehen. Sekunden später tauchte schon sein Kopf über der Reling auf, Meeresschaum tropfte von ihm herab. Offenbar hatte er seine Rettungsversuche erschöpft und außer Atem aufgeben müssen.

Ich redete mir ein, der Liebesbrief sei doch nur ein Scherz gewesen. Aber meine Schuldgefühle erdrückten mich geradezu. Unfähig, aufzustehen, kauerte ich auf dem Deck. Aber dann sah ich noch einmal zum durchnässten Mr Prinsep hin. Ein formloses, triefnasses Kleiderbündel hing in seinen Armen. Und aus dem durchweichten Bündel hingen wirre Haare herab – oder war es Seetang?

Mein Herz setzte einen Schlag aus. Starke Hände hievten das Seil über die Reling und Mr Prinsep wurde mitsamt dem Bündel auf das Deck gelegt.

Das Gedränge vor mir versperrte mir die Sicht. Ich erhaschte nur einen Blick auf ein lavendelfarbenes Kleid und tropfnasses Haar. Eilig bahnte ich mir mit Ellbogen und Fäusten einen Weg durch die Menge.

Mr Prinsep beugte sich gerade über die Dame, deren Haar auf den Deckplanken ausgebreitet war. Sein Mund bedeckte ihre Lippen. Dann schnellte er zurück und ein Wasserschwall sprudelte aus seinem Mund hervor.

Die Dame – Miss Minchin! – lag bewegungslos da, ihre Augen starrten verschleiert ins Nichts.

Prinsep beugte sich wieder über sie, versuchte verzweifelt, sie von Mund zu Mund zu beatmen. Aber Miss Minchins Anblick machte uns wenig Hoffnung. Ihre Haut war wächsern und von bläulichen Äderchen marmoriert wie die Bauchseite eines toten Fischs. Erneut spuckte der edle Retter Wasser aus und beugte sich dann gleich wieder über meine Gouvernante. Er gab einfach nicht auf. Ich kniete mich neben Miss Minchin und rief ihren Namen. Meine Finger strichen über ihr Haar, das sich schlaff und klamm über den Boden schlängelte.

Zu spät. Die Sekunden vergingen und meine Gouvernante gab kein Lebenszeichen von sich.

Doch dann, ein Wunder! Celestina Minchin schlug die Augen auf.

„Gott sei …“, begann ich, verstummte aber, als ich bemerkte, dass sie nicht mich ansah.

„Sie haben mir das Leben gerettet“, murmelte sie und blickte dabei Mr Prinsep tief in die Augen.

Prinsep wurde rot wie eine Tomate. „Das wollte ich immer schon mal tun“, stotterte er.

„Was tun?“, mischte ich mich neugierig ein.

„Ein Fräulein in Not retten.“

Eine Blondine, die ich bei jedem Tanz an Mr Prinseps Arm hatte hängen sehen, schnaubte verächtlich, wobei sich ihre Nasenflügel aufblähten wie bei einem Vollbluthengst die Nüstern. Dann zwängte sich ein Mann mit einer schwarzen Tasche durch die Menschenmenge und schob die anderen beiseite. Der Arzt – endlich.

„Räumt das Deck“, befahl er.

Das Spektakel war zu Ende. Widerwillig zog sich die Menge zurück, während Miss Minchin auf eine Trage gelegt wurde. Nur meine Tante, meine Freunde, Prinsep und ich durften bleiben. Bevor Miss Minchin fortgetragen wurde, öffnete sie noch einmal die Augen und sah mich an.

„Es tut mir so leid“, flüsterte ich. „Es tut mir so leid, dass ich Rachel nicht schnell genug zu Ihnen geschickt habe. Alles tut mir so unendlich leid.“ Unsicher hielt ich einen Moment inne. „Sie hätten das nicht tun sollen.“

„Was meinst du, Kathleen?“

„Nun ... über Bord springen.“

„Ich bin nicht über Bord gesprungen“, erwiderte sie gereizt. „Ich hatte nur solche Angst in der Kabine. Angst, dass dieses furchtbare Wesen zurückkommen könnte. Also bin ich aufs Promenadendeck gegangen. Ich beugte mich über die Reling, um etwas frische Luft zu schnappen, aber dann schlingerte das Schiff und bevor ich wusste, wie mir geschah, lag ich im Wasser und die Wellen schlugen über mir zusammen. Ich hatte nur frische Luft schnappen wollen – und plötzlich war ich am Ertrinken!“

8

„Das können wir wirklich nicht annehmen, Mr Prinsep“, zwitscherte Miss Minchin entzückt. „Auf gar keinen Fall.“

Die schüchterne Gouvernante, die als durchweichtes Bündel an Deck gelegen hatte, war verschwunden – oder vielmehr hatte sie sich in diesen aufgeregten Backfisch verwandelt, der Mr Prinsep mit großen Augen anhimmelte. Ihr Mund sagte Nein, aber in ihren Augen war ein unmissverständliches Ja zu lesen.

„Wir können uns doch unmöglich so aufdrängen, Mr Prinsep.“

„Oh, bitte nennen Sie mich einfach Charlie!“, warf ihr Retter ein.

„Beim besten Willen …“

„Das ist das Mindeste, was ich anbieten kann: meine Gastfreundschaft. Briten müssen doch zusammenhalten, vor allem in der Fremde!“

„Worum geht es?“ Meine Tante kam von hinten herangerauscht und stellte sich zu uns. Wir warteten auf die Gepäckträger, die Kulis, die unser Hab und Gut von Bord bringen sollten.

Denn – ja, wir waren endlich in Bombay angekommen, dem Tor zu Indien! Ein ganzer Kontinent voller Abenteuer erwartete uns!

„Mr Prinsep – Charlie – ist so großzügig“, antwortete Miss Minchin. „Er hat angeboten, uns zu beherbergen. Er ist als Privatlehrer für den jungen Maharadscha von Baroda eingestellt worden und hat auf dem Palastgelände ein ganzes Gästehaus zu seiner Verfügung.“ Meine Gouvernante strahlte so, wie ich sie auf der ganzen Schiffsreise nicht hatte strahlen sehen. „Natürlich habe ich ihm gesagt, dass es uns unmöglich sei, das Angebot anzunehmen.“

„Welch eine glückliche Fügung! Wir wollen doch ohnehin Richtung Baroda. Ein Hotel weniger, das wir bezahlen müssen“, verkündete Tante Hilda. „Hat der Maharadscha Ihnen schon seine Kutsche geschickt, Mr Prinsep?“

„Ähm … ja … ich glaube, es ist die von zwei Pferden gezogene Kutsche, diese … Tikka Gharry da vorne“, antwortete Prinsep. Das indische Wort ging ihm nur unsicher über die Lippen. „Und Seine Hoheit war auch so freundlich, mir den königlichen Waggon der großartigen indischen Eisenbahn zur Verfügung zu stellen. Die fortschrittlichste Art der Kolonialreise, die man sich denken kann.“

„Wundervoll.“ Tante Hilda drehte sich um und rief

nach einem Kuli, um unser Gepäck zu Mr Prinseps Kutsche bringen zu lassen.

Armer Prinsep. Er hatte sich ein Fräulein in Not gewünscht. Tja, das hatte er bekommen – und Tante Hilda, Vater, mich, Rachel, Isaac und Waldo noch obendrein. Damit hatte er ganz sicher nicht gerechnet. Für uns allerdings war das Angebot in der Tat schicksalhaft, denn der archäologische Schatz, für den sich mein Vater interessierte, war ausgerechnet auf dem Palastgelände des Maharadschas ausgegraben worden.

„Was für eine Hitze, Kit! Ich weiß nicht, wie ich das überstehen soll."

Papa sah noch zerstreuter aus als sonst. Ich nahm seine Hand, um ihn zu beruhigen, ließ sie aber sogleich wieder los – sie war mir einfach zu verschwitzt.

„Du könntest zum Beispiel das hier ausziehen", schlug ich vor und deutete auf sein Tweedjackett.

„Wirklich?", fragte er überrascht.

Kurz darauf geleiteten uns die Stewards vom Schiff. Und welch eine Explosion aus Farben, Geräuschen und Gerüchen uns empfing! Kulis eilten kreuz und quer, Säuglinge weinten, Freunde und Bekannte der Passagiere warteten auf den Docks, zusammengepfercht hinter Zäunen wie Vieh.

Es gab kein Fleckchen Schatten weit und breit, keinen Schutz vor der Sonne, die alles in weiße, grelle Hitze tauchte. Meine Kleidung klebte mir schweißnass auf der Haut, eine Fliege ließ sich auf meinem Gesicht nieder. Ein Schwarm tiefschwarzer Aaskrähen fegte immer wieder mit kräftigen Flügelschlägen über die Köpfe der Menge hinweg. Ihre grellen Schreie mischten sich mit dem Geplapper der Leute.

So sonderbar und verwirrend dies auch war – ich fand es dennoch faszinierend. Natürlich war ich schon in Ägypten gewesen, doch Indien war etwas ganz anderes! Die tausend Gerüche, das Gewusel, das ganze ungeheuerliche Land – alles prasselte auf mich ein. Freudige Erregung erfasste mich bis in die Fingerspitzen.

Meinen Freunden, Rachel eingeschlossen, ging es nicht anders. Unsere Sinne waren schlagartig geschärft, unser Geist hellwach.

Nur Vater starrte verwirrt um sich, man sah ihm an, dass er sich in einer Bibliothek wohler fühlte. Ich würde mich auf diesem seltsamen Kontinent um ihn kümmern müssen. Aber meine erste Aufgabe bestand darin, Challenger und den Inder zu finden. Nun war die beste Gelegenheit dazu, denn alle Passagiere verließen die *Himalaya*.

Um uns herum wimmelte es von Reisenden, die sich jetzt innigst von ihren Schiffsbekanntschaften verabschiedeten.

Mrs Spragg, die sich von mindestens einem Dutzend Busenfreundinnen kaum trennen konnte, blockierte mir den Weg. Mit ihrem karierten Taschentuch tupfte sie sich die Augen, Tränen flossen über ihre drallen Wangen, doch dann trat sie endlich zur Seite – und ich sah etwas so Seltsames, dass ich wie vom Blitz getroffen erstarrte.

Stewards in weißen Jacken hatten eine breite Schneise durch die Passagiermenge geschlagen und eine spezielle Rampe vom Schiff zum Dock gelegt. Immer mehr Matrosen tauchten auf und stellten sich als undurchdringliches menschliches Schild rechts und links der Rampe auf. Am anderen Ende wartete eine Tikka Gharry mit verdunkelten Fenstern. Vor meinen erstaunten Augen wurden zwei schnaufende Gestalten, die trotz der Hitze in Decken gewickelt waren, in Rollstühlen die Rampe hinuntergeschoben. Ihnen folgte ein humpelndes Wesen, dessen Gesicht so mit Bandagen umwickelt war, dass es wie eine wandelnde Mumie aussah. Als Letzter kam ein Inder, eine auffällige Erscheinung in einer goldweißen, indischen Dienstbotenuniform.

Mir blieb nur ein kurzer Moment, um den Inder zu mustern. Er hatte ein blasses Gesicht mit einer mächtigen Nase und großen, dunkel umrandeten Augen. Seine vollen, fleischigen Lippen waren zu einem höhnischen Grinsen verzogen, er schaute weder nach rechts noch nach links. Der flüchtige Eindruck genügte mir – dies war eindeutig ein selbstsüchtiger, egoistischer Mensch, der sein eigenes Glück über das der anderen stellte. Dies war nicht das Gesicht eines Dieners.

Auf der Schulter des Inders hockte ein kleines, schnatterndes Etwas, dessen Gesicht von weißen Fellrüschen umgeben war. Seine Augen, schwarze Punkte in leuchtendem Gelb, blickten verschlagen und zugleich hellwach um sich.

Der Affe!

Er schaute mich direkt an und ich sah seine Augen aufblitzen. Ich hätte schwören können, dass der Affe mich auslachte. Nein, schlimmer als das, er schaute auf mich herab.

„Wer sind die?“ Ich zupfte Tante Hilda am Ärmel. „Wo kommen sie auf einmal her?“

„Ich weiß es nicht. Vielleicht waren sie ja im Schiffslazarett.“

Das Schiffslazarett! Daran hatte ich nicht gedacht. Ich hatte mir eingebildet, alle Erste-Klasse-Passagiere an Bord zu kennen. Wieso war ich nicht draufgekommen, dass sich die gesuchten Personen zwischen den Kranken verstecken könnten?

Der Mann mit dem bandagierten Kopf ging so dicht an mir vorbei, dass ich seinen Verband hätte herunterreißen können, wäre ich nur an den Matrosen vorbeigekommen. Eine Duftwolke stieg mir in die Nase – eine eklige Mischung aus Jasmin und Moschus, die mir nur zu gut bekannt war. Um nicht unmännlich zu wirken, behauptete Champlon immer, es sei Kölnisch Wasser, das man nach dem Rasieren benutzen müsse, doch jeder andere hätte es anders genannt: Parfüm.

Der Inder mit dem Turban drehte mir im Vorbeigehen den Kopf zu und sah mich von der Seite an. Wie der Affe schien auch er mich zu verhöhnen. Dann war er vorbei und den Passagieren mit Rollstuhl wurde in die Kutsche geholfen.

Auch Tante Hilda musste Champlons Parfüm gerochen haben, denn plötzlich wechselte ihr Gesichtsausdruck. Sie erstarrte, hob die Nase in die Luft und schnüffelte wie ein Hund, der einem Fuchs auf der Spur ist.

„Champlon!", keuchte ich.

„Dieser Mistkerl!"

Sehr zum Erstaunen meines Vaters und meiner Freunde brachen wir wie auf Kommando durch die Kette der Seeleute, die die „Kranken" bewachten. Das Überraschungsmoment war auf unserer Seite. Zumindest ich kam durch und rannte zur Tikka Gharry, während meine Tante von einem Matrosen abgefangen wurde. Die Türen der schwarz gestrichenen Kutsche schlossen sich gerade und versperrten mir den Zugang. Aber so schnell gab ich nicht auf.

Ich packte den Türgriff und riss die Tür auf. Ein flüchtiger Blick auf mehrere erstaunte Gesichter war mir vergönnt, dann hob der Inder seinen Spazierstock und schlug heftig nach mir. Ich konnte gerade noch meine Hände hochheben, um die Wucht des Schlags halbwegs abzuwehren.

„Aua!", heulte ich auf und hielt mir meine schmerzende Hand.

„Zum Bori Bunder!", brüllte der Inder dem Fahrer zu und knallte mir die Kutschentür vor der Nase zu.

Der Kutscher schwang die Peitsche und das Gefährt setzte sich mit wild drehenden Rädern in Bewegung.

„Halt!", schrie ich, doch da packte mich einer der Wachleute von hinten brutal am Arm.

„Was soll der Zirkus?", bellte er mich an. „Bist du wahnsinnig geworden?"

„Ich dachte, ich hätte einen Freund gesehen", murmelte ich.

„Mit den Leuten bist *du* ganz sicher nicht befreundet. Das sind hochgestellte Persönlichkeiten. Du kannst froh sein, dass ich dich nicht wegen Unruhestiftens verhafte. Verschwinde jetzt! Na los, mach, dass du fortkommst!"

Ich eilte zurück zu meinen Freunden. Wer die geheimnisvollen Herrschaften auch sein mochten – auf jeden Fall schien der Inder sehr viel Macht zu haben, wenn man für seine Kutsche extra den Weg frei hielt. Ochsenkarren, Rikschas, Tikka Gharrys, Tongas – sämtliche Gefährte wichen eilig nach rechts und links aus, um die Kutsche durchzulassen. Es war, als würde sich das Meer teilen. Sekunden später war die schwarzgoldene Kutsche verschwunden und der Verkehr floss hinter ihr wieder zusammen.

Die Gauner waren entkommen.

Meine Hand brannte, und an der Stelle, wo mich der Mann mit seinem Stock erwischt hatte, begann sich ein roter Striemen abzuzeichnen. Doch für Selbstmitleid hatte ich keine Zeit.

„Weißt du, was Bori Bunder ist?“, fragte ich meine Tante.

„Der Bahnhof.“

„Schnell! Wir müssen hinterher!“

9

Als wir am Bahnhof ankamen, war von Champlon und seinen seltsamen Begleitern nichts zu sehen.

Um uns herum wogte eine riesige Menschenmenge, Träger balancierten hohe Kisten auf dem Kopf, Familien schleiften müde trippelnde Kinder hinter sich her. In der stickigen Hitze und all dem Gedränge fühlte sich mein Kopf an, als hätte sich darin ein surrender Mückenschwarm eingenistet. Über das fortwährende Getöse von Menschen und Dampfmotoren hinweg boten Händler, die Körbe mit Heißgetränken trugen, laut ihre Waren an.

„Kaapee, kaapee!“, riefen sie. Oder: „Chai, chai!“ – denn so wird in diesem fremden Land Kaffee und Tee verkauft.

„Wir werden Champlon niemals finden“, seufzte ich und sah mich ohne große Hoffnung um.

Was für ein dampfiger, heruntergekommener Ort dieser Bahnhof war. Nur die Züge strahlten so etwas wie Modernität aus.

„Natürlich nicht“, knurrte meine Tante. „Das ist wie die Suche nach der Nadel im Heuhaufen.“

„Vielleicht finden wir ihn ja in Baroda. Vielleicht kann uns der Maharadscha helfen.“

„Träum weiter“, höhnte meine Tante und drehte sich weg.

Prinsep half gerade Miss Minchin in den Waggon des Maharadschas, wobei er sie behandelte, als habe sie sich noch immer nicht von ihrem Bad im Meer erholt. Anders als die anderen Zugabteile war der königliche Wagen mit seinen goldbestickten Vorhängen und den lederbezogenen, weich gepolsterten Sitzen ausgesprochen luxuriös. Es gab sogar einen kleinen goldenen Thron inmitten des getäfelten Raums. Ein paar Kulis luden gerade noch rechtzeitig unser Gepäck ein, als auch schon ein Pfiff ertönte und sich der Zug in Bewegung setzte. Paffende, ölschwarze Wolken stiegen in die Luft und die Eisenbahn verließ den Bahnhof.

Während wir zwischen Reisfeldern, Lehmhütten und Palmen durch die Landschaft tuckerten, schwang ein kleiner Junge, gekleidet in die rot-goldene Livree des Maharadschas, einen flachen, aus Palmblättern gefertigten Fächer über unseren Köpfen. Der Wedel konnte die stehende Hitze im Wagen aber nicht wirklich vertreiben, eher quirlte er die heiße Luft herum.

Ich blickte aus dem Fenster. Gefährlich nahe am Bahngleis drängten sich zahllose, erschreckend magere Dorfbewohner. Die Frauen waren in bunte Tücher gekleidet, die Sari genannt werden, die Männer trugen Gewänder, die wie knielange Röcke aussahen. Wo immer der Zug entlangfuhr, wurde er von den Massen begafft.

Ich sah nach draußen und schlürfte dabei süßen, würzigen Chai. Ich fühlte mich verloren, denn Indien war glühend heiß, überfüllt und fremd. Selbst der Chai, so süß er auch war, schmeckte ganz anders als mein Tee zu Hause. Auf einmal bekam ich Heimweh nach dem Regen und der grauen Vertrautheit Oxfords.

Es war ruhig in unserem Waggon. Nur Mr Prinsep redete leise auf Miss Minchin ein, die wie gebannt an seinen Lippen hing.

„Vielleicht gesteht er der Minchin ja gerade seine Liebe", flüsterte Isaac mir zu.

„Wäre das nicht wundervoll?", murmelte ich. „Nie wieder Rechenaufgaben."

„Er hat ihr das Leben gerettet. Vielleicht kann er sie nun auch davor retten, als alte Jungfer zu enden", lästerte Waldo.

Ich funkelte ihn an.

„Zumindest wäre dein Vater dann aus dem Schneider", fügte Isaac hinzu.

Ich schüttelte nur den Kopf.

Da räusperte sich Prinsep. Wir sahen ihn erwartungsvoll an. Was er zu sagen hatte, betraf allerdings leider nicht unsere Gouvernante.

„Ich möchte Ihnen ein wenig über unser Land, Baroda, erzählen. Ich nehme an, Ihnen ist bekannt, dass der letzte Maharadscha ein windiger Bursche war. Ein Glücksspieler und Trinker, der mit den Staatsgeldern nur so um sich warf. Zum Beispiel ließ er sich für sein Schlafgemach einen Teppich aus echten Perlen knüpfen! Am schrecklichsten aber war, dass er nur zu seinem Vergnügen Menschen hinrichten ließ. Tja, die Dinge spitzten sich gefährlich zu, als er versuchte, den britischen Botschafter zu vergiften – mit einer Prise Arsen in der Zitronenlimonade dieses bemitleidenswerten Herrn."

„Der Botschafter ist Mrs Spraggs Mann", unterbrach ich ihn. „Sie hat uns alles darüber erzählt."

„Nun, dann kennen Sie ja die Hintergründe. Jedenfalls beschloss daraufhin die Mutter des Königs, die Rani, das Land brauche einen neuen Maharadscha. Sie ließ von ihren Spähern drei bescheidene Dorfburschen ausfindig machen und sie in den Palast bringen. Die Burschen waren starr vor Angst. Man hat mir erzählt, sie hätten in ihrem Leben noch nie auch nur einen Stuhl gesehen, geschweige denn einen ganzen Palast.

Jedem Burschen wurde die gleiche Frage gestellt: ‚Warum hat man dich hergebracht?' Der erste wusste es nicht. Der zweite antwortete: ‚Um die Sehenswürdigkeiten zu sehen.' Nur der dritte Junge, Sayaji, sagte: ‚Um zu regieren.' Ein mutiger Bursche. Natürlich wurde er der neue König!"

„Das ist ja alles schön und gut", schnitt ihm Tante

Hilda das Wort ab. „Aber mein Bruder, Professor Theo Salter, und ich haben einen ganz anderen Grund, Baroda zu besuchen. Deswegen ist Ihr Angebot, uns zu beherbergen, auch so eine glückliche Fügung für uns."

„Wirklich?", fragte Mr Prinsep verwirrt.

„Wir interessieren uns für die vor Kurzem in den königlichen Schatzkammern gemachten Entdeckungen. Dazu soll auch eine Karte des sagenumwobenen Shambala – das Paradies in den Bergen – gehören."

Bei der Nennung des Namens Shambala erwachten auch die Lebensgeister meines Vaters. „Sie müssen uns helfen, dieses Papier zu finden, Prinsep. Es gehörte dem berühmten Jesuitenpater Antonio Monserrate. Er bereiste vor dreihundert Jahren ganz Indien und führte darüber Tagebuch. Auf dieser Reise soll er eine sehr alte Steintafel oder ein Pergament gefunden haben – man weiß es nicht genau –, eine Karte jedenfalls, die den Weg nach Shambala beschreibt."

„Ich weiß nichts über dieses Sham... wie auch immer und kenne auch sonst kein Paradies", erwiderte Prinsep beunruhigt. „Natürlich werde ich Ihnen helfen, so gut ich kann, doch sehen Sie: Die Lage in Baroda ist zurzeit recht heikel. Die Ernte war schlecht, es gab eine Hungersnot und ... nun ja, das Verhalten des alten Maharadschas hat die Zustände noch verschlimmert. Kann sein, dass uns ein Aufstand bevorsteht. Alle möglichen Banditen machen die Gegend unsicher und trachten dem neuen König nach dem Leben." Prinsep seufzte.

„Es gab bereits sechs Attentate auf den jungen Maharadscha. Nun ist er Tag und Nacht von bewaffneten Garden umgeben. Im Palast kochen die Gerüchte über Intrigen und Verschwörungen hoch und die Angestellten halten ständig nach eventuellen Mördern Ausschau. Alle sind sehr auf der Hut, denn, sehen Sie, der König ist noch ein Kind, gerade mal zwölf Jahre alt." Er hielt abrupt inne und wir lächelten ihn ermutigend an.

„Ich hoffe, Sie verstehen, in welcher Zwickmühle ich mich befinde", sagte Prinsep und grinste dümmlich in Richtung Tante Hilda. „Wissen Sie, wir können uns schon überglücklich schätzen, den Maharadscha auch nur sehen zu dürfen. Also sollten wir unbedingt versuchen, dem jungen Mann den gebührenden Respekt entgegenzubringen."

„Ist das respektvoll genug?", raunte ich Rachel zu. Ich hatte mich so tief verbeugt, dass meine Nase fast über den Boden schrammte, während ich dem Kindkönig im Schneckentempo entgegenrobbte.

„Benimm dich", flüsterte Rachel, obwohl sie sich selbst ein Grinsen nicht verkneifen konnte.

Schließlich erhaschte ich einen ersten Blick auf den Maharadscha. Sayaji war noch ein Kind und saß doch schon auf einem Thron, der für einen Mann gemacht war. Sein Gesicht war rund wie der Vollmond, die

Zähne blitzend weiß, die Haut glänzte wie poliertes Walnussholz. Über seinen Pausbacken saßen fedrige Wimpern, die die Augen fast verdeckten. Ehrlich gesagt, dachte ich im ersten Moment, er wäre dort oben auf seinem Thron eingeschlafen.

Und was für ein Thron das war, wie eine goldene, mit glitzernden Edelsteinen besetzte Fächermuschel! Er dominierte den gewaltigen Raum im ersten Stock des Palastes, der nach allen Seiten wetteroffen und im Moment voller Höflinge war. Vögel flatterten in den Thronsaal hinein und wieder hinaus, graziöse, flügelschlagende Wesen mit scharlachroten Schwänzen und Halskrausen. Es handelte sich um Bülbüls, indische Nachtigallen, deren melodiöses Gezwitscher über dem Getuschel der Höflinge schwebte.

Der Junge allerdings wurde durch fünf Leibwächter vom geschäftigen Gewühl abgeschirmt. Man hatte mir erzählt, dass diese Männer ihn wie Schatten begleiteten, Tag und Nacht auf der Hut vor Attentätern. Er wirkte so klein zwischen diesen bulligen, vor Messern und Schwertern strotzenden Kerlen! Wie ein Kind, das sich verkleidet hat, um König zu spielen.

„Er sieht so traurig und einsam aus“, murmelte Rachel.

„Ich wäre an seiner Stelle nicht traurig. Nicht, solange jeder vor mir über den Boden kriechen müsste“, grinste Waldo.

Als wir uns näherten, öffnete der Junge die Augen

und ich sah, was Rachel meinte. Er wirkte wirklich traurig, die großen braunen Augen blickten verloren in die Ferne. Der Maharadscha war mit einer schlichten weißen Tunika und Leinenhose bekleidet, seine rundlichen Finger waren hingegen mit funkelnden Edelsteinen beringt. Doch das war nichts im Vergleich zu dem großen Diamanten, dem legendären „Stern von Indien", der an einer Kette um seinen Hals hing und ihn als König auswies. Was für ein seltsamer Herrscher!

Mir tat der junge Maharadscha leid. Wie viele der ihn umschwirrenden Höflinge heckten wohl etwas aus, um mehr Macht zu erringen? Wie viele der angeblichen Freunde warteten nur auf die Chance, ihm ein Messer zwischen die Schulterblätter rammen zu können? Die Blicke, das Geflüster, die bewaffneten Wachen ... Es war leicht, sich vorzustellen, wie in irgendeiner finsteren Palastecke plötzlich ein Dolch aufblitzte. Pracht und Untergang lagen hier deutlich spürbar ganz dicht beieinander.

„Wer sind sie, Charles?", fragte der Maharadscha seinen Privatlehrer.

Man hatte mir zwar erzählt, dass er Englisch lerne, aber ich war überrascht, wie gut er sprach.

„Die Reisenden, von denen ich Euch erzählt habe, Hoheit", antwortete Prinsep. „Die Archäologen."

„Die Engländer haben sehr junge Archäologen", bemerkte ein kleiner Mann, der neben dem Thron stand, und musterte uns zweifelnd. Später sollte ich erfahren, dass dies der Dewan war, der Berater des Königs und eigentlicher Machthaber hinter den Kulissen des Throns. Er war kahl wie ein Hühnerei und hatte ein faltiges, beinahe lustiges Gesicht. Aber seine grünen Augen waren schlau und durchdringend.

„Das sind nur ihre Kinder. Diese beiden hier sind die Archäologen", erklärte Prinsep und deutete auf meinen Vater und Tante Hilda.

„Eine Frau?" Der Dewan starrte wie vom Blitz getroffen meine Tante an, die in ihren weiten Damenpumphosen vor meinem Vater stand und ihn somit verdeckte. „Und sie läuft *so* herum?"

Das war es, was ich an diesem Palast am seltsamsten fand: Hier waren keine Frauen zu sehen, nirgendwo. Dabei hatte ich leises Lachen gehört, als ich die Treppe hochgekommen war. Durch ein mondförmiges Gitterwerk in der Wand hatte ich einen flüchtigen Blick auf zwei mandelförmige Augen erhascht, die mich beobachteten. Rosafarbene Seide blitzte auf, dann verschwanden die Augen und wieder ertönte ein glockenhelles Lachen.

Tante Hilda hatte es mir erklärt: In diesem Palast lebten die Damen *purdah*, also verschleiert, und mussten in ihren Frauengemächern bleiben, die Zenana genannt wurden. Trotz all ihrer Seide, trotz des Goldes und des Schmucks waren sie doch nur schöne Vögel im Käfig. Im Grunde waren sie Gefangene, genau wie der Maharadscha.

Der Einwurf des Dewan kam meiner Tante gerade recht. Sie hob den Blick zum Thron. „Euer Hoheit, ich bin Englands berühmteste Forschungsreisende. Vielleicht habt Ihr bereits von Hilda Salter gehört? ... Nach moderner, aufgeklärter Denkweise sind Frauen den Männern gleichgestellt. In England werden Frauen nicht weggesperrt, und es steht ihnen offen, Ärztin zu werden oder jede andere Berufslaufbahn einzuschlagen. So erfolgreich wie ich sind allerdings nicht alle. Und vielen gelte ich als Vorbild."

Ich war mir nicht sicher, wie viel von dieser Rede der Maharadscha-Junge verstand, aber er nickte höflich. Ich sah, wie ihm der Dewan etwas zuflüsterte. Dann stellte meine Tante Papa vor und kam gleich darauf – sie verschwendete niemals Zeit – zum Geschäftlichen.

„Euer Hoheit, Ihr seid im ganzen Empire als großzügiger, gütiger Herrscher bekannt. Wir sind hierhergekommen, weil wir von der aufregenden Entdeckung in Eurem Land gehört haben. Wir können es kaum erwarten, Pater Monserrates berühmte Tagebücher einzusehen. Was für ein sensationeller Fund! Wir haben gehört, dazu gehöre auch eine Karte, die den Weg nach Shambala zeigt – möglicherweise der Weg zum Paradies auf Erden."

Der Maharadscha erhob eine pummelige, matt glänzende Hand. Sofort erstarb alles Getuschel und Lachen im Saal. Die Geste kam so unerwartet, dass sie selbst meine Tante zum Schweigen brachte.

„*Nein*“, sagte er.

„Wie bitte?“, stammelte meine Tante.

„Warum sollte ich es Ihnen erlauben, diese Dinge zu sehen?“

„Ähm … Ich bin eine berühmte Forschungsreisende und mein Bruder Theo ist ein namhafter Archäologe.“

„Sie wollen nicht sehen. Sie wollen nehmen“, verkündete der Kindkönig.

Mein Vater war vorgetreten und ich sah, dass er zitterte, als er nun zum Sprechen ansetzte. „Majestät …“, konnte er gerade noch murmeln, bevor der Junge ihn unterbrach: „Die Briten haben immer wieder Schätze der Inder gestohlen.“

Meine Tante reckte sich empört zu voller Größe auf. „Euer Hoheit! Wir sind keine Diebe!“

„Madam, Sie sind in meinem Palast herzlich willkommen. Aber nicht in meinen Schatzkammern.“

„Ich versichere Euch, mein Interesse an diesen alten Papieren ist rein wissenschaftlicher Natur“, protestierte meine Tante.

„Ich glaube Ihnen. Aber selbst Ihre mächtige Königin ist …“ Er wedelte mit den Händen umher und pausierte dann kurz für eine geflüsterte Unterhaltung mit dem Dewan. Als er fortfuhr, grinste der Maharadscha. „Selbst Königin Victoria ist eine Diebin. Sie hat meinem Bruder, dem Maharadscha, Indiens größten Edelstein gestohlen, den Diamanten Koh-i-Noor.“

Meine Tante war für einen Moment sprachlos. Wohl

um die ungeschminkte Direktheit seines Schützlings abzumildern, trat der Dewan lächelnd vor. Mit einigen blumigen Sätzen lud er uns alle zu einer großen Shikar, einer Tigerjagd, ein. Wir würden morgen Früh beim ersten Morgengrauen in Richtung Dschungel losziehen.

Als wir draußen waren, betrachtete ich den Palast noch einmal in seiner ganzen Pracht. Es war wirklich ein herrliches Gebäude, mit märchenhaften Türmchen und Kuppeln gespickt. Schaute man allerdings etwas genauer hin, sah man die Spuren von Holzwürmern, die das imposante Holzbauwerk von innen her auffraßen. Welch ein Symbol für das ganze höfische Tun, überlegte ich. Von außen sah alles so wunderbar aus, aber innerlich wurde es von Habgier und Misstrauen zerfressen.

Als wir uns vom Palast entfernten, fiel die Anspannung langsam von mir ab. Hier auf den weitläufigen Ländereien konnten wir uns an plätschernden Springbrunnen und Rad schlagenden Pfauen erfreuen. Wir weideten unsere Augen an riesigen Feigenbäumen mit armdicken Luftwurzeln, an zwitschernden Vögeln und plappernden Affen. Statt der Birken und Zedern englischer Parks standen hier Mangobäume – beladen mit saftigen, goldgelben Früchten –, Peepalbäume und leuchtend orange blühende Malabar-Lackbäume. Der süße Duft von Jasmin war allgegenwärtig. Es war, als wäre man in ein exotisches Märchen hineingezaubert worden.

Als wir im Schatten eines Feigenbaums standen, der unser Gästehaus überragte, sagte Mr Prinsep tröstend: „Ärgern Sie sich nicht wegen der Tagebücher. Die meisten Menschen würden ihre rechte Hand dafür geben, einmal mit auf eine der königlichen Tigerjagden gehen zu dürfen."

„Danke vielmals, ich brauche beide Hände noch", keifte Tante Hilda. Das Schweigen, das ihren Worten folgte, machte erst recht deutlich, wie zornig sie war. „Ich will Ihnen mal etwas sagen, Mr Prinsep", fuhr sie fort. „Ich halte Ihren Mini-Maharadscha für ausgesprochen altklug, um nicht zu sagen respektlos. Ich werde mir diese Tagebücher ansehen. Und wenn ich dafür in die Schatzkammer einbrechen muss." Mit diesen Worten machte Tante Hilda kehrt und verschwand im Gästehaus.

Angespannt folgten wir ihr – in so einer Stimmung ist meine Tante fast genauso gefährlich wie ein wilder Tiger. Als wir den Flur betraten, blieb ich erstaunt stehen.

An der Wand vor mir hing ein Ölgemälde: Ein Inder ruhte auf einem Tigerfell mit einem Gewehr auf dem Schoß und einer dicken Perlenkette um den Hals. Der Mann trug einen fast so dichten Schnurrbart wie Champlon. Etwas in dem vom Bart halb verdeckten Gesicht machte mich stutzig. Dieser volle, vergnügungssüchtige Mund, die schmalen Wangen, die fahle Haut. All das kam mir merkwürdig bekannt vor. Vor allem der Ausdruck in den dunklen Augen erinnerte mich an jemanden. Der Künstler hatte den Blick des Mannes perfekt eingefangen.

Ich hatte diesen Inder vor Kurzem erst irgendwo gesehen, frisch rasiert zwar – aber doch ganz eindeutig denselben Mann.

„Wer ist das?“, wandte ich mich eilig an Prinsep.

„Ich dachte, die Bilder von ihm wären längst alle entfernt worden“, antwortete er.

„Jaja, aber wer ist das?“

„Dieser Mistkerl Malharrao natürlich – der alte Maharadscha.“

10

Als wir am nächsten Morgen zur Tigerjagd in Richtung Dschungel aufbrachen, schwirrte mir immer noch der Kopf. Natürlich hatte ich meine Entdeckung nicht für mich behalten können. Ich hatte den anderen sofort erzählt, dass ich in dem vermeintlichen Diener, der in Bombay vom Schiff gegangen war, den alten Maharadscha wiedererkannt hatte. Meine Tante glaubte mir, meine Freunde ebenfalls. Prinsep dagegen schien nicht ganz überzeugt, was mich ziemlich ärgerte, schließlich konnte meine Entdeckung von großer Bedeutung sein.

Es sah nämlich ganz so aus, als habe Malharrao – der bösartige ehemalige Maharadscha von Baroda – Champlon entführt und nach Indien verschleppt. Warum, wusste ich nicht. Und auch nicht, wer die beiden Invaliden im Rollstuhl sein könnten. Doch ich hatte eine Vermutung und die bereitete mir mächtig Bauchgrimmen.

Konnten die beiden „Kranken“ etwa zwei Brüder sein, mit denen wir es schon einmal zu tun gehabt hatten? Die Gebrüder Baker? Reich, teuflisch und skrupellos, wie sie waren, hätte es mich nicht gewundert, wenn sie Malharrao aus dem Gefängnis befreit und sich mit ihm zusammengetan hätten.

Aber was wollten sie von ihm? Wenn es die Bakers waren, was hatten sie in Indien zu suchen? Und wie passte der diebische Affe dazu? Es war alles ziemlich verwirrend. Lauter Fragen über Fragen – und keine Antworten.

Ich hatte das Gefühl, nicht mehr so klar denken zu können wie in England. Indien war einfach zu fremd. Die neuen Eindrücke, die Gerüche und die wogende Menschenmenge draußen vor den Toren des Palastes, alles verunsicherte mich. Sogar die Luft war hier anders, heiß, moschuslastig und voll klebriger Staubpartikel.

Als Mitglied der königlichen Gesellschaft war ich von Luxus umgeben, von Seide und Elfenbein und Fünfzehn-Gänge-Menüs. Vor den Palasttoren dagegen lauerten Gefahr, Rebellion und Armut.

Auch im Palast konnte man sich mittlerweile nicht mehr sicher fühlen. Erst gestern war ich mit einem Mann zusammengestoßen, der vor meiner Tür herumlungerte. Ich hatte mich entschuldigt und er hatte grinsend die Goldzähne aufblitzen lassen. Aber beim Ausdruck seiner Augen war mir ein Schauer über den Rücken gelaufen. Wer war er? Ein Leibwächter? Ein Spion? Ich hatte keine Ahnung.

Es gab hier so viele Seilschaften und geheime Bündnisse, die ich einfach nicht verstand. Hinter den Kulissen wurden Ränke geschmiedet, Verschwörungen, die die Kraft hatten, Könige und Prinzen zu stürzen. Aber immer wenn ich versuchte, die Fäden zu entwirren, rieselte mir die Lösung wie Sand durch die Finger.

Was hatten die Verschwörer mit Champlon vor? Konnten wir ihnen vielleicht etwas im Tausch gegen den Franzosen anbieten? Und dann war da noch dieser beängstigende Drohbrief an mich …

„Kit, du führst Selbstgespräche." Rachel knuffte mich in die Seite, während Waldo, der uns in der Elefantensänfte gegenübersaß, hämisch grinste.

„Oh, Entschuldigung."

„Versuchst du, die Probleme der Welt zu lösen?", fragte Waldo. „Du ganz alleine?"

Ich runzelte nur die Stirn und schaute durch die Seidengardine unserer Elefantensänfte nach draußen. Es war seltsam, auf einem Elefanten zu reiten, aber das Tier war erstaunlich schnell. Nachdem wir Baroda hinter uns gelassen hatten, hatten wir Reisfelder und kleine Dörfer durchquert, bis wir schließlich in den Dschungel eingetaucht waren.

Und dieser Anblick war so wundervoll, dass kurzfristig all meine Sorgen von mir abfielen. Das Blätterdach der Bäume schlug über uns zusammen, Insekten schwirrten um unsere Köpfe herum und die Luft war erfüllt von den Schreien exotischer Vögel: Spateldrongos, Paradiesschnäpper, Schwarzgesicht-Raupenfänger. Das einzige Geräusch, das ich von zu Hause kannte, war das vertraute Tock-Tock der Spechte.

Vom Rücken des schwankenden Elefanten aus erspähte ich eine Herde Antilopen, die mit ihren schlanken Beinen wie Ballerinas aussahen. Sie standen am Rand einer Lichtung und beobachteten uns, ihre gewundenen Hörner bebten. Sie wirkten so zerbrechlich, dass man sich beinahe fragte, wie sie in der rauen Wildnis bloß überleben konnten. Eine Sekunde später stoben sie davon. Über unseren Köpfen brachen Affen durch die Zweige und aus dem Augenwinkel sah ich ein schwarz-gelb getupftes Etwas pfeilschnell vorbeischießen. Ein Gepard oder vielleicht ein Leopard.

Schließlich kamen wir an ein Wasserrinnsal, das über einen Abhang in ein Wasserloch plätscherte. Bestimmt füllte sich dort unten in der Regenzeit ein gewaltiger Tümpel. Im Moment war das Wasserloch weitgehend ausgetrocknet, nur an der tiefsten Stelle gab es noch ein wenig feuchten Matsch.

Um uns herum hingen Vorhänge aus Schlingpflanzen von den Bäumen und Büschen. Wir waren umgeben vom Kreischen der Sittiche, vom Flüstern und Knacken umherschleichender Lebewesen: Tiger, Panther, Keiler, Hirschantilopen.

Mein Vater saß zusammen mit dem Maharadscha und meiner Tante auf dem zweiten Elefanten. Nun tauchte sein Kopf erstaunt aus der Sänfte auf.

„Da ist ja gar kein Platz für eine Rast!“, rief er, sichtlich bestürzt beim Gedanken an das schlangenverseuchte Gras.

„Unsinn.“ Der Maharadscha wedelte munter mit der Hand. „Wir werden uns einfach auf Gottes Boden setzen.“

Er hatte gut reden. Seine Diener holten für ihn einen hübsch verzierten goldenen Stuhl hervor. Der Rest unserer Gesellschaft, zu der auch Mrs Spragg und ihre Leibwächter gehörten, musste sich mit Teppichen begnügen. Die schwankende Reise auf einem Elefanten war für einige meiner Begleiter eindeutig etwas zu viel gewesen: Isaac und Miss Minchin waren leicht grünlich im Gesicht.

Der Maharadscha stieg ab und tätschelte seinen Lieblingselefanten Sonali: ein Tier, so groß wie ein Omnibus, mit großen, tief liegenden Augen, die von faltigen Hautlappen umgeben waren. Die Elefantenkuh schaute einen so traurig an, dass man hätte schwören können, sie verstehe alles. Der Maharadscha streichelte ihr liebevoll die Flanke und fütterte sie mit Mangostücken.

„Sonali, meine Hübsche“, flüsterte er und kraulte sie ausgiebig. Wir sahen etwas verunsichert zu – schon ein einziger Hieb des Elefantenrüssels hätte uns in hohem Bogen durch die Luft fliegen lassen. Sonalis Füße hätten einen Menschenschädel jederzeit wie eine Porzellantasse zermalmen können.

„Keine Angst“, sagte der Maharadscha lächelnd, als

er unsere ängstlichen Blicke sah. „Sonali tut keinem Moskito etwas zuleide ... Na los, streichelt sie ruhig!“

Das war ein königlicher Befehl. Waldo trat vor, aber ich war schneller.

Tja, und so kam es, dass ich einen lebenden Elefanten streichelte. Sonalis Haut fühlte sich schorfig und rau an, es war, als fahre man mit der Hand über eine alte Ledertasche. Ein Tier, das über drei Tonnen wog, aber lammfromm war. Sie rollte vergnügt ihren Rüssel ein, als meine Freunde und ich ihr die Flanken tätschelten, und schien uns anzulächeln.

Während der Mahout, ihr Führer, sie schließlich zu den anderen Tieren brachte, begann die kleine Armee von Bediensteten, die den Maharadscha überallhin begleitete, nun mitten im Dschungel mit ihrer Arbeit. Erst packten sie etliche Tragkörbe aus. Silberne, dampfende Terrinen kamen zum Vorschein, Essschüsseln aus Zinn, Chutneys und eingelegtes Gemüse, Flaschen mit bonbonfarbenen Fruchtgetränken. Mir lief angesichts dieses fürstlichen Mahls sofort das Wasser im Mund zusammen. Bei einem Maharadscha war selbst ein schlichtes Picknick offenbar ein Großereignis.

„Mulligatawny!“, verkündete der Maharadscha. „Ich weiß doch, wie sehr ihr Engländer euer Pfefferwasser liebt!“ Er deutete auf eine große Terrine mit einer bräunlichen, schäumenden Flüssigkeit, in der sonderbare, undefinierbare Brocken schwammen. Einfach ekelerregend.

„Wie umsichtig, Euer Hoheit“, sagte Mrs Spragg und lächelte geziert. „Bei dieser schrecklichen Hitze gibt es nichts Besseres als Mulligatawny.“

Ich verzog das Gesicht – ich kann diese Pfeffersuppe nämlich nicht ausstehen. Von all den seltsamen Gerichten, die ich in diesem Land probiert hatte, war es das schlimmste überhaupt, eine fiese Mischung aus den übelsten Erzeugnissen der englischen und indischen Küche. Leider sind die Inder davon überzeugt, wir Briten würden dieses Zeug lieben, dabei ist es so wässrig und widerlich, dass es mir jedes Mal die Kehle zuschnürt, wenn ich davon probiere.

Meine Laune besserte sich allerdings ein wenig, als ich sah, was die Diener als Beilagen zur Mulligatawny auspackten: geviertelte hart gekochte Eier, gewürfeltes Gemüse, in Scheiben geschnittenen kalten Currybraten, würzige Papadamfladen und so weiter und so weiter …

„Mmh“, seufzte ich genüsslich, als mir ein besonders leckerer, süßlicher Duft in die Nase stieg.

Er stammte von der großen Platte mit dem Gewürzreis des Maharadschas. Rund um den riesigen Teller waren in kleinen, silbernen Schüsseln die Beilagen angerichtet: Soßen, Hähnchenteile, Aufstriche, pikantes Gebäck, Chutneys. Mir knurrte der Magen, als ich mir die Tafel des Maharadschas so ansah.

Rachel funkelte mich warnend an. Sie war davon überzeugt, dass wir ständig Gefahr liefen, vergiftet zu werden. Meine arme Freundin litt nämlich seit unserer Ankunft in Indien unter grässlichen Magenbeschwerden. Mein Magen hingegen schien aus Gusseisen gemacht zu sein, denn ich vertrug die hiesige Kost bestens. Der Maharadscha bemerkte meinen hungrigen Blick und bedeutete mir mit einer ausholenden Handbewegung, mich nach Belieben vom üppigen Angebot zu bedienen.

Doch Mrs Spragg ging dazwischen. „Nein, liebe Kathleen!“, keifte sie. „Das wird viel zu scharf für dich sein. Du solltest besser bei englischer Kost bleiben.“

Ich war drauf und dran, zu protestieren, als meine Tante mich rettete.

„Meine Nichte Kit und ich lieben die indische Küche“, erklärte sie dem Maharadscha. „Wir würden uns geehrt fühlen, von Eurer Kost probieren zu dürfen. Was ist dies?“

„Hühnchen Biryani“, antwortete er strahlend.

Mrs Spragg brummelte mürrisch, aber der Maharadscha freute sich. Lächelnd winkte er seinen Dienern zu – und binnen Sekunden hatten meine Tante und ich zwei volle Teller vor uns stehen. Auf seidenen Teppichen sitzend ließen wir es uns schmecken. Der Reis duftete würzig süß nach Kokosnuss und Rosinen. Die Currysoße war sämig und kräftig und das eingelegte Gemüse so scharf, dass ich mir regelrecht den Gaumen verbrannte.

Alles in allem war es eine der köstlichsten Mahlzeiten meines Lebens – und ich erwies mich als ihrer würdig, indem ich meinen Teller ratzeputz leer aß und zweimal Nachschlag nahm. Dabei gelang es mir, Rachels leidenden Blick zu ignorieren. Waldo, Isaac und mein leicht nervöser Vater langten ebenfalls tüchtig zu, während Mrs Spragg sich argwöhnisch zurückhielt.

Vielleicht eröffne ich eines Tages ein indisches Curry-Restaurant in Oxford, denn ich bin in Sachen fremdes Essen genauso experimentierfreudig wie beim Reisen in fremde Länder. Und es wäre mir ein Vergnügen, die zaghaften englischen Gaumen von verkochtem Gemüse und talgiger Fleischpastete wegzulocken und zu den Köstlichkeiten des Orients zu führen.

Nach dem Hauptgang kam die Nachspeise – die allerdings enttäuschte mich sehr. Es gab unter anderem runde, helle süße Teilchen, die ein bisschen nach Kondensmilch schmeckten und Barfi genannt wurden. Sie waren noch ganz annehmbar. Auf jeden Fall besser als die trockenen und krümeligen orangefarbenen Dinger, die Ludo hießen. Schrecklich! Unwillkürlich sehnte ich mich nach den Köstlichkeiten, die unsere Köchin in Oxford auf den Tisch zauberte – den sahnigen Sherrytörtchen oder dem saftigen Kuchen mit geschmolzener Schokolade ... Indische Hauptgerichte mögen würziger sein als unsere, dachte ich, aber ihre Nachspeisen sind mit englischen nicht zu vergleichen!

Kurz darauf beendeten wir unser Mahl und stiegen wieder in die Elefantensänften. Unsere Karawane zog weiter, immer tiefer in den Dschungel hinein. Über uns erstreckte sich ein dichtes Dach aus Palmen und Schlingpflanzen, welches das Licht fast gänzlich aussperrte. Die Elefanten trampelten sich mühsam und rüsselschwingend ihren Weg durch das Unterholz.

Plötzlich ertönte ein Schrei direkt vor meiner Nase. Ein Paradiesschnäpper war aus den Büschen herausgeschossen und waagerecht an mir vorbeigezischt, einen Schleier schneeweißer Schwanzfedern hinter sich herziehend.

Wir näherten uns der Tigerjagd. Zahlreiche Treiber waren während der letzten Tage unterwegs gewesen, um nach Tigerspuren zu suchen. In diesem Teil des Dschungels hatten sie schließlich einige entdeckt und daraufhin eine lebende Ziege an einen Pflock gebunden, um den Tiger anzulocken. Sie beteuerten, er sei todbringend, ein Menschenfresser, der ein junges Mädchen aus einem nahe gelegenen Dorf verschleppt habe.

Wir kamen zu einer Lichtung und die Treiber gaben uns durch Zeichen zu verstehen, wir mögen leise sein. Die Ziege war am Rand der Lichtung neben einem dicken Grasbüschel angebunden gewesen. Armes Ding – das Einzige, was davon noch übrig war, waren sein Kopf und ein bluttriefender Brustkorb. Nur ein wildes Tier konnte dies getan haben. Mit einem Mal packte mich das Jagdfieber, mein Atem ging schneller.

Rachel hingegen war angewidert. Sie wandte ihre

sanften Augen ab und raunte: „Die Ziege hatte keine Chance.“

„Kann ich doch nichts dafür“, sagte ich.

„Hier geht's nicht um dich, Kit. Stell dir nur mal ihren Todeskampf vor.“

Der Jagdführer schlich sich seitlich an uns vorbei nach vorn, gefolgt von Sayaji, dem jungen Maharadscha. Selbst hier, mitten im Dschungel, war er im Grunde ein Gefangener seiner Leibwächter, die ihn vor Attentätern schützen sollten. Waldo, meine Tante und ich huschten hinter ihnen her zu dem Ziegenpflock, während Isaac, Rachel und die anderen es vorzogen, uns aus sicherer Entfernung vom Elefantenrücken aus zu beobachten. Lautlos schlichen wir uns näher – Tiger geben einem keine zweite Chance.

Als die Jäger am Grasbüschel ankamen, signalisierten sie uns, stehen zu bleiben. Ich schaute mich um. Aus dem linken Augenwinkel erhaschte ich einen Blick auf etwas Gelb-Schwarzes im Dickicht. In Gedanken verfluchte ich noch meine Tante, die mir verboten hatte, eine Waffe zu tragen. Und plötzlich sprang mir etwas entgegen. Mit glühenden Augen, angelegten Ohren und nach vorn gereckten Pranken stürzte sich der Tiger auf mich.

Ich taumelte nach hinten, ein erstickter Schrei entrang sich meiner Kehle. Vor Angst konnte ich kaum atmen. Der Maharadscha schrie schrill auf. Sofort ballten sich seine Leibwächter zu einem Schutzschild um ihn zusammen, obwohl der Tiger nicht ihn, sondern mich angegriffen hatte. Eine Pranke war direkt vor meinem Gesicht und näherte sich bedrohlich meinem linken Auge, während ich mich rückwärts gegen einen Busch drückte.

Da fiel ein Schuss.

Die Pranke fiel herab, streifte dabei aber doch noch mein Gesicht. Eine weitere Kugel zischte so dicht an mir vorbei, dass sie mir das Ohr versengte.

Auf meinem Gesicht war Blut, das spürte ich. In der nächsten Sekunde fiel mir etwas Schweres direkt auf die Füße – der Tiger, ein gewaltiger, schwarz-gelb gestreifter Fellhaufen.

„Danke", stammelte ich und wand mich unter dem Gewicht des leblosen Tieres heraus. In meinem linken Ohr summte und surrte es.

Der Tiger lag mir zu Füßen, seine kraftvollen Muskeln zuckten noch einmal kurz, bevor er schließlich endgültig reglos liegen blieb. Ein einziger Prankenhieb von diesem prachtvollen, mächtigen Tier hätte genügt, um mich zu töten.

„Waldo, du hast mir das Leben gerettet!"

„Das war nicht ich!", brüllte mein Freund wie von Sinnen. „Woher kam der Schuss?"

„Tante Hilda?"

„Still, Kind!", schrie sie.

Spannung knisterte in der Luft. Die fünf Leibwächter scharten sich um den Maharadscha, ihre Augen wanderten rundum, suchten den Schützen. Mrs Spraggs Wächter stand neben den Elefanten, sie selbst hatte sich tief ins Innere der Sänfte geduckt. Irgendwo knackte ein Zweig und ich fuhr erschrocken zusammen.

„Wer hat denn jetzt geschossen?“, platzte ich heraus. Doch im gleichen Augenblick zischte eine weitere Kugel hinter mir vorbei – und auf den Maharadscha zu.

Der junge Herrscher erstarrte. Die Zeit schien stehenzubleiben. Eine weitere Kugel wurde abgefeuert, dann noch eine. Die Leibwächter schossen in wilder Panik zurück.

Aber der Angreifer, wer auch immer es sein mochte, schien nicht mit normalen Kugeln zu hantieren. Die Kugeln stießen im wilden Zickzack herab und kurvten regelrecht um die Leibwächter herum. Wie von unsichtbarer Hand gelenkt fanden sie ihren Weg zum Maharadscha, als wären sie Nägel, die auf einen Magneten zusausten.

Ein Geschoss fuhr mitten durch den Turban des Maharadschas und hinterließ ein schwarzes Loch. Das zweite zischte um Haaresbreite an seinem weichen, rundlichen Hals vorbei.

Der Maharadscha schrie auf wie ein verletztes Tier und bebte am ganzen Körper. Aber er duckte sich nicht. Und so wäre er vielleicht getötet worden, hätte ihn nicht ein Leibwächter mit dem Knauf seines Gewehrs zu Boden gestoßen.

Meine Augen versuchten verzweifelt, das Gestrüpp

aus Büschen, Bäumen und Schlingpflanzen zu durchdringen. Der Angreifer konnte überall sein. In dem Niembaum dort drüben, hinter dem wilden Jasmin dicht neben uns, irgendwo im Schwarz des Dschungels. Vielleicht waren es auch mehrere Banditen, die uns hierhergelockt hatten, um uns zu umzingeln und regelrecht abzuschlachten. Ein Hinterhalt.

Panik erfasste mich, meine Augen schnellten nach allen Seiten. Doch ich entdeckte nichts, kein verräterisch schimmerndes Gewehr weit und breit.

11

Hinter mir schrie jemand.

Ich wirbelte herum. Waldo hielt seine Waffe nach vorn gestreckt wie ein Schwert. Er ist angeschossen worden, dachte ich und wollte zu ihm laufen, aber meine Füße gehorchten mir nicht. Während ich wie versteinert zusah, hob Waldo sein Gewehr und zielte auf einen hohen Baum. Es war ein wilder Mandelbaum, der mit roten Blüten übersät war – mir kamen sie in diesem Moment vor wie Blutspritzer.

Das Gewehr krachte. Im nächsten Augenblick fiel ein Revolver vom Baum, gefolgt von einer dunklen Gestalt, die mit einem dumpfen Aufprall in einem Dornenbusch landete. Der Maharadscha schrie auf, Tante Hilda brüllte und die Leibwächter schossen weiter in den Dschungel hinein. Zu Tode erschrocken, trompeteten die Elefanten ohrenbetäubend über den Tumult hinweg.

Endlich setzten sich meine Füße in Bewegung. Ich rannte hinter Waldo her zu dem Wildmandelbaum, während zwei muskelbepackte Leibwächter den vom Baum gefallenen Mann auf die Beine stellten.

Es war eine stockdürre Gestalt mit einem dichten Schnurrbart, bekleidet mit einem schmuddeligen Hemd und einem Lendentuch. Er sah benebelt aus, die Augen blickten stumpf ins Leere. Ein Wächter schlug ihm hart ins faltige, sonnengegerbte Gesicht, doch er reagierte kaum.

Plötzlich stieg mir ein entsetzlicher Gestank in die Nase – der Wildmandelbaum roch so beißend wie eine offene Kloake.

Ich taumelte zurück. Doch dann mischte sich ein anderer Duft in den Gestank: voll, blumig und widerwärtig süß. Eine Mixtur aus Jasmin und Moschus. Ein altvertrauter Duft.

Champlon!

Ich blinzelte den Mann an, der wie eine magere Stoffpuppe zwischen den Leibwächtern hing. Das konnte doch nicht sein! Aber es gab keine andere Erklärung. Diese herumkurvenden Geschosse. Niemand sonst auf der Welt konnte so vortrefflich schießen wie unser französischer Freund.

Ich ging zu den Leibwächtern hin und schüttelte ihren Gefangenen am Arm.

„Monsieur Champlon? Ich bin es, Kit."

In den Augen des Mannes blitzte kein Funken des Wiedererkennens. Er schien von der Aufregung rundum nichts mitzubekommen – oder sie ließ ihn kalt. Aber der Schnurrbart, die hervorspringende Nase … Es war eindeutig der Franzose.

Von Champlons Hand tropfte Blut: Die Kugel hatte einen seiner Finger erwischt. Warum fühlte er den Schmerz nicht?

Waldo starrte den Franzosen an und keuchte.

„Das ist er“, stieß er hervor. „Der verdammte Champlon.“

Sofort hastete meine Tante herbei, und als sie Champlon erkannte, war sie so verdutzt, dass ich kurz dachte, sie würde in Ohnmacht fallen. Aber sie riss sich zusammen und baute sich leicht zittrig vor ihm auf. Und dann ohrfeigte sie ihn.

„Das ist dafür, dass Sie mich haben sitzen lassen“, zischte Tante Hilda. „Sie Ratte!“

Champlon blinzelte überrascht und starrte sie unbeteiligt an. Tante Hildas Unterlippe begann angesichts seiner Gleichgültigkeit zu beben.

„Gaston! Ich bin es!“

Er blieb ausdruckslos.

„Gaston, ich bin’s, Hilda!“ Ihre Stimme brach. „So sagen Sie doch etwas.“

Inzwischen hatten die Leibwächter Champlons Hände so fest zusammengebunden, dass ihm das Seil in die Haut schnitt.

Der Maharadscha streckte Waldo seine Hand entgegen. Sein rundliches Gesicht strahlte.

„Du hast mir das Leben gerettet.“

„Nein“, wehrte Waldo ab und glühte vor Stolz. „Ich meine … ähm … ja, schon, aber das war nur …“

„Ein Glücksfall“, unterbrach ich ihn. Fies von mir, ich weiß. Aber es ärgerte mich, dass Waldo seine Heldentat jetzt schon zu Kopf zu steigen begann. Er hatte Champlon das Gewehr glatt aus der Hand gepustet! „Euer Hoheit, dieser Mann ist ein Scharfschütze. Mein Freund hat nur so …“

„Hey“, warf Waldo ärgerlich ein. „Ich habe sehr genau gezielt.“

„Du bist ein Held“, sagte der Maharadscha, ohne auf unseren Streit einzugehen. Mit seiner melodischen Singsang-Stimme klang er wie einer seiner Bülbül-Vögel. „Bestimmt weil du Amerikaner bist. Man nennt dein Land Neue Welt, nicht wahr?“

Waldo nickte stolz.

„Es ist ein wirklich schönes Land.“

Der Maharadscha wandte sich nun an seinen Dewan. Doch Tante Hilda kam dem Minister zuvor und sprach hektisch auf den König ein.

„Ich kenne diesen Mann, Euer Hoheit“, quasselte sie los. Obwohl sie ihn bei Weitem überragte, strahlte der Kindkönig Würde aus. „Irgendwas stimmt hier nicht.“

„Wie meinen Sie?“

„Er ist Franzose. Noch dazu ein berühmter Forschungsreisender.“

„Er wollte mich umbringen.“

„Das muss ein Irrtum sein.“

„Er wird morgen bei Tagesanbruch hingerichtet. Sonali wird sich um ihn kümmern."

„Der Elefant? Was soll das heißen?", fragte Tante Hilda.

„Sie wird ihn zermalmen." Er ließ eine seiner plumpen Hände auf die andere herabklatschen. „Sein Kopf wird unter ihren Füßen zerquetscht."

Mir wurde plötzlich übel. Ich sah Champlons Kopf vor mir, wie er unter den gewaltigen, säulenartigen Füßen des Elefanten verschwand …

„Nein!", schrien Tante Hilda und mein Vater wie aus einem Munde.

„Ruhe!" Der kahlköpfige Dewan streckte gebieterisch seine Hand empor. „So lautet das Gesetz in diesem Land."

Für einen Moment senkte sich Stille über uns, nur noch das Schnaufen der Elefanten und das leise Rascheln und Knacken des Dschungels waren zu hören. Was auch immer der Franzose getan hatte – wir konnten ihn doch nicht so einfach hier in Indien sterben lassen.

„Euer Majestät." Meine Tante erhob ihre heisere Stimme zu einem verzweifelten Appell. „Natürlich müsst Ihr jeden hinrichten, der es wagt, Euch zu bedrohen. Aber hier ist etwas faul. Ich weiß es. Irgendwas stimmt mit diesem Mann nicht. Ich bitte Euch – er sieht wie ein Schlafwandler aus!"

„Ein was?"

„Er ist nicht er selbst. Da bin ich mir ganz sicher."

Sie schaffte es immerhin, den jungen Maharadscha zum Nachdenken anzuregen. Er ging zu Champlon und musterte ihn durchdringend. Der Franzose starrte weiter stumpf vor sich hin, als säße er mit seinen Freunden bei einem Herrenabend in London.

„Seltsam", sagte der Maharadscha. Dann fügte er etwas in seiner eigenen Sprache hinzu – die, wie ich mittlerweile wusste, Gujarati heißt. Die Leibwächter, die Champlon festhielten, schienen zu protestieren, doch ein scharfes Wort des Dewan genügte, um sie zum Schweigen zu bringen. Sie lösten die Fesseln des Franzosen, blieben aber dicht neben ihm stehen.

Der Maharadscha schüttelte Champlon die schlaffe Hand. „Ich habe so etwas einmal in meinem Dorf gesehen, vor langer Zeit. Bevor ich Maharadscha wurde." Und dann tat der Kindkönig etwas Merkwürdiges: Seine Finger streichelten über die Hand des Franzosen.

„Dies ist das Werk eines Fakirs", erklärte der Maharadscha und begann aufgeregt auf seinen Dewan einzureden. Der Berater übersetzte für uns.

„Der Maharadscha glaubt, dass der Mann hypnotisiert wurde. Er wurde in einen abwesenden Zustand versetzt und hat im Auftrag eines anderen gehandelt. Der Mann ist wie eine Marionette, er tanzt nach der Pfeife seines Herrn. Der Maharadscha hat als Junge gesehen, wie ein Mann durch einen Fakir verrückt gemacht wurde."

Tante Hilda schrie wütend auf, doch der Dewan hob Ruhe gebietend die Hand.

„Verzweifeln Sie nicht. Der Maharadscha hat von seinen Eltern gelernt, wie man jemanden aus der Hypnose zurückholt."

Das Wort „Hypnose" hatte auch mir einen Schock versetzt. In der Tat haftete dem seltsamen Verhalten des Franzosen etwas Hypnotisiertes an. Die matten, leeren Augen, der schlaffe Mund ... Dieser Mensch hatte nichts mehr von dem energischen und ungeduldigen Forschungsreisenden Gaston Champlon, den wir so gut kannten.

„Das ist das Werk eines sehr mächtigen Fakirs", fuhr der Dewan fort.

Im Schlingpflanzengewirr über uns erhaschte ich plötzlich einen flüchtigen Blick auf ein Paar gelbe Augen in einem faltigen Gesicht. Es war fast menschlich, aber so greisenhaft und hässlich, dass es doch von keinem Menschen sein konnte. Ein durchdringender, übler Geruch drang zu mir nach unten und die Schramme, die mir der Tiger zugefügt hatte, pochte auf einmal in heftigem Schmerz. Der Affe!

Keuchend blickte ich hinauf in das intensiv leuchtende Rot und Grün des Wildmandelbaums, aber das Tier war verschwunden. Nur das Krächzen der Vögel, das Rascheln der Eidechsen und Schlangen war noch zu hören. Hatte ich eben wirklich diesen diabolischen kleinen Affen entdeckt, ausgerechnet hier, wo es von

Getier nur so wimmelte? Oder hatte ich mir das nur eingebildet?

Der Maharadscha hielt immer noch Champlons Hand umschlossen. Schlapp und mit leerem Blick stand der Franzose da. Doch als der junge Herrscher die Hand nun losließ, begann Champlon heftig zu husten und sein Gesichtsausdruck änderte sich schlagartig. Sein Kopf schlackerte von einer Seite auf die andere, die Augen funkelten wild. Und dann – als wäre er eben erst aufgewacht – wich er ängstlich vor den überraschten Wachen zurück, trottete zu Tante Hilda hinüber und drängte: „Madame, wir müssen uns beeilen. Wir müssen ins Randolph 'otel. Es macht kein guter Eindruck, wenn wir zu spät kommen."

„Gaston!", keuchte Tante Hilda.

Das Wort traf ihn wie ein Peitschenhieb. Er erstarrte und blickte sich erstaunt um.

„Wo bin isch?"

„Im Hyde Park?", antwortete meine Tante bissig. „Im Dschungel natürlich."

„Der Affe", murmelte Champlon. „Wo ist der Affe 'in?"

12

Ich wartete mit meinem Besuch bei Champlon bis zum nächsten Morgen, in der Hoffnung, er würde sich bis dahin ein wenig von dem Martyrium erholen. Entführung, Hypnose, ein Mordanschlag auf den König – das war ganz schön viel auf einmal, selbst für einen so erfahrenen Forschungsreisenden wie ihn. Sein Schlafgemach wurde von zwei grimmig dreinblickenden Soldaten bewacht.

Als ich eintrat, musste ich trotz des Ernstes der Lage ein Lächeln unterdrücken. *So* einen Kranken wie Champlon hatte ich noch nie gesehen. Sein Gesicht war kaum zu erkennen, denn um seinen Kopf hatte er ein mehrfach gewickeltes Handtuch geschlungen und wie eine Damenhaube unter dem Kinn zusammengebunden. Und wie konnte er es bei der Hitze nur unter so vielen Decken aushalten? Der Raum war stickig, nur hin und wieder wehte ein Junge mit seinem Palmwedelfächer einen kleinen Lufthauch zu uns herüber.

„Meine Köpf schmerzt“, stöhnte Champlon.

„Nicht Ihre Köpf, Monsieur“, knurrte ich, denn ich war noch immer ziemlich wütend auf ihn. „Ihr Kopf.“

„Isch sage doch, meine Köpf“, erwiderte Champlon matt.

Der Palmwedeljunge schwenkte seinen Fächer. Im nächsten Moment füllte ein anderer Junge die Schüssel neben dem Bett des Franzosen wieder mit eiskaltem Wasser auf.

Im Palast wimmelte es nur so von Bediensteten und für so ziemlich jede Aufgabe waren junge Diener abgestellt.

Ich gab es auf, Champlons Fehler korrigieren zu wollen, und senkte meine Stimme. Was ich zu sagen hatte, war etwas heikel und ich wollte nicht, dass jemand mithörte.

„Köpf oder Kopf ist egal“, sagte ich finster. „Sie können von Glück reden, dass dieser Fleischklops samt Schnurrbart überhaupt noch auf Ihrem Hals sitzt.“

Champlon fuhr sich unwillkürlich mit der Hand über den Nacken.

„Manch einer will ihn wohl rollen sehen.“ Ich machte eine Kopf-ab-Handbewegung. „Hören Sie, Monsieur, Ihr Leben steht auf der Kippe. Tante Hilda setzt sich gerade sehr für Sie ein. Die meisten Berater des Maharadschas hingegen bitten um die Erlaubnis, Ihren Kopf unter den Fuß seines Lieblingselefanten Sonali legen zu dürfen.“

„Mon Dieu!“, stöhnte Champlon. „Isch kann misch

an absolut nichts erinnern.“ Er blickte mich merkwürdig an. „Was ’ast du da im Gesischt?“

Meine Hand flog zu der Schramme, die der wütende Hieb des Tigers auf meiner Wange hinterlassen hatte. Sie pochte Tag und Nacht und mein ramponiertes Aussehen war mir schrecklich unangenehm.

„Nichts“, erwiderte ich hastig. „Monsieur Champlon, was haben Sie sich nur dabei gedacht? Wir haben uns alle solche Sorgen gemacht. Wie sind Sie bloß auf die Idee gekommen, den König erschießen zu wollen?“

„Meine Köpf explodiert.“

Ich warf ihm einen besorgten Blick zu. So schlechtes Englisch hatte er wirklich noch nie gesprochen. Es klang, als mache er sich über sich selbst lustig.

„Egal wie, eines ist jedenfalls klar“, sagte ich.

„Nämlisch?“

„Ich dachte immer, Sie wären ein brillanter Schütze, aber diesmal konnte selbst Waldo Sie ausschalten.“

Er starrte mich wütend an.

„Das war nischt der eschte Champlon.“

„Das meine ich wohl auch!“ Ich beugte mich zu ihm hinunter und sah ihm tief in die Augen. „Monsieur Champlon“, raunte ich mit sanfterer Stimme. „Sie müssen versuchen, sich zu erinnern. Es ist ganz wichtig. Fangen wir mit dem Affen an. Und dem Schiff.“

Er schaute mich verwirrt an, sein Schnurrbart bebte. „Welches Schiff?“

„Ich weiß, dass Sie mit uns auf dem Schiff waren,

Monsieur. Auf dem Dampfschiff *Himalaya*. Auf der Krankenstation."

„In meine Köpf ist alles so verworren. Als würde isch durch eine Traum wandeln. Alles ist neblig und isch schwebe. Isch se'e eine Mann, den isch kenne. Isch bin es selbst, aber isch bin es nicht. Isch se'e diese Mann und überlege, wer er ist."

„Monsieur." Ich nahm seine Hand. „Reißen Sie sich zusammen."

„Fragen, Fragen, Fragen ... Zuerst deine Tante und nun du. Aber isch weiß nicht, was diese Mann getan 'at. Er, oder sollte isch sagen isch, war krank auf die Schiff. Er war all die Tage krank, die Brüder waren krank auch."

„Brüder?"

„Keuchende Männer. Geister."

Geister. Sofort rasten meine Gedanken wieder zu den Gebrüdern Baker, die so geisterhaft blass waren. Allmählich mehrten sich die Zeichen, dass sie hinter all dem hier steckten. Das rätselhafte Entkommen von Malharrao aus dem Gefängnis – das passte einfach perfekt zu den Bakers. Sie blieben am liebsten hinter den Kulissen verborgen, schmiedeten teuflische Pläne und heuerten Handlanger für die Drecksarbeit an. Brüder, Geister – die Wörter, die Champlon benutzte, klangen sehr danach, als hätten wir es wieder mit unseren alten Feinden zu tun. Etwas Großes musste im Gange sein, wenn sie in Indien waren.

Aber Champlon kannte diese Männer doch. Hätte er es mir nicht direkt gesagt, wenn es wirklich die Bakers gewesen wären? Ich blickte auf den kranken Franzosen, während er weitersprach. Irgendwie wirkte er so blass und verschwommen, wie eine halb ausradierte Bleistiftzeichnung. Angesichts seines Zustands war ich erstaunt, dass er mich überhaupt erkannte.

„Einer der Männer 'atte ein fürschterliche 'aut, wie verbranntes Gümmi. Er war sischer krank. Wir waren alle krank. Der Affe, der Inder, isch. Isch erinnere misch an nichts – 'ab Erbarmen, Kit."

Champlon war so matt, dass ich ihn nicht weiter bedrängen wollte. Er war wirklich krank. Es war grausam von mir, ihm so zuzusetzen. Aber wenn er mir nichts erzählen konnte, wie sollte ich ihn dann vor der Hinrichtung bewahren?

Unschlüssig stand ich an seinem Bett, meine Finger kneteten das Stück Stoff, in das ich Amelia Edwards' Anch-Kreuz gewickelt hatte. Ich hatte den Fetzen den ganzen Weg von Oxford bis hierher wie einen Talisman bei mir getragen.

„Ich habe das Anch gefunden", murmelte ich geistesabwesend.

Meine Worte schlugen ein wie eine Bombe. Champlon wirkte auf einmal hellwach. Er sah mich an, wandte den Blick dann aber schnell wieder ab. Ich hatte seine Augen nur kurz aufblitzen sehen, aber da war so etwas Listiges darin gewesen ... Meine Kopfhaut begann zu prickeln und meine innere Stimme raunte mir zu, sehr, sehr vorsichtig zu sein.

Irgendetwas stimmte hier nicht.

Champlons verschlagener Blick ging mir nicht aus dem Kopf. Tat er etwa nur so, als sei er krank? Ich musste unbedingt auf der Hut sein.

„Es ist sehr wertvoll“, sagte ich ruhig. „Aus Lapislazuli!“

„Lapislazuli ist nur ein Halbedelstein, also nicht sehr …“, begann der Franzose, hielt dann aber inne.

„Aber sehr alt und damit wertvoll.“

„Bitte. Verschone mich. Ich bitte dich. Sag deiner Tante nichts!“

Champlons Sprachfehler war auf einmal fast komplett verschwunden. Er saß kerzengerade im Bett, das Handtuch war ihm vom Kopf gerutscht und das letzte bisschen Farbe aus dem Gesicht gewichen. Er wirkte völlig verängstigt.

„So alt … und …“, tastete ich mich vorwärts. Dann fiel es mir wie Schuppen von den Augen. „Aber hier geht es nicht nur um den Wert – sondern um einen Vertrauensbruch.“

Er ließ sich nach hinten sinken, sein Gesicht hob sich totenbleich vom Kissen ab.

„Sie haben Tante Hilda betrogen, nicht wahr? Aber warum?“ Mein Mitleid war schlagartig weg. „War es Habgier?“ Ich machte einen Schritt auf ihn zu. „Das ist alles nur ein Schauspiel, stimmt’s? Diese ganze Hypnosegeschichte. Sie sind gar nicht hypnotisiert worden! Sie waren genauso wenig hypnotisiert wie ich!“

Champlon holte tief Luft. Als er zu sprechen begann, klang seine Stimme gebrochen.

„Du bist noch ein Kind. Du verstehst das nicht.“

„Ich werde es allen erzählen: Tante Hilda, dem Maharadscha, der Polizei. Ich mache den ganzen Skandal öffentlich.“

„Bitte nicht.“

„Doch, sie werden es alle erfahren“, beharrte ich.

„Das kannst du mir nicht antun, dem guten alten Champlon. Isch ’abe doch immer …“

„Monsieur“, schnitt ich ihm das Wort ab. „Es gibt nur einen Weg, das zu verhindern. Sagen Sie mir alles. Alles! Dann überlege ich mir, was ich für Sie tun kann.“

„Du bist ein ’erzloses Mädchen, Kit.“

„Alles“, wiederholte ich kalt.

Er seufzte. „Wir waren einkaufen, deine Tante und isch, damals auf der alte Markt in Kairo. Plötzlich sa’en wir beide gleichzeitig auf ein Stand ein Anch liegen, neben einem Stapel Faksimiles.“

„Faksimiles?“

„Wertlose Fälschungen von antiken Dokumenten, die für gutgläubige Touristen angefertigt werden.“

Meine Gedanken wanderten zurück zu unserer Reise nach Ägypten. Meine Freunde und ich hatten zusammen mit Tante Hilda und Champlon ein Abenteuer erlebt, bei dem sich alles um einen gestohlenen Skarabäus gedreht hatte. Ich rief mir den Tag in Erinnerung, als Champlon und meine Tante zusammen über den Markt gegangen waren.

„Deine Tante be'auptet, Ägyptologin zu sein, aber sie 'at keine A'nung. Nicht wie Gaston. Sie wollte das Anch kaufen, aber isch sagte ihr, es sei wertlos. ‚Erkennst du etwa keine Fälschung?', zog isch sie auf. Doch als isch zurück im 'otel war und meine Bücher studierte, fand isch 'eraus, was es für ein Schatz war. Ein eschtes Anch, ein Original aus dem Alten Reich. Viele 'undert Pfund wert. Später schickte isch meinen Diener, es zu kaufen. Er bekam es sehr billig." Das hinterhältige Lächeln erblühte wieder auf seinem Gesicht. „Deine Tante würde einen Anfall bekommen, wenn sie das erfü're! Sie würde mir nie vergeben! Deswegen nahm isch mir vor, ihr nie zu erzählen, wie isch sie ausgetrickst 'abe."

„Sie doppelzüngiger Betrüger!"

Er zuckte mit den Achseln. „Jedenfalls glaube isch, deine Tante 'at in das gleische Buch geschaut. Arme Madame, das Anch ging ihr nischt aus dem Kopf. Am nächsten Morgen beim Frühstück erzählte sie mir, dass sie zurückgegangen wäre, um es zu kaufen – aber pah … es war weg. Glücklischerweise 'at sie nie erfa'ren, dass isch sie ausgetrickst 'abe. Denn der Verkäufer 'at gesagt, ein ägyptischer Junge 'abe es gekauft.

So war das. Seitdem nahm isch mein Anch überall

mit ’in. Und dann – Katastroph’. Isch las in der Zeitung etwas über diese schröcklische Frau, Amelia Edwards. Kennst du sie?“

Ich nickte. Miss Edwards ist schließlich die große Rivalin meiner Tante. Eigentlich denke ich sogar, dass sie berühmter ist als Tante Hilda, obwohl meine Tante dies natürlich vehement bestreiten würde.

„Miss Edwards ’atte in Kairo eine große Sammlung ägyptischer Antiquitäten, die sie nach London verschiffen wollte. Sie ’atte vieles der britischen Krone geschenkt. Doch dann schlugen in Kairo Räuber zu und stahlen die ’albe Sammlung aus dem Lager, bevor die Wachen sie vertrieben.“

„Ich weiß“, unterbrach ich ihn. „Ich habe den Artikel in der *Times* gelesen.“

„Oh, isch verstehe. Als die übrig gebliebenen Sachen schließlich in England ankamen, stellte Miss Edwards fest, dass einige Dinge fehlten, darunter eine alte Mumie und mein Anch. Mein Anch, Kit! Isch sah an jenem schrecklischen Morgen eine Zeichnung in der Zeitung. Zweifellos, mein Anch!“ Er machte eine kurze Pause, bevor er fortfuhr. „Nun, isch ’abe es nicht gestohlen. Isch ’abe es e’rlich gekauft.“

„Das sagen Sie“, murmelte ich und dachte daran, wie er meine Tante betrogen hatte.

Aber Champlon fuhr fort. „Isch marschierte durch meine Räume im College und zermarterte mir den Kopf. Was sollte isch tun? Es gab nur einen Ausweg.

Isch würde das Anch verkaufen müssen – unter der 'and. Isch 'atte bereits mit einem Sammler gesprochen, der sehr interessiert war. Aber das Ding brachte mir kein Glück."

Sie hätten es lieber zur Polizei bringen sollen, anstatt Geld aus Diebesgut zu schlagen, dachte ich. Aber ich hütete meine Zunge und hörte mir weiter seine Geschichte an.

„An jenem Morgen kleidete isch misch gerade an, als plötzlich ein seltsames Wesen in die Zimmer auftauchte. Schnatternd, schwatzend. Ein Affe. Er stürzte sich auf mein Anch, das auf meiner Tru'e lag. Schnappte es sich mit schmutzigen Pfoten. Ich jagte dem Affen 'inter'er, die Kletterpflanze 'inunter, quer übers Collegegelände, runter zum Kanal – und rauf auf den Ka'n. Dort wartete der Besitzer des Bootes, ein Inder. Und zwei blasse Männer. Isch kannte sie. Was denkst du, wer die beiden waren?"

„Die Bakers", murmelte ich.

Er hielt kurz inne, durchlebte den Moment offenbar noch einmal.

„Eine Falle." Seine Stimme zitterte. „Diese Brüder sagten nichts, sahen misch nur an. Wenn Blicke töten könnten, isch wäre auf der Stelle tot umgefallen."

Ich nickte und rief mir in Erinnerung, wie Champlon die zwei Brüder durch seine Schießkunst aus dem Tempel von Siwa verscheucht hatte. Es musste sehr erniedrigend für die beiden mächtigen Männer gewesen sein.

„Also kämpfe isch mit dem Affen. Er ist ein Biest, überaus wild, er spuckt und faucht. Isch reiße ihm das Anch weg. Da zerbricht es. Und auch mein Herz zerbricht. Ein Bruder schnappt sich den Affen, beruhigt ihn. Dann nimmt er mein Anch. Und sagt, sie 'ätten Beweise, dass isch das Anch von Miss Edwards gestohlen 'abe. ‚Nein, nein!', rufe isch. ‚Isch 'abe es ehrlich auf dem Markt erworben.' Aber sie lächeln nur. ‚Niemand wird Ihnen glauben', sagte der eine mit seine pfeifende Stimme. ‚Schließlich sind mein Bruder und isch 'öchst respektable Personen, sogar mit dem Prinzen von Wales befreundet. Wir werden bezeugen, dass Sie ein niederträchtiger Dieb sind. Ein Lügner, gemein, verdorben, ein französischer Dieb, der Schätze stiehlt, welche für unsere Königin gedacht waren. Deswegen habe isch keinen Zweifel, dass Sie wegen Verrats vor Gericht gestellt werden.' – ‚Mit ein wenig Glück', sagte der andere Bruder, ‚werden Sie sogar gehängt.'"

Champlon sackte in sich zusammen. „Glaube mir, Kit, isch 'atte keine Wahl. Isch sah mich bereits am Galgen. Denn weißt du ... da gibt es noch so eine uralte Geschicht ..."

„Und zwar?", fragte ich scharf, obwohl ich bereits eine Ahnung hatte. Sammler können skrupellos sein. Und sicherlich hatte Champlon schon mal ein doppeltes Spiel mit jemandem getrieben oder vielleicht hatte er sogar etwas gestohlen.

„Man konnte mir nichts nachweisen", antwortete er

rasch. „Isch war noch ein junger Mann ... damals. Aber irgendwie ... Es bleibt immer etwas ’ängen. Man kann sisch nie ganz reinwaschen.“

„Was haben Sie damals gestohlen? Wie lange ist das her?“

Champlon wich meinen Fragen errötend aus. „Es gab Anklagen, Zeitungsartikel. Selbst wenn sie misch nicht ’ängen – es würde mich ruinieren, das weiß isch. Den Rest kennst du, Kit. Es war eine gemeine Erpressung. Aber isch ’atte keine Wahl. Deine Tante ’ätte mir nie vergeben. Und isch ... Eine Frau wie ’ilda Salter gibt es kein zweites Mal auf der Welt. Sie ’at mir mein ’erz gestohlen, Kit.“

„Soso“, sagte ich säuerlich. Meine Gedanken wirbelten durcheinander. „Sie haben also nie unter Hypnose gestanden. Es war alles nur gespielt ... Mein Gott, Champlon, Sie sind der beste Schauspieler, der mir je begegnet ist!“

„Isch war aber wirklisch wie betäubt, die ganze Zeit, Kit, das musst du mir glauben“, sagte er eilig. „Als wäre der Affe in meine Köpf.“

„Kopf“, verbesserte ich ihn automatisch. „Ich würde Ihnen ja gerne glauben ... wenn Sie uns nur nicht schon so viele Lügen erzählt hätten. Also, fassen wir mal zusammen: Der alte Maharadscha Malharrao und die Gebrüder Baker haben Sie dazu gezwungen, den neuen König zu ermorden ... den kleinen Sayaji.“

„Aber isch ’abe danebengeschossen. Mit A’bsicht.

Und isch ’abe disch vor dem Tiger gerettet. Vergiss das nischt!“, flehte Champlon.

„Aus irgendeinem Grund wollten diese Kriminellen den jungen Maharadscha aus dem Weg räumen“, fuhr ich fort. „Sie hatten einen ausgefeilten Plan, um ihn loszuwerden – und dafür erpressten sie Sie. Aber warum? Warum nicht einfach hier vor Ort irgendeinen Mörder anheuern?“

„Das ’abe isch misch auch gefragt. Aber offensichtlich bin isch der beste Schütze der Welt.“

„Ja, das betonen Sie auch oft genug.“

„Diese Männer, die Bakers, sind nicht wie du und isch, Kit. Sie bestehen nur aus ’ass. Als isch auf dem Schiff mit ihnen auf der Krankenstation war, ’abe isch es erlebt. Sie ’aben kaum zwei Worte mit mir gewechselt. Isch fühlte solches Eis in ihnen, dass es mir schier die Knochen gefror. Isch war ein Vogel in der Falle. Sie wollten misch nur quälen. Es bereitete ihnen Freude, misch vor ihrer Macht erzittern zu sehen. Sie ’aben nie aufgehört, misch dafür zu ’assen, dass isch sie in Ägypten erniedrigt ’abe. Und sie werden auch nie damit aufhören.“

Nach diesem Ausbruch verfiel er in Schweigen. Ich dachte an Ägypten zurück: glühender Sand, brennende Hitze, überall nur Sandwüsten – und mittendrin diese beiden Brüder, deren Herz aus Eis bestand. Ja, im Schmieden von Racheplänen waren die Bakers wirklich Meister.

„Aber warum wollen die Bakers Sayaji umbringen?“, fragte ich.

Champlon senkte den Kopf.

„Isch weiß nischt. Sie führen böse Dinge im Schilde. Und sie benutzen diesen Idioten Malharrao.“

Ich war mir sicher, dass wir bisher nur einen Bruchteil ihres großen Plans aufgedeckt hatten. Was auch immer sie im Schilde führten – die Ermordung des Maharadschas von Baroda war wahrscheinlich nur der erste Schritt auf dem Weg zu einem größeren, viel teuflischeren Ziel.

„Ihre Lage ist sehr ernst, Monsieur. Die Berater des Maharadschas fordern Ihr Blut“, sagte ich. „Ich muss überlegen, wie ...“

Weiter kam ich nicht, denn in dem Moment wurde an die Tür geklopft und Waldo stürmte mit hochrotem Kopf herein.

„Wo warst du, Kit?“, sprudelte es aus ihm heraus. „Ich habe dich überall gesucht.“

„Hier natürlich. Erst denken, dann suchen“, antwortete ich.

„Ach, lass das jetzt. Hör zu, ich hab aufregende Neuigkeiten!“ Schweiß tropfte ihm vom Gesicht, das Hemd klebte an seiner Haut. „Der Maharadscha will uns sehen! Wir dürfen in seine Schatzkammer!“

„Jetzt auf einmal doch?“

„Ja. Ich weiß auch nicht, wieso. Und jetzt komm endlich!“

Ich warf einen letzten Blick auf Champlon, der mit zerknittertem Gesicht auf seine Kissen zurückgesunken war, dann raste ich hinter Waldo her aus dem Zimmer.

„Bitte“, hatte Champlon lautlos mit den Lippen geformt. „Hüte mein Geheimnis.“

Auf der Treppe, die zu den unteren Etagen des Palastes und den Schatzkammern führte, blieb der Maharadscha stehen.

„Habt ihr schon das Neueste gehört?“, fragte er.

„Nein, Euer Hoheit.“

„Gnade wächst nicht auf Bäumen.“

„Stimmt.“

Ein breites Lächeln erblühte auf seinem rundlichen Gesicht.

„Nirgendwo, außer in Baroda! Wir haben entschieden, eurem Freund Champlon zu verzeihen. Ich habe meinen Beratern gesagt, dass Gnade der Kern der Weisheit ist. ‚Lasst Gnade die Früchte des Rechts versüßen.‘“

„Oh, ich danke Euch, Euer Hoheit!“, rief ich hocherfreut.

Er winkte lässig mit einer Hand. „Reden wir nicht mehr davon. Nun zu Waldo. Ist das wirklich alles, was du willst, mein Freund? Das alte Tagebuch sehen?“

Waldo nickte.

„Junger Mann“, mischte sich der Dewan ein. „Der Maharadscha findet, du bist zu bescheiden. Als Dank dafür, dass du ihm das Leben gerettet hast, möchte er dir lieber Rubine geben, Diamanten, Gold, Tiger ... Nenne deinen Preis.“

„Ihr habt bereits genug getan, Euer Majestät“, wehrte meine Tante ab. Sie ertrug es nicht, wenn jemand anderes als sie selbst mit Reichtümern überschüttet wurde. „Monsieur Champlon zu verzeihen, war wirklich sehr gnädig.“

„Aber es ist mein eigener, persönlicher Wunsch, dir zu danken, Waldo, der Amerikaner“, beharrte der Maharadscha.

Waldo zögerte einen Moment. Ich konnte ihm ansehen, dass er sehr versucht war, die Diamanten und Tiger anzunehmen. Ich trat ihm von hinten in die Wade. „Autsch!“, knurrte er. Und nach einem Augenblick störrischen Schweigens antwortete er: „Es ist sehr freundlich von Euch, mir Geschenke anzubieten, Majestät, doch ich muss leider ablehnen.“ Er warf mir einen Blick von der Seite zu. „Für meine Freunde ist es sehr wichtig, die Tagebücher zu sehen.“

Der Maharadscha nickte. Kurz darauf folgten wir ihm im Gänsemarsch durch sich windende Korridore bis zu einer Eisentür, in die geschwungene Ornamente eingraviert waren. Drei Wächter in rot-goldenen Uniformen standen lässig davor. In ihren Gürteln steckten gekreuzte Krummsäbel. Als sie uns sahen, nahmen sie sofort Haltung an und ließen uns in die Schatzkammer eintreten.

Es war ein riesiger, hoher Gewölbesaal. Spinnweben umkränzten geriffelte Säulen, über unseren Köpfen spannten sich hölzerne Deckenbalken, in die wundersame Vögel und Tiere geschnitzt waren. Ich sah mich um und bewunderte alles, was ich im Halbdunkel sehen konnte. Der Dewan stieß ein Wort auf Gujarati hervor, woraufhin weitere Wachen herbeieilten und mit viel Getöse die Fensterläden aufrissen. Auf einmal war der Raum in helles Licht getaucht und wir erstarrten in Ehrfurcht.

Schätze. Mehr Schätze, als wir uns je hätten erträumen können! Eine Höhle Aladins, vollgestopft mit Gold, Silber, Edelholz und Elfenbein. Aus einer Truhe ergossen sich glitzernde Perlen, auf einer anderen stand wie vergessen ein goldener Becher, um den sich Schlangen aus Rubinen wanden. Der Maharadscha öffnete eine bronzene Schatulle voller Edelsteine. Was für eine Welt des Reichtums beschworen sie herauf: Saphire und Smaragde leuchteten wie die tiefen Wasser der Ozeane, Rubine funkelten scharlachrot wie edelster Wein. Unbekümmert griff Sayaji hinein und zog eine glitzernde Kette heraus: eine Reihe von Saphiren, die einen großen Diamanten umgaben.

„Der Stern des Südens“, sagte der Maharadscha und zeigte auf das schillernde Schmuckstück.

Der Diamant erstrahlte in einem seltsamen, geheimnisvollen Licht. Für meine geblendeten Augen sah es so aus, als hätte der Maharadscha ein kleines Stück des Mondes eingefangen und hielte es nun in seiner Hand. Mir ist klar, wie verrückt das klingt, aber ich habe wirklich noch nie in meinem Leben etwas so Glänzendes gesehen.

In respektvoller Verehrung scharten wir uns um den Diamanten. Wir waren wie gebannt: Rachel, Waldo, Isaac, Mr Prinsep, Miss Minchin, meine Tante, mein Vater und ich.

„Schönste Halskette der Welt", sagte der Maharadscha und legte sie genauso gleichgültig wieder zurück in die Schatulle, wie er sie herausgeholt hatte.

Ich warf einen Blick auf Waldo. Sein Gesicht war aschfahl. Nun, da er die Schätze des Maharadschas gesehen hatte, bereute er es offenbar, alle Geschenke ausgeschlagen zu haben.

„Hm-hm", räusperte er sich.

„Denk nicht einmal daran, jetzt um Gold zu bitten", zischte ich. „Tante Hilda würde dir das sicher niemals verzeihen."

„Was halten Sie hiervon? Meine königlichen Gewänder." Der Maharadscha war in eine Ecke des Raums gegangen, in der eine Hoftracht über einem silbernen Stuhl lag. Sie bestand aus einem dunkelblauen Seidenmantel mit hohem Stehkragen, der mit feinen Goldfadenstickereien und Perlen verziert war, einer dazu passenden Hose, einer sogar noch üppiger mit Smaragden und Rubinen bestickten Weste und einem Turban, der in voller Diamantenpracht funkelte. Das Gewand war viel zu groß für den Maharadscha, er wäre darin versunken. Bestimmt war es einst für seinen boshaften Vorgänger angefertigt worden.

„Warum tragt Ihr es nicht, Euer Hoheit?", fragte ich. Der Maharadscha hatte cremefarbene Leinenhosen und ein passendes Hemd an, das zwar frisch gestärkt schien, aber doch sehr schlicht war.

Er lachte. „Sehr unbequem, Miss Salter, ich könnte kaum den Kopf wenden." Dann wurde sein Gesicht wieder ernst. „Ich werde eine andere Art Maharadscha sein ... ein moderner König. Ich werde Schulen bauen und Krankenhäuser für mein Volk."

Mr Prinsep strahlte vor Stolz.

„Ihr tut das Richtige, Euer Hoheit."

„Ganz sicher."

„Ihr werdet sehr viel besser sein als dieser ..." Mr Prinsep deutete in Richtung eines Ölgemäldes, das achtlos in einer dunklen Ecke der Schatzkammer stand.

Ich ging hin und sah es mir genau an. Es zeigte einen bärtigen Mann mit leicht hervorquellenden Augen – eindeutig Malharrao, der frühere Maharadscha. Anscheinend hatte er eine Vorliebe für tote Tiere, denn während ihn das Gemälde in unserem Häuschen mit einem Tiger zeigte, posierte er hier auf einem Löwenfell. Der Stern des Südens funkelte an seinem Hals.

„Gibt es etwas Neues über seinen Verbleib?", fragte ich behutsam. Meine Tante und meine Freunde wussten natürlich, dass Malharrao hinter Champlons Entführung und dem Mordanschlag auf seinen jungen Nachfolger steckte. Aber hatten sie dem Maharadscha und seinen Leuten davon erzählt? Ich wollte den Franzosen nicht noch mehr in Schwierigkeiten bringen.

„Wir denken, dass er hier in Baroda ist", sagte der Dewan grimmig.

„Warum?"

„Sparen Sie sich die Unschuldsmiene, Miss Salter", antwortete er. „Wir sind nicht dumm. Mr Prinsep hat uns erzählt, dass Sie Malharrao erkannt haben, als er das Schiff verließ. Irgendwie ist Malharrao in die Sache mit Ihrem Franzosen und diese ganze Hypnosegeschichte verwickelt. Es ist wenig überraschend. Niemand wünscht sich Sayajis Tod mehr als dieser niederträchtige Kerl."

Wir verstummten und sahen einander betroffen an. Spannung lag in der Luft.

Ich fühlte mich, als wäre ich in einem verwirrenden Spiegelkabinett. Was wusste man im Palast? Was wussten sie von dem, was wir wussten? Wer wusste was? Da klatschte der Maharadscha in die Hände.

„Sie machen sich alle zu viel Sorgen!", trällerte er. „Ich habe eine Idee. Waldo, du musst königliche Gewänder anprobieren!"

„Nein, Sir … ich meine, Euer Majestät."

„Doch, doch!“

„Auf keinen Fall.“

„Du musst. Das wird ein großer Spaß!“

Mit einem dümmlichen Grinsen fügte sich Waldo dem Wunsch des Maharadschas und warf sich stolz das schwere Gewand über. Ich gebe es nur ungern zu, aber er sah ziemlich gut darin aus. Die dunkle Seide unterstrich seine blauen Augen und das blonde Haar. In Herrscherpose erhob er den Kopf.

„Donnerwetter, du siehst wahrlich stattlich aus“, schwärmte Miss Minchin. Mr Prinsep, ihr Verehrer, warf Waldo einen eifersüchtigen Blick zu.

Schließlich setzte ihm der freudestrahlende Maharadscha noch den Turban auf den Kopf und gab Waldo damit den letzten königlichen Schliff.

„Seine Königliche Hoheit Waldo, der Amerikaner“, sagte der Maharadscha. „Verbeugen Sie sich.“

Jeder, vom Dewan bis zum niedersten Bediensteten, spielte das Spiel mit. Wohl oder übel senkte ich den Kopf ebenfalls bis fast zum Boden, auch wenn mir angesichts von Waldos eingebildetem Grinsen leicht übel wurde.

Er genoss es in vollen Zügen.

„Ich habe eine Idee!“, rief der Maharadscha aus. „Ich werde dir diesen Turban schenken, Waldo. Wann immer du ihn aufsetzt, wirst du König sein und jedermann muss dir gehorchen.“

Das war die schlechteste Idee, die ich je gehört hatte!

Der Turban musste mit den vielen Diamanten ein Vermögen wert sein. Der Dewan nahm den Maharadscha beiseite und flüsterte ihm hektisch etwas zu, doch ich sah Sayaji an, dass er nicht nachgeben würde.

„Das ist zu viel“, sagte meine Tante, als hätte sie meine Gedanken gelesen. Wahrscheinlich wünschte sie sich insgeheim, sie wäre so reich beschenkt worden. „Die Diamanten sind …“

„Nur klein … nicht der Rede wert.“ Der Maharadscha wischte ihren Einwand mit einer Handbewegung beiseite. „Waldo, wenn du diesen Turban aufsetzt, denk daran, dass der Maharadscha von Baroda für immer dein bester Freund sein wird.“ Und damit war die Diskussion beendet.

Ich sah Papa an, dass er mal wieder nur an eines dachte: die Wissenschaft, das Tagebuch von Pater Monserrate. Hüstelnd brachte er sein Anliegen zur Sprache. „Die Manuskripte, Euer Hoheit …“

„Ach ja.“ Der Maharadscha schritt an einigen glänzenden Ölgemälden vorbei – eins, das einen in einem Lichtstrahl badenden goldenen Engel zeigte, sah aus, als stammte es aus Italien –, bis er zu einer staubigen Holzkiste kam. Es war ein kaputtes, altes Ding, an dem Schmutz und Erdklumpen klebten und das zwischen all den Reichtümern in der königlichen Schatzkammer fehl am Platz wirkte. Der junge König hob sie auf und gab sie meinem Vater, der vor Aufregung zitterte.

Zugegeben, auch mir klopfte das Herz bis zum Hals.

In der Kiste war ein ledergebundenes Tagebuch mit vergilbtem Papier. Eindeutig kein kostbarer Schatz. Dennoch war es für meinen Vater das schönste Stück im Raum. Ganz Wissenschaftler, hatte er längst den Glanz der Diamanten vergessen.

Das Papier knisterte trocken, als er das Tagebuch aus der Kiste herausnahm. Wir drängten uns um ihn, als er es öffnete und vorsichtig die mit krakeliger Handschrift beschriebenen Seiten durchblätterte.

Derweil hatte ich etwas erspäht, was mein Vater in der Tiefe der Kiste übersehen hatte. Eine rostrote Pergamentrolle. Ich griff hinein und fühlte ihre faserige Oberfläche. Sobald meine Haut sie berührte, schoss mir ein Funke durch die Fingerspitzen in den Körper, an den Nervenbahnen entlang bis zu meinem Herzen. Ich fühlte mich schlagartig lebendig, hellwach, und wusste sofort, dass dieses Pergament mein Leben verändern würde.

Von den anderen unbemerkt, nahm ich es vorsichtig heraus. Auf den ersten Blick sah die Pergamentrolle ganz gewöhnlich aus, einfach nur alt, als hätte man sie lange vergessen. Doch als ich sie aufrollte, begann sie mondähnlich zu schimmern. Es war eine Karte. Das Pergament war mit den Jahren verblichen, aber die Tinte leuchtete noch immer in Orange, Türkis und Scharlachrot.

Kaum hatte ich die Karte vorsichtig abgewischt, spürte ich schon die Anziehungskraft, die sie auf mich ausübte. Diese Karte und ich standen irgendwie in Verbindung zueinander. Sie hatte mich erwählt. Es war meine Bestimmung gewesen, hierherzukommen und dieses wertvolle Pergament an mich zu nehmen. Ich schaute mich um. Niemand achtete auf mich, alle drängten sich um meinen Vater. Mein Herz pochte zum Zerspringen, als ich zu lesen begann:

SHAMBALA
Ein Führer zum schönsten Ort
und größten Geheimnis der Welt

Plötzlich bemerkte meine Tante doch, was ich gefunden hatte, und schaute mir neugierig über die Schulter. „Theo!", keuchte sie. „Hier ist es, Shambala! Das Paradies auf Erden."

Schon scharten sich auch die anderen um mich. Ich schüttelte sie ab, ging zum Fenster hinüber und hielt die Karte ins Licht.

Es war mucksmäuschenstill im Raum. Der Zauber dieser alten Legende verschlug uns allen den Atem. Ich sah es förmlich vor mir, wie der Missionar Antonio Monserrate vor vielen Jahrhunderten übers Meer zum Hof des Großmoguls Akbar aufgebrochen war. Wie er dort wundersame Geschichten gehört hatte, wie man ihm streng gehütete Geheimnisse zuflüsterte.

Diese Landkarte war etwas Besonderes. Doch sie gehörte weder meinem Vater noch meiner Tante noch dem Maharadscha. Ich wusste instinktiv, dass nur ich, Kit Salter, den Ruf der Jahrhunderte, den magischen Sog spüren konnte, der unter der Oberfläche des rauen Pergaments verborgen lag – es war, als wäre der Geist des Fakirs, der diese Geheimnisse aufgezeichnet hatte, noch immer unter uns.

Die Karte war wunderschön, bedeckt mit ultramarinblauen Seen und Bergen mit eisigen Schneekappen aus weißer Tinte. Ich sah sie an und wurde regelrecht hineingezogen. Eine merkwürdige, ungekannte Sehnsucht ergriff mich, ohne dass ich es mir erklären konnte, Faszination und Wehmut zugleich.

Es war, als würde mir die Karte die Richtung weisen. *Mach dich auf den Weg*, wisperte eine Stimme, *dort ist alles besser, dort wirst du glücklicher sein …* In meinem Kopf wirbelte alles durcheinander. Ich sah mich um und verspürte den unbezwingbaren Drang, zu fliehen. Meine Freunde und meine Familie zurückzulassen und allein weiterzureisen. Nur so würde ich herausfinden, wer ich war und was wahre Freiheit bedeutete.

Gab es wirklich ein gelobtes Land?

Oh abscheuliche Höhle – nehmt euch in Acht, ihr, die ihr …

las ich gerade, als plötzlich etwas an meinen Händen zerrte. Ich fühlte einen jähen Schmerz im Nacken und zwei kleine Pfoten schnappten nach der Karte. Auf meiner Schulter saß etwas, keckerte mir ins Ohr und trieb mir seine Nägel ins Fleisch. Ich drehte den Kopf. Ein pelziges, weißes Gesicht war nur Zentimeter von meinem entfernt: boshafte, ockergelbe Augen, rabenschwarze, geweitete Pupillen und im Zentrum jeden Auges erstrahlte ein heller Lichtpunkt.

Der Affe grinste mich an. Ein schnatternder Abgesandter der Hölle.

„Nein!", brüllte ich und entriss ihm die Karte. Aber er grapschte erneut danach – und riss sie entzwei.

Ein scharfer Schmerz durchschoss mich, meine Beine gaben unter mir nach.

Schreiend stürmten mehrere Wachen auf uns zu, der Affe kreischte ohrenbetäubend. Ich griff nach seinem haarigen Bein, doch er zerkratzte mir heftig die Arme und peitschte mir mit dem Schwanz übers Gesicht. Sofort fing meine Schramme wieder zu pochen an.

Mit drei Sätzen war der Affe an der gegenüberliegenden Wand, ein Wirbelwind aus weißem Fell. Der Maharadscha schrie auf. Ein Wachposten hob sein Gewehr und schoss, doch die Kugel verfehlte das Tier um Haaresbreite. Eine Sekunde später war der Eindringling durchs Fenster verschwunden.

Der Schmerz in mir war so groß, dass ich am Boden zusammensackte. Meine Karte! Das scheußliche Wesen war mit der Hälfte meiner Karte verschwunden! Es war, als wäre mir die Hälfte meines Herzens aus dem Leib gerissen worden.

13

Mehrere Wächter eilten zum Fenster, andere strömten aus dem Raum.

Zu spät. Als ich aus dem Fenster sah, war der Affe längst verschwunden, wie ein Dampfwölkchen, das in der Mittagshitze verdunstet ist. Die großen Gärten waren weitläufig und verwinkelt wie ein Labyrinth: Palmen, Jacarandabäume und Banyanfeigen schimmerten in der Hitze, der Springbrunnen plätscherte vor sich hin. Undeutlich erspähte ich ein paar tanzende Mädchen, die sich in einem abgegrenzten Teil des Gartens die Zeit vertrieben. Sogar ein paar Affen schwangen sich durch die Bäume.

Aber von dem Dieb gab es keine Spur. Auch sein Geschnatter war nicht mehr zu hören – kein Wunder bei dem Krächzen der Krähen, dem Gackern der Hühner, dem trägen, schmatzenden Wiederkäuen und Muhen der heiligen Kühe, die hier nach Belieben umherliefen. Hier war einfach zu viel los, als dass man ein einzelnes kleines Wesen hätte ausfindig machen können.

„Was ist geschehen?“, fragte der Maharadscha, die Augen weit aufgerissen.

„Da war ein Tier, Euer Hoheit“, sagte der Dewan.

„Ein Affe“, sprudelte ich heraus. „Ein widerlicher kleiner Dieb.“

„Findet ihn!“, befahl der Maharadscha den Wachen, die daraufhin sofort losstürmten.

Mein Vater umklammerte das Tagebuch mit bebenden Händen und war den Tränen nah. Der Zwischenfall hatte uns alle aus der Fassung gebracht, die Spannung im Raum war deutlich zu spüren.

„Wir haben immer noch eine Hälfte der Karte“, sagte ich und stützte mich matt am Fensterrahmen ab.

„Und das Tagebuch“, murmelte mein Vater.

„Ich leihe es Ihnen aus“, sagte der Kindkönig zu Papa. „Sie sind ein großer Gelehrter. Mit Gottes Hilfe werden Sie Antworten auf diese Geheimnisse finden.“

„Dieses Land mag mich nicht, Kit.“

„Ein ganzes Land kann keinen Menschen mögen oder nicht mögen, Papa! Es ist ein Land, keine Person.“ Nur mühsam kamen mir die Worte über die Lippen. Der Verlust der einen Hälfte meiner Karte bereitete mir immer noch körperliche Schmerzen.

„Die Hitze, das Essen … und jetzt dieser Affe! Hier stimmt einfach gar nichts“, sagte mein Vater.

Nach dem Vorfall in der Schatzkammer war ich auf mein Zimmer gegangen, um mich für das Mittagessen umzuziehen, und hatte mich dann zu meinem Vater begeben, in das nach Norden ausgerichtete Studierzimmer neben seinem Schlafraum. Der unvermeidliche Fächerjunge fächelte die warme Luft hin und her und dunkle Fensterläden sperrten das ärgste Sonnenlicht aus.

Ich hatte kein großes Mitgefühl mit meinem Vater. Seine Räume waren angenehm und luftig, die besten im ganzen Gästehaus. Sicher, er litt genau wie Rachel unter Magenbeschwerden. Aber er war nicht von einem antiken Dokument auserwählt worden, nur um es gleich wieder zu verlieren. Entrissen, zerteilt, gestohlen.

„Kopf hoch", murmelte ich. „Wir haben doch das Tagebuch. Das ist das Wichtigste." Aber insgeheim sah ich das ganz anders. Das Tagebuch war natürlich interessant, aber die Karte, ja die Karte, die war wirklich etwas Besonderes – und nun hatte ich nur noch eine Hälfte davon.

„Das stimmt", antwortete mein Vater schon etwas fröhlicher.

Das Tagebuch lag auf seinem Schreibtisch, ein ledergebundenes, altes Buch, das so aussah, als könnte es bei der ersten Berührung zerfallen. Ich streckte die Hand danach aus, um einen Blick hineinzuwerfen, aber Papa kam mir zuvor. Doch dann meldete sich sein Magen plötzlich wieder.

„Lass die Finger davon, Kit", murmelte mein Vater noch, bevor er ins Badezimmer eilte.

„Jaja", versprach ich. Sobald er draußen war, nahm ich vorsichtig das Buch an mich. Und wie von unsichtbarer Hand gelenkt öffnete es sich – das musste Schicksal sein! Das erste Wort, das ich sah, war *Shambala*. Die Karte! Genau das, was mich interessierte! Mit angehaltenem Atem begann ich zu lesen:

Mein Diener Jorge findet Shambala immer faszinierender. Er ist hingerissen vom Mythos der Quelle des Lebens. Eine Quelle mit kristallklarem Wasser, die bis in alle Ewigkeit in Shambala entspringt. Wenn man davon trinke, so heißt es, werde man niemals erkranken oder sterben. In diesem Paradies in den Bergen herrschten allzeit Harmonie und Frieden. Während die Welt unterhalb krankte und das Böse in den Herzen der Menschen erblühte, sei Shambala rein. Eines Tages, wenn Krieg, Seuchen und Pestilenz die Welt heimsuchten, werde Shambalas König herabsteigen, um die Menschheit zu retten.

Eine höchst interessante Legende, doch eben nur eine Legende. Jorge allerdings, fürchte ich, sieht das nicht so. Er ist besessen vom Mythos der schimmernden Eisstadt, die sich in den Kristallbergen erhebt.

Seit dem Unfall, der ihn entstellte, träumt er von seiner verlorenen Jugend. Ich glaube, er wünscht sich seine frühere Schönheit zurück und dabei soll ihm dieser

Brunnen helfen. Das ist Teufelswerk, habe ich ihm gesagt. Jene, die ein Leben im Glauben führen wollen, sollten sich nicht solch weltlichen Eitelkeiten hingeben. Leider vergebens, er hört nicht auf mich.

Heute Früh, als wir eine Audienz beim Großmogul Akbar hatten, erschien im Thronsaal eine seltsame, halb nackte Person. Dieser Mann war ein Pagan, ein Heide. Ein indischer Zauberer-Fakir der teuflischsten Sorte, der behauptete, schwarze, magische Kräfte zu haben.

Ich fürchte, der Großmogul war höchst betört von seinen Geschichten. Zu meinem Entsetzen musste ich feststellen, dass Jorge ebenso verzaubert war.

Später, als ich in unser Zimmer kam, erbleichte Jorge wie ertappt und versteckte seine Hände hinter dem Rücken. Ich gestehe, ich wurde wütend und entriss ihm das, was er zu verbergen versuchte.

Es war eine Karte von Shambala mit höchst seltsamen Inschriften darauf. Die Kritzeleien eines Yogis, wenn ich mich nicht irre. Sie zeigten ein …

„Kit!“ Papas Stimme riss mich aus meiner Lektüre. „Was machst du da?“

Ich wirbelte herum. Mein Vater war vor Zorn ganz rot im Gesicht.

„Entschuldige“, stammelte ich und legte das wertvolle Tagebuch zurück auf den Tisch.

„Du musst Handschuhe tragen, wenn du alte Manuskripte liest. Der Schweiß an deinen Fingern könnte sie sonst zerstören!“

Die Ankunft des Dieners, der uns mitteilte, dass unsere Kutsche bereit sei, ersparte mir weitere Lektionen. Zusammen mit dem Maharadscha und dem Dewan waren wir eingeladen worden, mit den Spraggs zu Mittag zu speisen.

Das wird sicher todlangweilig, dachte ich, während wir durch die Gärten zur Straße eilten, wo Rachel und die anderen bereits auf uns warteten. Zu sechst quetschten wir uns in eine Tikka Gharry. Unterwegs sahen wir immer wieder Menschen, die mit aufgerissenen Augen stehen blieben, sobald sie das königliche Wappen auf der Kutsche erkannten. Einmal sah ich eine rußige Rauchwolke aufsteigen und hörte gedämpftes Stimmengewirr. Als wir um die Ecke bogen, wurde mir klar, dass der Qualm von den Scheiterhaufen am Flussufer stammte, wo die Leichen der jüngst Verstorbenen verbrannt wurden.

Kurz darauf kamen wir vor der britischen Botschaft an, einem großen, säulengeschmückten Haus aus rosa Steinen, das von einem welken Rasen umgeben war. Ein Lakai in einer wundervollen rot-weißen Livree und mit einem Turban, der mit einer Art scharlachrotem Fächer dekoriert war, ließ uns eintreten.

Im Haus waren bereits an die zwanzig Personen um einen glänzenden Ebenholztisch versammelt, darunter der Maharadscha, der Dewan und Mr Prinsep. Über dem Tisch, neben einem gewaltigen Kristalllüster hing der größte Palmwedel, den ich je gesehen hatte – er war so groß wie eine ganze Palme!

Mrs Spragg saß in einem Seidenkleid am Kopf der Tafel, daneben ihr unscheinbarer Gatte und ihr goldhaariger Sohn Edwin, der genau wie sein Vater einen Anzug trug. Er sah richtig chic und unschuldig aus, als könnte er kein Wässerchen trüben. Aber mich konnte er nicht täuschen.

Edwins Anblick entlockte mir automatisch leise Würgegeräusche. Waldo grinste und ahmte Edwins hochnäsige Miene nach.

Die Köstlichkeiten, die auf dem weiß gedeckten Tisch ausgebreitet waren, hoben meine Laune jedoch. Ich hatte gedacht, Mrs Spragg würde ihre gewohnte britische Pampe servieren, aber sie schien einen guten einheimischen Koch engagiert zu haben. Dutzende von Silberschalen quollen über vor gebratenen Kartoffelpastetchen, knusprigen, pikanten Keksen und etlichen anderen Leckereien. Truthahn, Hähnchen, leckerer Duftreis, Mangos und Süßigkeiten, Krüge mit eiskalter Zitronenlimonade ... Das Wasser lief mir im Mund zusammen.

Schon hatten sich alle gesetzt und ich nahm notgedrungen auf dem letzten freien Stuhl neben Edwin Platz, während die Kellner unsere Gläser mit frischer Zitronenlimonade füllten. Als Vorspeise gab es – was sonst – wässrige Mulligatawny-Suppe. Ich konnte es kaum erwarten, zu den leckeren Hauptgängen überzugehen.

„Vater sagt immer …“, setzte Mr Prinsep an, doch Mrs Spragg unterbrach ihn sofort.

„Meinen Sie den zehnten Ritter Prinsep von Prin Towers?“

„In der Tat“, antwortete Prinsep, wobei er leicht errötete. „Nun, jedenfalls, Vater hat etwas veraltete Ansichten über manche Dinge, fürchte ich. Deswegen hat er mich auch in die Kolonien geschickt. Dachte wohl, ich könnte sonst eine unwürdige Ehe eingehen. Er denkt, ich wäre zu romantisch veranlagt, verstehen Sie? Also muss ich mich erst drei Jahre lang in einer eigenen Anstellung bewähren, bevor er mir meine Erbschaft gibt.“

Über die Suppenterrine hinweg konnte ich Miss Minchin sehen, die wie gebannt an seinen Lippen hing. So blühend wie in der letzten Zeit hatte ich sie noch nie erlebt. Ich habe nie viel von diesem ganzen zuckersüßen Romantikgefasel gehalten, das Verliebte so in Verzückung versetzt. Aber Mr Prinsep hatte bei meiner Gouvernante wirklich wahre Wunder gewirkt. Ihre harten Gesichtszüge waren weicher geworden, ihr ewiges Stirnrunzeln war einer rosigen Wangenfarbe gewichen. Doch bei Prinseps letztem Satz gefror ihr Lächeln auf einmal.

„Sieht so aus, als wäre er doch nicht ihr Märchen-Prinsep“, sagte Waldo leise.

„Du hast schon mal bessere Witze gemacht“, raunte ich.

„Wenn er drei Jahre lang hierbleiben muss, wird er wohl eher irgendeine indische Prinzessin heiraten“, fügte Isaac hinzu.

„Du hast doch keine Ahnung“, stöhnte ich. „Indische Prinzessinnen dürfen Ausländer nicht einmal treffen, geschweige denn heiraten! Sie müssen immer in geschlossenen …“

Ich hielt mitten im Satz inne, als ich sah, wie meine Gouvernante blass wurde und auf ihrem Stuhl hin und her schwankte. Plötzlich ließ sie ihren Löffel fallen. Mehrere Köpfe drehten sich nach dem Geräusch um.

„Miss Minchin, was ist denn los?“ Edwin stand auf und beugte sich in gespielter Bestürzung über den Tisch, als wollte er meiner Gouvernante helfen.

Na wunderbar, damit hatte er alle Aufmerksamkeit auf die arme Miss Minchin gelenkt.

„A… alles in Ordnung. Es ist nur sehr stickig hier drin … Wirklich, kein Grund zur Sorge.“ Miss Minchin war sichtlich bemüht, die Fassung zu bewahren. „Ich brauche nur ein bisschen frische Luft.“

„Hier, bitte sehr.“ Edwin reichte meiner Gouvernante seinen Kelch mit Zitronenlimonade. „Ist bei dieser Hitze das Beste.“

Meine Gouvernante griff über den Tisch nach dem Glas, ihre Hand zitterte. Ein paar Tropfen schwappten über den Rand und auf das weiße Tischtuch. Dunkelgelbe Tropfen. Zu dunkel! Die Zahnräder in meinem Gehirn setzten sich langsam in Bewegung. Zitronenlimonade. Das helle Gelb frisch gepflückter Zitronen. Das ...

„Halt!“, schrie ich.

Ich sprang auf die Füße, wobei meine Schüssel umkippte und die Suppe sich auf die Tischdecke ergoss. Ich kannte Edwin. Und ich meinte, aus dem Augenwinkel eine kleine Handbewegung gesehen zu haben. Für einen kleinen Moment streifte mich die Angst, ich könnte mich lächerlich machen.

„Rühren Sie das nicht an!“, brüllte ich.

Alle Köpfe wirbelten zu mir herum. Mr Prinsep und meine Tante hatten den Mund aufgerissen wie zwei Goldfische. Der Maharadscha drehte fragend die Hände in der Luft. Waldo streckte die Arme nach mir aus, um mich zurückzuhalten. Alle Augen waren auf mich gerichtet. Selbst der Kellner mir gegenüber war mitten in der Bewegung erstarrt.

„Die Zitronenlimonade ist vergiftet!“

Ungläubige Gesichter überall am Tisch. Jemand schrie erschrocken auf, der Dewan sprang blitzschnell von seinem Sitz hoch.

„Ruhe!“, zischte ich und drehte mich zu Mrs Spraggs Engelchen um. „Zeig mir deine Hände, Edwin.“

Alle Anwesenden beobachteten uns gespannt. Der Dewan hatte sich wieder hingesetzt und starrte mich erwartungsvoll an.

„Sie ist wahnsinnig geworden", keifte Edwin, weigerte sich aber, die linke Hand zu öffnen, in der er anscheinend etwas versteckte. „Der Kratzer muss ihr Gehirn infiziert haben."

Mrs Spragg rang empört um Worte. Aber sie saß zu weit entfernt, um eingreifen zu können, und ich war fest entschlossen, die Sache durchzuziehen.

„Ich habe gesehen, wie Edwin etwas in die Limonade getan hat", sagte ich ruhig. „Irgendein Puder aus einer Dose." Ich packte den Jungen und versuchte seine Finger aufzubiegen. Der kleine Teufel wand sich in meinem Griff. Schließlich gelang es mir doch – und da war sie plötzlich auf seiner Handfläche zu sehen: eine winzige silberne Dose.

„Hier ist sie!"

Ich hielt triumphierend die Dose hoch. Der Deckel stand offen, man konnte das weiße Pulver gut erkennen.

„Das ist kein Gift", fauchte Edwin. „Ich mag meine Limonade sehr süß. Das ist nur Zucker."

Zweifel beschlichen mich. Was, wenn er Recht hatte und ich hatte vor all den Leuten solch einen Aufstand gemacht? Konnte ich mich so geirrt haben? Ich nahm meinen ganzen Mut zusammen.

„Dann nimm doch was davon!" Ich hielt Edwin die Dose vor die Nase. „Nur eine klitzekleine Prise, wie wär's?"

Edwin wurde blass und zuckte so schnell zurück,

dass er mitsamt dem Stuhl hintenüberfiel. Mrs Spragg stieß einen ohrenbetäubenden Schrei aus, ihr Ehemann beeilte sich, ihr beizustehen.

„Und das ist nicht das erste Mal, dass Edwin so etwas tut. Er liebt solche Spielchen“, sagte ich, doch meine Worte wurden vom Dewan übertönt, der sich mit finsterer Miene erhoben hatte.

„Das reicht!“, donnerte er. „Memsahib Spragg, wir gehen.“ Er streckte die Hand nach der Dose aus. „Wir werden das Pulver untersuchen. Wenn wir herausfinden, dass Ihr Sohn Böses im Schilde führte ...“, er machte eine Pause und blickte die Spraggs finster an, „... dann wird dies Folgen haben.“

Der Maharadscha erhob sich mit einem bedauernden Blick auf die aufgereihten Köstlichkeiten und der Rest der Gesellschaft tat es ihm gleich. Als der Dewan aus dem Raum stapfte, sah man ihm selbst von hinten an, wie empört er war. Mrs Spragg öffnete den Mund zum Protest, überlegte es sich dann aber anders. Edwins Gesicht war so unschuldig wie immer, aber er konnte der Versuchung, mir die Zunge herauszustrecken, einfach nicht widerstehen. Ich lächelte freundlich zurück.

Nun, da ich mich an dem kleinen Widerling gerächt hatte, fiel es mir ganz leicht, freundlich zu sein.

14

Während die Pferde uns im Eiltempo zurück zum Palast brachten, bekamen sich meine Freunde gar nicht mehr ein über das, was eben passiert war. Ich stimmte in ihr Geschnatter mit ein und genoss meinen Triumph über den fürchterlichen Edwin.

Doch bald tauchte ich wieder in meine eigene Gedankenwelt ab. Der merkwürdige Zwischenfall hatte mir einen klaren Kopf beschert – auf einmal sah ich die Rätsel um uns herum in einem ganz anderen Licht. Ich war völlig fasziniert von dem, was ich in Pater Monserrates Tagebuch gelesen hatte. Shambala.

Was für eine fesselnde Vorstellung: ein Paradies im Gebirge, das erhaben hoch über dem Trubel der Welt thront. Rasiermesserscharfe Klippen, schneebedeckte Gletscher und dann ... inmitten von blumenbesprenkelten Wiesen eine Stadt aus Eis, die wie eine Vision aus den Nebelschleiern auftaucht. Ein Ort des Friedens und des Überflusses.

Vor meinem inneren Auge sah ich diesen Berghort

bereits, schimmernd und verlockend erhob er sich vor mir. Der Garten Eden, in dem Adam und Eva herumgetollt waren, bevor Eva sich von der Schlange in Versuchung hatte führen lassen und die Menschheit in den Sumpf der Gier, des Krieges und … ja, der Schlechtigkeit gestürzt war.

Mein Verstand sagte mir, dass so ein Ort nur ein Mythos sein konnte. Aber mein Gefühl sagte etwas anderes. Hatte nicht jeder Mythos einen wahren Kern? Und schließlich waren auch Tante Hilda und mein Vater fasziniert von dieser Legende …

Die schwer beschädigte, zerrissene Karte, die in Sicherheit in meiner Tasche ruhte, schien mich regelrecht zu rufen. Als ich nach ihr tastete und die zerknitterte Oberfläche spürte, schoss es mir wieder wie ein Blitz in die Fingerspitzen und der scharfe Schmerz setzte sich entlang meiner Nerven bis in mein Herz fort. Es war, als würde ich in einen Zauberbann eingewoben und wäre dort gefangen wie ein Schmetterling in Bernstein. Was auch immer meine Bestimmung in Indien war, in diesem riesigen, heidnischen Land – es hatte eindeutig mit dieser Karte zu tun.

Kennt ihr das, wenn man plötzlich denkt, dass hinter der nächsten Wegbiegung etwas auf einen wartet? Nicht auf irgendjemand, nein, genau auf einen selbst? Es mochte vielleicht verrückt sein, aber genau so ging es mir.

Die Narbe an meiner Wange pochte. Mittlerweile

machte es mir nicht mehr so viel aus, derart gezeichnet zu sein, obwohl ich immer noch das Gefühl hatte, dass mich alle Menschen deswegen anstarrten. Egal. Ich musste mich auf die wirklich wichtigen Dinge konzentrieren.

Ich war mir sicher, dass meine Tante und mein Vater mir etwas verheimlichten. Bestimmt wussten sie mehr als ich, viel mehr. Ich versuchte meine wild durcheinandersurrenden Gedanken zu ordnen und bildete zu diesem Zweck Kategorien.

A. Malharrao, der alte Maharadscha.
B. Der Affe.
C. Die keuchenden, kranken Gebrüder Baker.
D. Der erpresste, angeblich hypnotisierte Gaston Champlon.

Was in aller Welt hatte sie nach Indien geführt? Warum hatte man Champlon erpresst, warum sollte er den kleinen Sayaji umbringen? Ich wusste natürlich, dass die Gebrüder Baker Champlon hassten. Und auch dass Malharrao ein Interesse daran hatte, seinen Nachfolger zu töten, war nachvollziehbar.

Aber was kümmerte die unermesslich reichen Gebrüder Baker das Schicksal von Baroda, dieser weit abgelegenen Gegend Indiens? Ging es um Gold, Diamanten, Edelsteine? Enthielt der Schatz etwas, was sie sich unbedingt unter den Nagel reißen wollten? Sosehr ich mir auch das Gehirn zermarterte, ich kam einfach nicht darauf, was sie ausgerechnet mit diesem staubigen Stück Erde wollten.

Es sei denn, sie wollten meine Karte haben. Ihr Affe hatte mir schließlich die Hälfte davon gestohlen. Ja, das musste es sein. Es ging nicht um Perlen oder den Stern des Südens. Sie waren hinter meiner Karte her!

Ich erschauerte trotz der nachmittäglichen Hitze, die meine Kleidung mit Schweiß tränkte.

Die Ereignisse der letzten Tage hatten mich völlig erschöpft. Als wir das Gästehaus des Palastes erreichten, war ich regelrecht benommen und schlurfte müde in mein Zimmer. Was für eine Erleichterung, endlich wieder allein zu sein und mich zu sammeln! In meinem Zimmer war es angenehm kühl, die Uhr tickte leise, der Brunnen draußen im Garten plätscherte besänftigend. Seufzend schlüpfte ich aus den steifen Schuhen, die ich zum Essen bei den Spraggs hatte anziehen müssen, und ließ mich auf das Bett fallen.

Viel zu bald klopfte es schon wieder an der Tür. Es war ein Dienstbote, der gleiche, der auch schon Champlon gedient hatte. Er verbeugte sich und bedeutete mir, ihm zu folgen.

Langsam durchschritten wir die finsteren Gänge. Plötzlich drangen laute Stimmen an mein Ohr und dann sah ich zwei Gestalten, die sich ganz nah gegenüberstanden. Miss Minchin und der Hauslehrer des Maharadschas. Sie hatten uns nicht bemerkt.

Mr Prinsep versuchte, der Minchin einen Arm um die Taille zu legen. „Hör mir zu."

„Nein, Charles, nicht", zischte sie und wand sich aus seinem Griff.

„Tut mir leid, ich wollte dich nicht kränken. Ich ..."

„Drei Jahre!", unterbrach ihn Miss Minchin. „Bis dahin bin ich eine alte Jungfer!"

„Für mich wirst du immer jung sein."

„Und das soll ich dir glauben?" Stille folgte auf ihre Worte, dann verwandelte sich die Wut in Miss Minchins Stimme in Traurigkeit. „Warum hast du mir das nicht früher gesagt?"

„Es tut mir leid."

„Ist das alles, was du dazu zu sagen hast?"

„Mein Vater ist kein Tyrann. Wenn er erfährt, was ich empfinde ..." Mr Prinseps Stimme verebbte.

„Ich bin keine gute Partie." Miss Minchin stützte sich matt an der Wand ab. „Ich bin ja nur eine mittellose Gouvernante."

Ich räusperte mich und die beiden stoben auseinander. Mit hochrotem Kopf stürmte ich an ihnen vorbei, der indische Junge eilte mir grinsend voraus.

Schließlich blieb er vor einer riesigen, messingverzierten Tür stehen. Im Raum dahinter hatten sich Papa, meine Tante, meine Freunde, der Maharadscha und der Dewan versammelt. Mr Prinsep und Miss Minchin schlichen hinter mir ebenfalls in den Raum. Selbst Champlon war aus seinem Krankenbett gescheucht worden, um an der Besprechung teilnehmen zu können.

Die Kulisse für diese Versammlung hätte eindrucksvoller nicht sein können. Wir befanden uns in einem riesigen Saal, der mit deckenhohen und von Wand zu Wand reichenden Bücherregalen voller ledergebundener Bände ausgestattet war. Kein Zweifel, die Bibliothek. Ich setzte mich auf eine Holzbank.

„Die Heldin des Tages!“ Der Dewan stand auf, um mich zu begrüßen. „Lasst uns für den Moment die üblen Geschehnisse des Nachmittags vergessen und ihren Triumph über die Spraggs feiern!“

„Wirklich ein gelungener Auftritt!“, fügte der Maharadscha strahlend hinzu.

Nur Waldo, der natürlich neidisch war, runzelte angesichts der Lobeshymnen die Stirn.

Aber Feste soll man ja feiern, wie sie fallen! Also schob ich in Gedanken alles beiseite, was mich belastete, und freute mich, Waldo ein bisschen ärgern zu können.

Bei der Erinnerung daran, wie unangenehm die Situation für die Spraggs gewesen war, huschte ein Lächeln über unsere Gesichter. Aber dieser unbefangene Moment war schnell vorbei und die Miene des Dewan verzog sich zu einem grimmigen Ausdruck.

„Verschwörungen“, sagte er. „Davon lebt dieser Palast.“

Der Maharadscha grinste verlegen, ein Raunen ging durch den Saal.

„Normale Menschen essen und schlafen, arbeiten und tratschen. Wir planen Verschwörungen!"

Obwohl er kaum größer war als ein durchschnittlicher Junge, war der Dewan eine beeindruckende Persönlichkeit. Sein kahler Schädel glänzte über dem kastanienbraunen Seidenhemd, als er im Raum auf und ab zu schreiten begann, wobei er die ganze Zeit den jugendlichen Maharadscha im Auge behielt.

„Es gibt viele, die unseren König töten wollen. Sie missbilligen die Art und Weise, wie er als Maharadscha ausgewählt wurde. Sie finden, in ihren Adern rinne viel königlicheres Blut, oder sähen lieber ihre eigenen Söhne auf dem Thron. Der Palast krankt an einer Vielzahl von Komplotten und Verschwörungen. Ich bin hier der Einzige, der hundertprozentig hinter dem Maharadscha steht. Ich habe nämlich keine eigenen Söhne. Ich bin nicht verheiratet und der Maharadscha ist alles, was ich habe. Aber eines sage ich Ihnen: Eine Verschwörung wie diese hat es noch nie gegeben."

Von seiner Bank aus hörte der Maharadscha zu. Sein kindliches Gesicht und die glänzenden, braunen Augen wirkten beinahe unbeteiligt. Wie konnte er nur so gelassen sein? Wahrscheinlich hatte er seit dem Tag, an dem er hierhergebracht worden war, in ständiger Todesgefahr gelebt und kannte es nicht anders.

„Man stelle sich nur das Ausmaß des Komplotts vor", fuhr der Dewan fort. „Jemand – heute wissen wir, dass es Malharrao war – ist den ganzen weiten

Weg nach England gereist, um Monsieur Champlon zu entführen und durch Hypnose dazu zu bringen, den Maharadscha zu töten."

Ich warf einen flüchtigen Blick auf Champlon, um zu sehen, ob er bei der Erwähnung der Hypnose ein schuldbewusstes Gesicht machte. Aber er schien gänzlich unbeeindruckt. Der Mann war wirklich ein meisterhafter Schauspieler!

„Aber wieso?", ging Waldo dazwischen. „Wieso hat er sich die Mühe gemacht, Champlon zu entführen? Es gibt hier doch genug andere, die den Auftrag hätten erledigen können."

Champlon, der trotz der Hitze wie ein Säugling eingemummelt war, lächelte verschlagen.

„Isch glaube, das ist doch offensischtlisch", sagte er.

„Für mich nicht", erwiderte Waldo.

„Unser französischer Gast ist weithin bekannt", erklärte der Dewan. „Als Meisterschütze, und zwar als einer der weltbesten."

„*Der* beste", warf Champlon entschieden ein.

„Ich bin sehr stolz auf unsere Wachsoldaten", fuhr der Dewan fort. „Unser junger Maharadscha wird Tag und Nacht bewacht, es ist so gut wie unmöglich, an ihn heranzukommen. Offenbar dachten die Verschwörer deswegen, sie bräuchten den allerbesten Scharfschützen, um den König zu ermorden."

Stumm dankten wir alle dem Schicksal, das den Maharadscha vor dem Tod bewahrt hatte. Und ich hätte es auch wahrlich nicht gern mit angesehen, wie Champlons Schädel unter dem massigen Gewicht eines Elefantenbeins zertrümmert wird.

„Wir haben überall unsere Spione“, erzählte der Dewan weiter. „In Baroda geschieht kaum etwas, ohne dass wir davon erfahren. Und mit den wertvollen Informationen, die uns Champlon über die Halunken geliefert hat, sind wir bestens gewappnet.

Gestern Abend brachte einer unserer besten Spione höchst interessante Nachrichten. Keine zehn Reitminuten von hier entfernt habe eine Gruppe Fremder ein Gästehaus angemietet. Sie hätten sich als Inder ausgegeben, aber unser Mann befragte den Koch, den sie engagiert hatten, und dieser bestätigte, es seien Ausländer. Und sie hätten einen weißgesichtigen Affen dabei, den sie überallhin mitnehmen würden. Aha, dachte ich. Ich schickte sofort einen Soldatentrupp los, um die Fremden zu verhaften. Aber als meine Männer am Gästehaus ankamen, waren sie schon ausgeflogen. Wie vom Erdboden verschluckt!“

Tante Hilda stöhnte leise.

„Das Haus war komplett ausgeräumt“, fuhr der Dewan fort. „Da war nichts mehr – nur dieses kaputte Ding hier.“

Er hielt einen blau-weißen, birnenförmigen Keramikgegenstand mit Tülle hoch. Ein ganz normaler Inhalator, wie ihn Asthmatiker in England bei jedem Apotheker kaufen können. Und da beide Gebrüder Baker unter Asthma litten, musste er wohl einem von ihnen gehören.

„Wir handelten sofort. Ich befahl unseren Wachen, Barodas Grenzen zu schließen", sagte der Dewan. „Aber zu meinem Bedauern muss ich sagen, wir waren nicht schnell genug." Nach einer kleinen Pause fuhr er fort: „Wir haben erfahren, dass die Fremden, die in zwei Kutschen reisen, Baroda gestern spätabends über einen abgelegenen Bergpfad verlassen haben."

„Das ist eine Katastrophe!", rief Tante Hilda.

„In der Tat." Der Dewan senkte den Kopf. „Aber einen Lichtblick gibt es. Ihr Koch hat nämlich mitbekommen, wie sie ihre Reisevorbereitungen trafen. Wir glauben, die Fremden wollen aufs Dach der Welt – nach Tibet, ins Himalajagebirge."

Wie benommen und keineswegs überrascht hörte ich dem Dewan zu. Irgendwie hatte ich es schon die ganze Zeit gewusst. Die Bakers waren unterwegs ins Himalajagebirge. Sie waren schließlich auf der Suche nach Shambala.

„Wir müssen ihnen nach!", verkündete Waldo.

„Augenblick mal", wandte mein Vater leise ein. „Wir wissen doch gar nicht, welche Route sie gewählt haben oder welchen Teil des Himalaja sie genau anpeilen."

„Ja, wir fischen in trüben Gewässern", gab ihm der Dewan Recht. „Es sieht ganz so aus, als ob die zwei Fremden und ihr Affe noch ein weiteres Ziel im Auge hätten."

„Das glaube ich auch“, wandte ich mich an ihn. „Ihr Mordplan ist fehlgeschlagen. Und die Bakers denken immer sehr pragmatisch. Bestimmt sind sie einfach zum nächsten Punkt auf der Liste übergegangen.“

„Sie sind sich Ihrer Sache ja sehr sicher.“ Die Augen des Dewan funkelten. „Wie alt sind Sie eigentlich, junge Dame?“

„Das spielt doch keine Rolle.“ Ich zuckte mit den Schultern.

„Kit! Entschuldige dich auf der Stelle“, schimpfte meine Tante.

„Tut mir leid.“

Der Dewan zuckte nur mit den Schultern. Er schien eher belustigt als verärgert.

„Aber bei allem Respekt“, fuhr ich fort. „Ich glaube, die beiden sind hinter der Karte von Shambala her. Seit Jahrhunderten fasziniert die Legende vom Paradies im Himalaja Reisende aus aller Welt. Die Gebrüder Baker glauben sicher, dass die Karte sie dorthin führen wird. Zu einem unsagbaren Schatz ... Und das Schlimme ist, dass die Hälfte der Karte sich schon in ihrem Besitz befindet.“

„Sie sind sehr klug, Miss Salter“, sagte der Dewan. „Ja, Shambala soll in Tibet liegen. Sie könnten Recht haben mit Ihren Vermutungen.“

Tante Hilda sah uns seltsam unbehaglich an.

„Aber die holen wir doch nie im Leben ein“, sagte sie. „Wir haben keine Chance.“

Sie hatte Recht. Wir waren hier fremd. Wir kannten uns nicht aus mit gebirgigem Gelände, schon gar nicht mit den schroffen Gipfeln des Himalaja. Keine Ahnung, wie wir den Weg nach Shambala finden sollten.

Nur eines war klar: Die Bakers wollten sich einen Schatz unter den Nagel reißen und mein Vater und Tante Hilda wussten sicher auch, welchen. Die Halunken hatten einen riesigen Vorsprung und die Hälfte der Karte. Sie würden vor uns in Shambala eintreffen. Unsere einzige Hoffnung war meine Hälfte der Karte.

Doch das konnte ich den anderen unmöglich erzählen. Bestimmt hätten sie mich sonst wieder eingebildet, verrückt oder weiß der Himmel was noch alles genannt. Aber ich war nun mal die Einzige, die helfen konnte. Die Karte hatte mich auserwählt, damit ich die anderen nach Shambala führte. Das wusste ich einfach.

Gedankenverloren stand meine Tante auf. Klick-klack-klick machten ihre Schuhe auf dem Holzboden, als sie unschlüssig hin und her tigerte. Dann wandte sie sich meinem Vater zu und redete auf ihn ein. Wahrscheinlich dachte sie, keiner würde ihr Geflüster verstehen, aber ich verstand es sehr wohl: „Wir müssen es ihnen sagen." Mein Vater bedeutete ihr, zu schweigen.

Also hatte ich Recht! Sie hatten tatsächlich ein Geheimnis. Im Himalaja musste es einen Schatz geben, von dem sie uns anderen nichts erzählen wollten. Ich stellte mir vor, es müsste etwas unvorstellbar Kostbares, Unbezahlbares sein, wie der große Koh-i-Noor-

Diamant, dessen Glanz der Sage nach die ganze Welt erhellte. Im Geheimnisbewahren – besonders mir gegenüber – war mein Vater ziemlich schlecht. Ich würde schon bald herausfinden, worum es hier ging.

Schließlich konnte ich die Klappe einfach nicht mehr halten. „Wir müssen trotzdem versuchen, sie einzuholen", sagte ich. „Immerhin handelt es sich um Entführer, Attentäter, Mörder!" Ich drehte mich zum Maharadscha um. „Können wir auf Eure Hilfe zählen?"

Der Maharadscha machte eine weit ausholende Bewegung. „Unbedingt! Für euch tue ich alles, für Waldo, den Amerikaner, der mir das Leben gerettet hat, und für Kit, die mir – wie sagt man bei euch? – mein ..." Er tippte sich an die Stirn.

„Verstand?", half ich ihm auf die Sprünge.

„Ja, genau, die mir meinen Verstand gerettet hat. Diese Spraggs hatten mein Gehirn zum Überkochen gebracht. Nehmt euch alles, was ihr braucht. Pferde, Proviant, Zelte, Führer ..."

Mein Vater und Tante Hilda blickten immer noch ziemlich finster drein und mir wurde klar, welch riesige Herausforderung uns bevorstand. Wie sollten wir im wildesten Gebirge der Welt bloß unsere Feinde aufstöbern?

„Verzweifelt nicht", sagte der Dewan leise. „Noch ist das Spiel nicht vorbei und außerdem haben wir noch einen Trumpf im Ärmel."

„Inwiefern?", fragte ich.

„Der Dalai-Lama erlaubt es keinem Fremden, einen Fuß auf tibetisches Gebiet zu setzen.“

„Wer ist der Dalai-Lama?“, hakte ich nach und errötete angesichts meiner peinlichen Unwissenheit.

„Der Anführer aller Mönche. Er herrscht über Tibet und lässt niemand Fremden in sein Königreich. Weder die Chinesen noch die Russen und schon gar nicht euch Engländer – dafür fürchtet er zu sehr, ihr könntet ihm sein Land rauben.“ Er grinste uns an. „Schließlich seid ihr weithin dafür bekannt, anderen Völkern ihr Land wegzunehmen.“

Meine Tante schluckte eine bissige Erwiderung nur mit Mühe hinunter.

„Niemand schafft es einfach so nach Tibet hinein, es ist allein viel zu gefährlich“, erklärte der Dewan weiter. „Denn eins steht fest: Wenn die Grenzwachen euch entdecken, werden sie euch töten, langsam und schmerzvoll. Sie rösten euch bei lebendigem Leibe oder reißen euch die Fingernägel einzeln aus. Ihr braucht die richtige Begleitung, um überhaupt eine Chance zu haben. Glaubt mir, es gibt nur wenige Menschen auf der Welt, die euch nach Tibet führen können.“

Der Dewan sah uns der Reihe nach an. „Aber das sind nur die praktischen Schwierigkeiten“, fuhr er fort. „In Wirklichkeit ist die Reise nach Tibet und zu seinem heiligsten Ort, Shambala, auch immer eine Reise zur eigenen Seele. Nur wenn man in sein eigenes Inneres reist, wird einem der Segen der Berge zuteil.“

Ich starrte ihn an. Mir war schon öfter aufgefallen, dass sich viele Inder umständlich ausdrückten. Sie benutzten blumige Ausdrücke oder sprachen in Rätseln, statt eine direkte Erklärung abzugeben. Ihre Worte erzeugten eher Nebel als Erleuchtung. *Eine Reise zur eigenen Seele!* Also wirklich! Ich bin ein Mädchen, nicht die indische Eisenbahn, dachte ich.

„Öffnet euren Geist für Indien", sagte der Dewan lächelnd.

„Wenn ich das tue, purzelt bald schon mein Gehirn heraus", murmelte ich.

Der Maharadscha schüttelte missbilligend den Kopf und auch meine Tante runzelte angesichts meines rüden Tons die Stirn. Aber ich hatte kaum zu Ende gesprochen, da meldete sich meine Karte, die dicht an meinem Herzen lag.

Mach dich nicht über etwas lustig, was du nicht verstehst, murmelte sie. *Höre in dich hinein, dann wirst du einen Weg finden. Geh jetzt. Geh – du hast nicht mehr viel Zeit.*

15

„Brauchen wir all das wirklich, Tante Hilda?“, fragte ich mit Blick auf die Gepäckberge.

Auf der Bahnhofsplattform türmten sich Moskitonetze, kakifarbene Militärzelte, Wanderstiefel, Bergsteigerseile, Büchsenfleisch und eingelegtes Gemüse, Trockenkekse und Datteln ... Mehrere Gewehre lagen neben blitzenden Munitionsgürteln. Und natürlich hatten wir auch das mitgebracht, was meiner Tante auf Forschungsreisen als Hauptnahrungsmittel diente: Pemmikan, eine Übelkeit erregende Mischung aus eingelegtem Dörrfleisch und Schmalz. Tante Hilda gönnte sich auf jeder Reise so viele Annehmlichkeiten wie möglich, aber diesmal hatte sie sich wirklich selbst übertroffen. Sogar an Socken hatte sie gedacht – für jeden von uns hatte sie mindestens fünf Paar eingepackt.

„Das wiegt doch alles viel zu viel“, gab ich zu bedenken. „So kommen wir ja nur im Schneckentempo voran.“

„Schnickschnack“, erwiderte meine Tante barsch.

„Lieber zu langsam in diesem Leben als zu schnell im nächsten."

„Wie bitte?"

„Das ist eine alte indische Weisheit. Sie bedeutet, dass man sich Zeit lassen und auf alles vorbereitet sein soll. Was vor uns liegt, wird kein Spaziergang, meine Liebe. Unser Ziel ist einer der gefährlichsten Orte der Welt und ich für meinen Teil möchte gern mehrere Paar Socken zur Hand haben, wenn es so kalt wird, dass mir die Zehen abfrieren könnten."

Sie hatte Recht. Ich schluckte jeden weiteren Einwand hinunter.

Der Maharadscha hatte sein Versprechen gehalten und im Handumdrehen alles bereitstellen lassen, was wir für unsere Reise in den Himalaja brauchten. Die königlichen Kutschen waren frisch gesäubert, sodass an den Seiten das Wappen des Maharadschas zu erkennen war – ein schleichender Tiger.

Das Pfeifen der Dampflok unterbrach unsere Gespräche. Es war der Startschuss zu unserem großen Abenteuer, der Reise durch die Wüste von Rajasthan und weiter nach Simla, am Fuße des mächtigen Himalaja-Gebirges. Ja, der Himalaja: ein Schritt ins Ungewisse.

Der Maharadscha und der Dewan waren aus dem Palast mitgekommen, um uns zu verabschieden. Einerseits fand ich es traurig, Baroda verlassen zu müssen, wo man uns so herzlich empfangen hatte. Besonders die Elefantendame Sonali hatte ich lieb gewonnen, ich hatte sie in letzter Zeit jeden Tag im Stall besucht. Ich liebte ihre runzelige Haut und die sanften Augen. Und ich hatte mich sogar an ihre unberechenbaren Darmwinde gewöhnt, die wirklich unfassbar übel riechend waren.

Andererseits aber brannte ich darauf, endlich aufzubrechen. Mein leidgeprüfter Vater allerdings, dessen Magen einfach nicht zur Ruhe kommen wollte, sah sehr blass aus und auch Rachels Gesicht wirkte fahl. Die Minchin schien jedoch am meisten zu leiden. Sie hatte sich das ausgeblichene Kleid schief zugeknöpft, ihre Augen waren rot gerändert und verquollen und auf ihren dick gepuderten Wangen hatten Tränen tiefe Furchen hinterlassen.

„Wo ist Prinsep?“, raunte Rachel mir zu. „Miss Minchin ist völlig aufgelöst darüber, dass wir abreisen. Ich wünschte, sie könnte bei ihm bleiben.“

Ja, das wäre wunderbar, dachte ich. Während der ganzen Reise und sogar während unseres Aufenthalts im Palast hatte sie uns Tag für Tag stundenlang mit ödem Unterricht gequält. Nur durch ihre frisch erblühte Verliebtheit hatte ihr Eifer etwas nachgelassen.

Ohne meine Antwort abzuwarten, murmelte Rachel etwas vor sich hin und verschwand dann im Gewimmel. Ich konnte mir auch nicht erklären, wo Prinsep blieb. Hatte er so wenig für unsere Gouvernante übrig, dass er uns nicht mal verabschieden kam? Ich blickte mich nach allen Seiten um, aber auf dem trubeligen

Bahnhof zwischen all den Teeverkäufern und Süßwarenhändlern war von der schlaksigen Gestalt des königlichen Lehrers nichts zu sehen. Und plötzlich fiel es mir wie Schuppen von den Augen.

Mr Prinsep war ein Schuft! Er hatte nur mit Miss Minchins Gefühlen gespielt.

Wie konnte er es wagen! Mein Kopf rauchte vor Zorn und ich stampfte auf der Suche nach dem Maharadscha den Bahnsteig entlang. Ich entdeckte ihn inmitten der aufgetürmten Gepäckstücke, in eine Unterhaltung mit dem Dewan und meinem Vater vertieft.

„Bitte lasst Mr Prinsep unsere Grüße zukommen", sagte ich verärgert. „Denn leider scheint er außerstande gewesen zu sein, uns hier zu verabschieden."

Der Maharadscha sah mich überrascht an, aber der Dewan lächelte weise und, wie es schien, äußerst belustigt.

„Ihr großes Herz spricht für Sie", sagte er. „Auch wenn Sie dies nicht immer auf die klügste Weise zeigen."

„Ich finde, wer sich nicht die Mühe macht, seinen Freunden gegenüber loyal zu sein, ist noch sehr viel weniger klug", sagte ich.

„Ich fürchte, es lag nicht in Mr Prinseps Macht, hier zu erscheinen. Ich hatte ihn mit einer Besorgung beauftragt."

„Oh."

„Wie ich sehe, ist Ihre Gouvernante etwas … bekümmert“, sagte der Dewan und wandte sich an meinen Vater. „Der Maharadscha möchte, dass ich Ihnen einen Vorschlag unterbreite, bevor ich mich damit an Miss Minchin wende.“

„Wie bitte?“ Papa blinzelte.

Unglaublich, der Mann ist so gebildet, aber manchmal versteht er die einfachsten Sachen nicht.

„Wir möchten Ihrer Miss Minchin eine Stellung anbieten. Vorausgesetzt natürlich, Sie sind damit einverstanden.“

„Eine Stellung?“, wiederholte mein Vater. „Sie hat keinerlei Qualifikation als …“

„Für den Posten, den wir ihr anbieten möchten, ist sie sicher qualifiziert“, unterbrach ihn der Dewan. „Die Maharani, die Königinwitwe, sehnt sich schon lange nach einer Gefährtin. Sie wünscht sich eine vornehme englische Dame, die etwas von Musik und Konversation versteht und sie in der Lebensweise der Briten unterrichten kann. Der Maharadscha ist der Ansicht, das würde unserer Maharani sehr guttun.“

Papa sah immer noch verunsichert drein, während mein Herz bereits vor Freude hüpfte. Wie wunderbar! Keine Minchin mehr, keine lateinischen Vokabeln, keine Grammatikstunden, keine Lektionen in guten Manieren. Miss Minchin konnte in Baroda bleiben – und wer weiß, vielleicht würde Prinseps steifer Vater irgendwann doch in die Heirat der beiden einwilligen. Das war *die* Lösung!

Doch plötzlich schob sich ein Bild vor mein inneres Auge – die Minchin, wie sie durch ein vergittertes Fenster nach draußen blickte, genau wie die dunkeläugige Schönheit, die ich heute mal wieder gesehen hatte. Dieses grässliche Zenana, dieses Frauengefängnis! Die Minchin würde dazu verurteilt sein, ihr Leben hinter Gittern zu verbringen, als wäre sie ein Tier im Zoo. Das Gesicht immer verschleiert, würde sie nie die Erlaubnis haben, irgendwo einzukaufen oder einen Spaziergang durch den Park zu machen. Für jemanden, der es gewohnt war, frei zu sein, ein unerträgliches Schicksal. Und sie würde nie in der Lage sein, ihren Verehrer zu treffen.

„Das geht nicht!", rief ich.

„Ich weiß, wie sehr Sie an Ihrer Gouvernante hängen", sagte der Dewan lächelnd.

„Nein, tue ich nicht!", stieß ich hervor.

„Kit!", ging mein Vater dazwischen.

„Ich meine, darum geht es gar nicht. Miss Minchin kann unmöglich in den Frauengemächern leben. Das würde ihr nie im Leben gefallen. Nie allein rausgehen dürfen, nie …"

„Manche fremde Gebräuche sind in der Tat schwer zu verstehen", sagte der Dewan. „Aber es wird Sie freuen zu erfahren, dass der Maharadscha Ihre Ansicht über das Zenana durchaus teilt."

„Ganz recht", sagte der Maharadscha. „Ich werde dem Zenana ein Ende setzen. Die Maharani wird die erste Königin sein, die ohne Purdah leben kann. Ihre Miss Minchin wird also nicht unter dem Zenana zu leiden haben."

„Oh ... in dem Fall wäre die Stellung natürlich ganz wunderbar. Ich meine, Euer Angebot ehrt uns sehr, Euer Majestät."

„Sollte nicht eher Ihr Vater darüber entscheiden?", fragte der Dewan.

„Ähm ... ja, Miss Minchin kann natürlich gern mit uns kommen", sagte Papa und sein Blick schweifte ab. Offensichtlich hatte er mal wieder nicht zugehört.

Der Dewan schenkte mir ein mitfühlendes Lächeln, als verstünde er nur zu gut, wie schwierig es für mich manchmal war, mit meinem Vater umzugehen. Schmunzelnd wandte er sich ab und ging zu Miss Minchin, die ein Stück abseits mit hängenden Schultern beim Gepäck wartete. Isaac und Waldo standen eifrig schnatternd neben ihr, meine Tante gab wie immer emsig Anweisungen bezüglich der Reisevorbereitungen.

Miss Minchin hingegen wirkte wie weggetreten, als hätte sie sich ganz in sich selbst zurückgezogen, in die Welt ihrer zerbrochenen Träume. Ich sah zu, wie der Dewan sie zur Seite nahm und auf sie einredete. Erst huschte ein Ausdruck der Verblüffung, dann des Unverständnisses über ihr Gesicht. Doch endlich begriff sie, was ihr da angeboten wurde. Sie vergaß ihre guten Manieren und schlang dem alten Mann freudestrahlend die Arme um den Hals.

Auch mein Vater hatte den Blick auf Miss Minchin gerichtet, obwohl ich mir nicht sicher war, ob er sie auch wirklich sah.

„Sie bleibt im Palast“, sagte ich zu ihm.

„Ähm … tatsächlich?“, murmelte er. „Das ist doch gut.“

„Ein Geschenk des Himmels“, betonte ich.

„Du könntest auch bei ihr bleiben, wenn du willst. Mit deinen Freunden natürlich. Miss Minchin ein wenig Gesellschaft leisten.“

Ich starrte ihn entsetzt an. „Ich glaube kaum, dass sie auf meine Gesellschaft Wert legt!“

„Nicht? Wie du meinst.“

Damit stapfte Papa davon, wobei er irgendwas vor sich hin murmelte.

Unterdessen war Rachel neben mir aufgetaucht. Aufgeregt erzählte ich ihr von Miss Minchins neuer Stellung, auch wenn ich so eine Ahnung hatte, dass meine lerneifrige beste Freundin es kaum als Befreiung empfinden würde, keinen Unterricht mehr zu haben. Wir waren frei!

Plötzlich rauschte jemand an mir vorbei und stieß dabei gegen meinen Arm. Prinsep. Er machte sich gar nicht erst die Mühe, sich zu entschuldigen, sondern warf mir nur ein flüchtiges Lächeln zu und eilte dann weiter zu seiner Angebeteten. Offenbar hatte die gute Nachricht nun auch seine Ohren erreicht.

„Ist das nicht herrlich?“, raunte ich Rachel zu. „Jetzt

habe ich für Miss Minchin also tatsächlich einen Mann gefunden."

„Na, das hast du ja wunderbar gemacht", sagte meine Freundin und ihre Stimme triefte nur so vor Sarkasmus.

Ich starrte sie verdutzt an.

„Rachel?"

„Ja?"

„Du warst das, oder? Du hast dem Dewan vorgeschlagen, der Minchin einen Posten im Palast anzubieten, stimmt's?"

„Nun, vielleicht hatte ich tatsächlich meine Finger mit im Spiel", murmelte sie geheimnisvoll. „Oh nein, der Kuli läuft gerade mit meiner Tasche weg! Hey, hallo!" Sofort setzte sie zu einem ganz und gar undamenhaften Sprint an. „Stehen bleiben!"

Teil III

16

Drei aufregende Wochen lang waren wir unterwegs – wir tuckerten durch die ausgedörrten Wüsten von Rajasthan und dann hinauf in die Vorberge des höchsten Gebirges der Welt. Für meinen Vater war die Reise eine einzige Qual – wir hatten Baroda gerade erst verlassen, da begann sein Magen schon zu rumpeln. Als wir den Himalaja erreichten und von der Eisenbahn auf eine schwankende Kutsche umstiegen, war er blass wie eine Lilie, obwohl er – zu unserem Unglück – nicht wie eine solche roch. Selbst meinem zerstreuten Papa entging nicht, dass wir es alle tunlichst vermieden, uns neben ihn zu setzen.

Die Landschaft allerdings war atemberaubend: schneebedeckte Berggipfel, steile Haarnadelkurven, Wälder, die sich wie Wolkenbäusche an schroffe Felsklippen klammerten. Papa starrte die ganze Zeit nur auf seine Schuhe, wenn er nicht gerade die Kutsche anhalten ließ, um sich am Wegesrand zu erbrechen – oder noch Schlimmeres.

Das Einzige, wofür er hier in den Hügeln dankbar war, war die kühle, frische Luft; eine wahre Wohltat nach der Schwüle der stickigen Ebene, durch die wir zuvor gefahren waren.

Auch Simla bot einen bezaubernden Anblick: Inmitten eines Meeres aus Rhododendronbüschen und Eichen thronte die halbmondförmige Stadt auf einem steilen Terrassenabhang. Elegante Anwesen und gotische Kirchen waren zu sehen. Der perfekte Ort, um wieder zu Kräften zu kommen, bevor wir uns weiter in die Berge wagten, die sich in der nebligen Ferne abzeichneten.

Als wir uns in einem kleinen Gasthaus mehrere Zimmer mieteten, war ich zuversichtlich, dass es Papa bald besser gehen würde. Leider schien das Gegenteil der Fall zu sein. Zugegebenermaßen war unsere Unterkunft, die von einer pausenlos jammernden Irin geführt wurde, ein ziemlich schauerliches Haus. Überall hingen ausgestopfte Tiere, selbst über dem Esstisch, an dem man seine indische Geflügelsuppe hinunterschlang, und über dem Spiegel, in den man blickte, wenn man sich morgens das Gesicht wusch. Mumifizierte Löwen, Tiger, Schimpansen, Leoparden, Hasen …

Kein Wunder, dass Papa lieber den ganzen Tag liegen blieb. Aber auch da thronte ein totes Tier über seinem Bett – eine Schildkröte, den Kopf halb unter dem Panzer hervorgestreckt. Irgendwie sahen sich mein Vater und die Schildkröte sogar ähnlich, so aschfahl, kränklich und verrunzelt, wie sie waren.

„Papa, hör auf, immer tapfer sein zu wollen“, sagte ich. „Soll ich noch mal den Arzt rufen?“

Er stöhnte ein Nein, sprach aber ansonsten kein Wort.

Wie lange würde er das Elend noch aushalten können? Heute würde er jedenfalls wieder nicht aus dem Bett kommen. Sein einziger Trost bestand darin, dass er nicht der einzige Invalide war. Gleich im Nachbarzimmer lag Monsieur Champlon darnieder und quälte die Zimmermädchen, indem er alle paar Minuten nach ihnen läutete und ein weiteres Kissen oder etwas zu trinken forderte.

Wahrscheinlich lag seinem absonderlichen Verhalten die blanke Angst zugrunde. Er fürchtete, die Gebrüder Baker würden nach ihm suchen, um ihn auf besonders grausame Weise zu bestrafen. Schließlich hatte er sich ja ihren Erpressungsversuchen widersetzt.

Aber ich verschwendete kaum einen Gedanken an Champlon, meine ganze Sorge galt Vater. War es eine Sünde, einem kranken Mann Geheimnisse entlocken zu wollen? Während der gesamten Reise nach Simla hatte ich immer wieder auf die Gelegenheit gewartet, herauszufinden, was Papa und Tante Hilda vor uns verbargen. Ich hatte meinen Vater jedoch nie allein erwischt. Wonach suchten sie hier in den Bergen? Welcher Hinweis war auf der Karte versteckt? Waren Tante Hilda und die Bakers hinter dem gleichen Schatz her? Ich musste es jetzt einfach wissen, trotz Papas Krankheit. Vielleicht würde ich später wieder keine Chance bekommen, ihn allein zu sprechen.

„Papa", sagte ich mit meiner sanftesten Stimme und legte ihm eine Hand auf die Schulter. „Bist du in Tibet auf der Suche nach dem Schatz?"

„Hat Hilda es dir erzählt?", fragte er überrascht.

Ich nickte. Und da ich kein Wort sagte, war es ja auch nicht wirklich eine Lüge.

„Hilda bedeutet das eigentlich viel mehr als mir", sagte mein Vater. „Obwohl natürlich tatsächlich enorme Erträge drinstecken könnten."

Ich überlegte fieberhaft. Wie sollte ich rauskriegen, um was für einen Schatz es sich handelte, ohne preiszugeben, dass ich keine Ahnung hatte?

„Wie groß ist er denn?"

„Woher sollen wir das wissen?", gab Papa zurück. „Seltsame Frage."

„Bitte ... sag es mir."

Aber genau in dem Moment, in dem ich beinahe am Ziel war, ertönte Tante Hildas dröhnende Stimme.

„Kit! Beeil dich!"

„Ich komme gleich."

„Nein, jetzt sofort! Sonst gehe ich ohne dich!"

Innerlich fluchend, hauchte ich meinem Vater einen flüchtigen Kuss auf die schweißnasse Stirn und raste dann zu meiner Tante nach unten. Die kühle Bergluft draußen war herrlich nach dem Geruch von Krankheit in Papas Zimmer.

Simla, umgeben von Fichten-, Kiefern-, Tannen- und Zypressenwäldern sowie üppigem Rhododendron, war die Sommerhauptstadt des Reichs. Die obersten Beamten des britischen Königreichs tauschten in den heißen Monaten des Jahres ihre Büros in den schwülen Ebenen gegen diesen kühlen, bergigen Ort ein. Bestimmt hatten sie jede Menge Arbeit zu erledigen, schließlich konnte es nicht leicht sein, das größte Reich der Geschichte zu regieren. Aber anscheinend war Simla auch ein Ort, an dem man gern mal Pause von der Arbeit machte. Jedenfalls fanden die Abgesandten immer genug Zeit, mit Tropenhelm und cremefarbenem Leinenanzug sowie einer Zigarre im Mundwinkel durch die Einkaufsstraßen zu flanieren und den neuesten Tratsch auszutauschen.

Die Haupteinkaufsstraße war ein breiter, eleganter Boulevard, von säulengeschmückten Läden und stuckverzierten Gebäuden gesäumt. Bis auf die Rikschafahrer traf man hier auf keine Einheimischen, denn ihnen war der Zugang zu dieser Hauptstraße verwehrt. Kein Wunder, dass die heimwehkranken Briten Simla herrlich fanden: Es sah mit den niedrigen Häuschen und den gepflegten Gärten samt Rosenstöcken und Apfelbäumchen aus wie ein Stückchen Heimat, als hätte man die Grafschaft Surrey in eine orientalische Gebirgswelt verlegt. Zudem war Simla der einzige Ort in Indien, in dem es mehr Memsahibs als Sahibs gab. Mit wirbelnden Sonnenschirmchen und in feinsten Kattun gekleidet, flanierten die vielen Damen die Straßen entlang und warfen sozusagen ihre Angeln aus. Es hieß, eine Frau, die in Simla keinen Mann fand, sollte das Angeln am besten ganz aufgeben.

Plötzlich fiel mir etwas ins Auge, was mich regelrecht erstarren ließ. Eine Sänfte, von zwei schwankenden Einheimischen getragen, kam direkt auf uns zu – und zwischen den Musselin-Vorhängen spähte Mrs Spraggs Kopf hervor. Der entsetzliche Edwin und sein unscheinbarer Vater gingen zu Fuß nebenher. Ich wollte Tante Hilda gerade vorschlagen, dass wir in eine der Nebenstraßen abbiegen sollten, da hatte sie die Sänfte schon selbst erblickt.

„Hallo, Spragg!“, rief sie. „Seid ihr also allesamt nach Simla abgehauen? Kein Wunder, im Palast habt ihr euch ja auch schön was eingebrockt!“

„Wie können Sie es wagen!“, blaffte Mrs Spragg, während ihre erschöpften Träger zum Stehen kamen. „Wegen seiner überbordenden Intelligenz neigt Edwin manchmal dazu, etwas neckisch zu werden. Das war ein dummer Jungenstreich, sonst nichts.“

„Der Dewan hat das Pulver prüfen lassen“, wandte ich ein. „Es war Arsen. Miss Minchin wäre schwer krank geworden, wenn sie von der Limonade getrunken hätte.“

„Unsinn! Das ist eine haltlose Übertreibung.“

„Sie hätte sogar sterben können.“

„Ach was“, schnaubte Mrs Spragg weiter, während

Edwin nur grinste. „Wo hätte Edwin denn das Arsen herhaben sollen?"

„Das kann man ganz leicht von Fliegenfängerpapier abkratzen, wenn man …", begann Edwin eifrig, aber seine Mutter brachte ihn hastig zum Schweigen.

„Wir müssen weiter", sagte sie. „Wie Sie wissen, logieren wir beim Vizekönig und Lady Mayo erwartet uns zum späten Frühstück." Dann wandte sie sich an mich. „Und wo seid ihr untergekommen?"

Als ich unser Gasthaus nannte, rümpfte Mrs Spragg die Nase. „In dieser Gegend leben Einheimische", sagte sie. „Über deine Angewohnheit, dich mit so etwas anzufreunden, haben wir uns ja schon einmal unterhalten, Kathleen. Unehrenhaft ist das. Wir Weißen müssen unter uns bleiben und unseren Ruf wahren. Wir dürfen nicht zulassen, dass uns diese Inder zu nahekommen, sonst halten sie uns am Ende noch für ihresgleichen und wollen sich Freiheiten herausnehmen …"

„Da ist es doch besser, sie zu vergiften, nicht wahr?", sagte Tante Hilda mit einem süßlichen Lächeln. „Einen Schuss Arsen in die Limonade und schon ist das Problem aus der Welt geschafft."

Das war zu viel für die Memsahib. Als hätte sie die Bemerkung meiner Tante gar nicht gehört, reckte sie die Nase in die Luft und gab das Zeichen zum Weitergehen. Die Träger keuchten angestrengt, Mann und Sohn schleppten sich hinter der Sänfte her. Brummelnd sah Tante Hilda ihnen nach.

Dann drehte sie sich wieder zu mir um. „Ja, wir sind das mächtigste Land der Welt! Aber solche engstirnigen Snobs wie diese Person richten unseren guten Ruf wahrlich zugrunde. Wenn sie nicht hier herumprotzen würde, als gehörte ihr ganz Indien, würde Mrs Spragg in irgendeinem grässlichen Einfamilienhaus in Esher festsitzen, so sieht's nämlich aus!"

Damit stapfte sie wütend davon. Ich wollte hinterher, kam aber gleich wieder zum Stehen. Denn eine merkwürdige Konstruktion zog meine Aufmerksamkeit auf sich: Mehrere etwa anderthalb Meter hohe Pfosten reihten sich in gleichmäßigen Abständen einen steilen Abhang hinab und zwischen ihnen war ein Seil gespannt. Eine Handvoll zerlumpter indischer Kinder blickte erwartungsvoll den Hang hinunter.

Auf einmal zischte eine Blechdose am Seil entlang nach unten. Ob das ein traditionelles Spiel der Einheimischen war? Doch dann bewegte sich eines der Kinder und ich erkannte einen wohlvertrauten Lockenkopf. Isaac kniete am Boden und bereitete sich darauf vor, eine weitere Dose ins Tal hinabrasseln zu lassen.

„Isaac!", rief ich. „Was machst du denn da?"

Er wirbelte zu mir herum.

„Ich erfinde, was denn sonst?"

„Aber was genau erfindest du?"

„Ein Transportsystem. Irgendwann ersetzen wir diese kleinen Dosen durch kleine Boote, in die Menschen einsteigen können. Dann brauchen wir nur noch Dampfantrieb und … *wschsch!* Reisen, die jetzt noch Stunden dauern, macht man dann in wenigen Minuten!“

Ich starrte fasziniert auf die kleinen glänzenden Dosen. Das war wirklich raffiniert, auch wenn man bestimmt einen Haufen Dampf brauchte, um die Passagiere wieder den Berg hochzukriegen.

„Ich nenne das Ding Teletransporter“, verkündete mein Freund. „Oder vielleicht auch Seilpferd.“

Meine Tante betrachtete das Ganze ein Stück weiter vorn mit wachsender Ungeduld. „Tolle Idee, Isaac“, sagte sie. „Vielleicht investiere ich sogar in das Projekt. Aber jetzt müssen wir los. Kommst du, Kit?“

Ohne eine Antwort abzuwarten, stürmte sie davon. Ich überließ Isaac seiner Tüftelei und eilte ihr nach. Wir bogen von der Haupteinkaufsstraße in eine Nebenstraße ab und von dort in eine noch kleinere Gasse, die in die Altstadt führte. Hier, im Basarviertel, wohnten nur Einheimische. Die niedrigen Häuser standen dicht beieinander. Die Haupteinkaufsstraße mochte an England erinnert haben, diese engen Gassen hier, die von vielerlei Gewürzdüften durchzogen wurden, waren eindeutig Indien pur.

Tante Hilda und ich kämpften uns durch schmutzige, von Menschen wuselnde Gässchen, bis wir schließlich vor einem Holzhaus stehen blieben. Die schon ein wenig wettergegerbte Fassade bestand aus wunderschönem, orientalisch geschnitztem Holzwerk und auf einem Schild stand zu lesen:

KURIOSITÄTENLADEN
BASHIR ALI
HANDEL MIT RARITÄTEN

Als wir den Laden betraten, bimmelte irgendwo hinten im Düstern eine Glocke. Nachdem meine Augen sich an die Dunkelheit gewöhnt hatten, erkannte ich eine goldene Buddhastatue, die sich von den Schatten abhob, der Bauch rund wie eine Wassermelone, ein unheilvolles, abgeklärtes Lächeln im Gesicht. Nach und nach wurden auch weitere Gegenstände sichtbar: ein Tanka – ein prachtvolles tibetisches Wandbild vom Rad des Lebens –, das mit zähnefletschenden Dämonen bebildert war, ein chinesischer Drache mit Smaragdaugen aus durchscheinender Jade, eine bronzene Statue von Kali, der indischen Todesgöttin mit ihrer Halskette aus abgetrennten Armen und dem Gürtel aus Totenschädeln. Verschlagen grinsend tanzte sie über ihre besiegten Feinde hinweg. Goldene arabische Schriftzeichen zierten die Wände, eine Ikone zeigte die Jungfrau Maria mit dem Jesuskind auf dem Schoß.

China, Indien, Arabien, Russland – es war, als hätten sich alle Länder und Kulturen der Welt in diesem Laden versammelt. Kostbare Statuen und wertloser Tand lagen kreuz und quer übereinander. Es sah aus wie das Nest einer riesigen diebischen Elster, die sich alles geschnappt hatte, was nur hell genug funkelte. Es roch nach Geheimnis und Abenteuer.

Hier würde nicht nur mit Kuriositäten gehandelt, hatte der Dewan gesagt, als er uns hierhergeschickt hatte. Über Bashir Ali hatte er nur einige Andeutungen fallen lassen: Der Mann sei ein Abenteurer, der von Pferdefleisch über Rubine bis hin zu Staatsgeheimnissen so ziemlich alles kaufe und verkaufe. Aber obwohl er ein Gauner sei, könnten wir ihm unser Leben doch sorglos anvertrauen – es gäbe nur wenige Leute, die sich im Himalaja besser auskennen würden als dieser alte Knochen.

„Huhuuuu!“, flötete meine Tante. „Ist jemand zu Hause?“

Keine Antwort. Aber irgendwie hatte ich das Gefühl, als würden wir beobachtet. Und auf einmal sah ich aus einer dunklen Nische neben dem Buddha Rauch aufsteigen. Zu meiner Verblüffung erkannte ich plötzlich einen alten Mann, der eine Wasserpfeife schmauchte. Er trug mehrere lange Rattenschwanzzöpfe und sein Gesicht sah aus wie eine verschrumpelte Walnuss. Seine Augen glühten rot, und mir war, als würde er uns von oben bis unten mustern und abzuschätzen versuchen, wie viel wir für ihn wert waren.

„Entschuldigung“, sagte ich. „Wissen Sie vielleicht, wo Bashir Ali ist?“

„Ich bin Bashir Ali.“

„Und ich bin Hilda Salter, die berühmte Forscherin“, stellte meine Tante sich vor. „Das hier ist meine Nichte Kit.“

„Ist mir Vergnügen, euch kennenzulernen.“ Bashir Ali nickte.

„Wir sind hierhergekommen, um Sie um Hilfe zu bitten. Und wir bezahlen natürlich für Ihre Mühe.“ Tante Hilda holte einige Goldrupien aus ihrer Geldbörse und legte sie neben Bashir Ali auf einen Tisch. Doch er nahm weder das Geld an sich, noch lehnte er es ab – er legte nur den Kopf schief, während sein Gesicht so ausdruckslos blieb wie das einer Marmorstatue.

„Der Dewan von Baroda hat uns zu Ihnen gesandt.“

Sofort veränderte sich Bashir Alis Gesichtsausdruck. Nein, er lächelte nicht, aber es war, als wäre ein Stein zum Leben erwacht. Als wäre eine Statue Mensch geworden.

Meine Tante erzählte von unserer Mission. Der Mann hörte zu, ohne etwas einzuwerfen. Erst nachdem Tante Hilda geendet und ihn erneut um Hilfe angefleht hatte, begann er zu sprechen.

„Ja“, sagte er.

„Ja?“, wiederholte meine Tante.

„Ich werde helfen. Ihr seid Freunde von Dewan.“

„Wir brauchen einen Führer und einen Dolmetscher“, warf ich ein. „Werden Sie mit uns kommen?“

Bashir Ali lächelte und entblößte sein knallrotes Zahnfleisch voller Ablagerungen – vom Paan, der Betelnuss, die in Indien statt Tabak gekaut wird. Überall sah man hierzulande Männer, die blutroten Schleim in den Graben spuckten.

„Ich bin nur alter Mann. Ihr braucht jungen Mensch, der Berge kennt wie ein Yak. Aber ich weiß jemand für euch."

Langsam erhob er sich von seinem Stuhl und trat aus den Schatten hervor, sodass ich ihn nun besser erkennen konnte. Er war sehr klein – kleiner als ich – und trug eine gelbe Satinjacke, die üppig mit Blumen und Vögeln bestickt war. Ein kleines, rundes Samtkäppchen saß auf seinem Hinterkopf. Wirklich merkwürdige Bekleidung. Ich hatte keine Ahnung, ob sie eher tibetisch, indisch, arabisch oder eine Mischung aus allen dreien war.

Bashir Ali nahm eine Schreibfeder sowie ein Tintenfass zur Hand und zeichnete uns rasch eine Karte: eine Straße, die aus Simla hinausführte, sich durch die Hügel bis zum Pilgerort Badrinath und dann weiter bis zu einem Bergdorf namens Mana schlängelte. Hinter Mana markierte der alte Mann mit einem dunkelblauen Kreuz eine Abzweigung, direkt neben dem riesigen leeren Fleck auf der Karte, der Tibet darstellte. Hier sollten wir also unseren Führer finden – einen Mann namens Yongden, der uns über die gefährliche Grenze und dann hinauf in die schwindelerregenden Höhen des Himalaja geleiten würde.

Wir erfuhren, dass Yongden ein Lama war, also ein buddhistischer Einsiedler. Er kannte die Pfade nach Tibet hinein wie kein anderer, die schneebedeckten, Tausende von Metern hohen Berggipfel, die kleinen Dörfer, die so weit oben lagen, dass Europäern bei ihrem Anblick der Atem stockte.

Das Dach der Welt! Wenn wir es schafften, nach Tibet zu gelangen, wären wir die ersten Briten, die je einen Fuß in dieses sagenumwobene Land gesetzt hatten.

„Der Weg ist sehr, sehr gefährlich“, sagte Bashir Ali. „Viele sagen sicher, ihr seid dumm. Aber ich nicht. Ich sehe eure Herzen und sie sind rein.“ Er lächelte. „Also ihr seid vielleicht dumm mit reinem Herz.“

Als wir Bashir Alis Laden verließen und uns wieder in das Gewirr von Simlas Gassen stürzten, wurde ich vor lauter Aufregung über die Reise, die uns bevorstand, ganz kribbelig. Ich ließ mich munter über den merkwürdigen orientalischen Händler und den noch merkwürdigeren Einsiedlermönch aus, aber meine Tante schien abgelenkt zu sein. Sie hörte meinem Geplapper gar nicht richtig zu. Wir bogen gerade wieder auf die breite Hauptstraße ein, als sie plötzlich etwas Seltsames tat. Hoch über unseren Köpfen, hinter einem der schmuddeligen Fenster, war gerade etwas Rotes aufgeblitzt – das grelle Rot einer Soldatenuniform, und darüber ein wettergegerbtes helles Gesicht sowie ein Schnurrbart, der dem von Champlon Konkurrenz machte. Tante Hilda blieb wie angewurzelt stehen. Sie wirkte verwirrt, ja beinahe schuldbewusst.

„Geh du mal allein nach Hause, Kit“, sagte sie. „Ich … ich muss … ich muss noch Zucker kaufen.“

„Aber wir haben doch schon tonnenweise Zucker!“, rief ich aus. Außerdem gab es in dieser Straße, so weit ich sehen konnte, überhaupt keine Lebensmittelläden. „Wenn, dann musst du sowieso auf den Markt – und da kann ich doch mitkommen.“

„Kit, tu wenigstens ein einziges Mal das, was man dir sagt. Ab nach Hause!“

Gekränkt zog ich ab. Was in aller Welt hatte Tante Hilda vor? Als ich an einem tiefen Torbogen vorbeikam, duckte ich mich kurz entschlossen hinein und spähte verstohlen zu meiner Tante hin. Wie vermutet, ging sie überhaupt nicht Richtung Markt – sondern auf eines der heruntergekommenen Häuser zu und drückte die Tür auf. Eine Sekunde später war sie verschwunden.

Ich sah zu dem Fenster hoch und wieder flammten die Tunika des Soldaten sowie der dunkle Schnurrbart auf. Hatte Champlon im Kampf um das Herz meiner Tante einen Rivalen? Oder war sie in irgendwelche Geheimgeschäfte verstrickt? Meine Tante war schließlich ein Naturtalent im Pläneschmieden. Was auch immer sie vorhatte – sie wollte eindeutig nicht, dass ich davon Wind bekam.

Die Geheimnisse nahmen langsam überhand.

17

Eigentlich hätte ich dringend Reisevorbereitungen treffen müssen, denn noch an diesem Vormittag würden wir Simla verlassen. Aber stattdessen betrachtete ich mich gedankenverloren im Badezimmerspiegel. Der Kratzer an meiner Wange machte mir Sorgen. Während der vergangenen Wochen hatte sich die Schramme von Hellrot in ein marmoriertes Lila verfärbt. Langsam verblasste sie zwar, aber die seltsame Fragezeichenform zog alle Blicke auf sich. Kein Wunder, dass Waldo mich ständig „Narbengesicht" nannte.

Plötzlich drang ein markerschütternder Schrei an mein Ohr – er kam aus meinem Zimmer! Ich raste die Treppe hinunter und blieb wie erstarrt auf der Schwelle stehen.

„Rachel!", keuchte ich entsetzt.

Sie stand im Unterrock neben meinem Bett und einen Augenblick dachte ich, ich hätte Halluzinationen. Meine Freundin schien sich in eine Furie verwandelt zu haben. Ihr Haar war zerzaust, ihre Augen funkelten vor Wut und sie fuchtelte mit etwas herum, das aussah wie der Teil eines Hirschgeweihs. Mit einem zweiten Aufschrei schleuderte sie das Geweihstück Richtung Fenster, wo es durch die Scheibe krachte und einen Schauer kleiner Scherben ins Zimmer rieseln ließ.

„Rachel!“, rief ich und schlüpfte vorsichtig ins Zimmer. „Was tust du denn da?“

„Ich glaube, ich hab ihn erwischt“, keuchte sie und starrte durch den leeren Fensterrahmen.

Ich folgte ihrem Blick.

„Aber da ist doch gar nichts ... Rachel ...“

Sie schlug sich eine Hand vors Gesicht. Entsetzt bemerkte ich, dass sich ein Kratzer über ihren Handrücken zog.

„Die kleine Bestie“, knurrte Rachel.

Ich hatte keine Ahnung, wovon sie sprach. Aber dann deutete sie theatralisch aufs Bett. Ein gelber Umschlag lag auf dem Kissen. Schon wieder! Er war aufgerissen und Pfauenfeder, Haare und Samen waren über dem Laken verstreut. Schlagartig wurde mir alles klar. Der Affe! Er musste wieder hier gewesen sein.

„Ich glaube, ich hab ihn erwischt“, wiederholte Rachel.

„Jetzt erzähl mir doch alles von Anfang an“, sagte ich und ließ mich aufs Bett fallen.

„Da gibt es nicht viel zu erzählen. Ich bin hierhergekommen, weil ich mit dir reden wollte. Und dabei ertappte ich den Affen, wie er dir einen Brief aufs Bett legte. Dann stürmte er auf mich zu und ich verlor die Nerven. Ich hab mir diese Schale geschnappt …"

„Dieses grässliche Ding aus Nashornhuf?"

Rachel nickte. „Die hab ich dem Affen an den Kopf geworfen. Und da hat er sich auf mich gestürzt, hat mich gekratzt, mir richtig wehgetan. Ich hätte ihm den Hals umdrehen können. Und dann bist du reingekommen und er ist geflohen. Ich habe versagt …" Plötzlich war alle Wut aus ihr gewichen. Sie sank neben mich auf das Bett und begann zu schluchzen. „Du hättest das bestimmt besser gemacht", sagte sie tonlos.

„Unsinn, ich bin stolz auf dich." Ich legte ihr einen Arm um die Schultern. „Dieses kleine Biest ist wirklich bösartig."

„Du weißt doch, was das heißt, oder?", fragte Rachel leise.

Ich blinzelte. „Was denn?"

„Dass wir beobachtet werden."

„Und wir wissen, dass wir auf der richtigen Spur sind!"

„Wie kannst du nur so entspannt bleiben?" Rachel starrte mich an. „Verstehst du nicht? Die Gebrüder Baker sind uns immer einen Schritt voraus. Die spielen regelrecht mit uns." Sie verstummte für einen Moment, doch dann brach es plötzlich aus ihr heraus. „Kit, ich kenne die Bakers. Ich war damals in ihrer Gewalt, weißt du das nicht mehr?"

„Wie könnte ich das je vergessen?"

Ja, die beiden Brüder hatten Rachel entführt und nach Ägypten verschleppt. Sie hatte mir nie erzählt, was sie auf der schrecklichen Reise alles hatte erdulden müssen.

„Ich kenne sie ziemlich gut." Rachel lächelte grimmig. „Ich weiß, wie tief der Hass in ihnen sitzt."

Hass. Schon wieder dieses Wort. Erst hatte Champlon davon gesprochen, wie sehr die Gebrüder Baker hassen konnten, jetzt auch noch Rachel. Wir schwiegen nachdenklich.

Auf einmal rief meine Tante von unten zu uns herauf. „Na los, Mädchen! Keine Zeit zum Aufrüschen und Aufmotzen!" Ihre Stimme dröhnte wie das Nebelhorn eines Dampfschiffs. „Schaut zu, dass ihr zwei Hübschen euch nach unten bewegt!"

„Aufrüschen und Aufmotzen!", sagte ich beleidigt.

„Ich bin wohl mehr für die Rüschen zuständig und du mehr fürs Motzen", erwiderte Rachel mit einem Grinsen.

Lachend stürmten wir nach unten. Tante Hilda wartete schon draußen auf der Straße. Anders als ursprünglich geplant, würde mein armer Vater nicht mit nach Tibet kommen; er war viel zu geschwächt. Irgendwie hatte Tante Hilda es geschafft, Lord Mayo, dem Vizekönig persönlich, eine Einladung zu entlocken – Papa war also dort einquartiert worden und würde sich unter luxuriösen Umständen erholen können. Beneiden tat ich ihn allerdings nicht – mit Mrs Spragg und Edwin unter einem Dach hausen zu müssen, konnte unmöglich erholsam sein.

Auch Gaston Champlon war eingeladen worden, Papa im Haus des Vizekönigs Gesellschaft zu leisten. Aber der furchtlose Forscher wollte sich dieses Abenteuer um nichts in der Welt entgehen lassen. Und so thronte er, obwohl immer noch leicht angeschlagen, reisefertig auf dem Rücken eines kräftigen Esels.

Wir waren ein großer Konvoi, sechs Sahibs und Memsahibs, dazu ein Gefolge aus sechzehn kleinen, aber stämmigen Bergeseln, einem Koch und mehreren Sherpas, Gepäckträgern aus den umliegenden Bergdörfern. Wie eine Armee, die in den Kampf zog. Zelte, Kocher, Stiefel, Eispickel, Steigeisen, Proviant – bis auf ein Haus mit Wänden und Ziegeldach hatten wir so ziemlich alles dabei.

Da es von Tibet hieß, es werde von zahllosen Banditen heimgesucht, hatten wir auch zehn Martini-Henry-Gewehre sowie fünf große und klobige, aber schnell nachzuladende Pistolen mitgenommen. Champlon hatte sich sogar einen neuen Revolver gekauft, den ich in seinem Lederhalfter hatte aufblitzen sehen. Er trug die Waffe immer am Körper wie einen Talisman, der nicht nur vor Hexenwerk schützte, sondern auch vor potenziellen Angreifern.

Ich hoffte inständig, dass wir unsere Waffen nicht würden einsetzen müssen, aber die Sherpas fanden sie offenbar großartig. Einmal ertappte ich einen Jungen dabei, wie er mit einem Gewehr herumfuchtelte und damit in die Baumwipfel ballerte, als wäre es eine Spielzeugwaffe.

Ich hatte einen Esel ganz für mich allein – eine muntere junge Stute mit dunkelbraunem Fell. Zwischen den Nüstern hatte sie einen weißen Fleck, der wie ein fünfzackiger Stern geformt war. Ich nannte sie Tara, was in der alten indischen Sprache Sanskrit „Stern“ bedeutet. Wenn sie sich ärgerte, legte sie die Ohren an und stampfte mit den Hufen, aber wenn ich sie mit Äpfeln oder Zuckerbröckchen fütterte, wieherte sie leise und schob mir sanft ihr Maul in die hohle Hand. Mit Tara unter mir hatte ich das Gefühl, mit allem fertig zu werden, vor allem weil ich heimlich eine der Pistolen an mich genommen hatte und in einem Halfter unter meiner Jacke trug.

Der Weg durch die Hügellandschaft war der beste Teil der Reise. In der Ferne zeichneten sich die höchsten Berggipfel der Welt ab. Irgendwie hob das unser aller Stimmung, selbst Champlon schien es wieder um Längen besser zu gehen. Bis zur höchstgelegenen Bergstation, einem Pilgerort namens Badrinath, brauchten wir etwa eine Woche.

Badrinath war ein seltsamer Ort, bevölkert von wehklagenden, mit Asche beschmierten Männern, die schmutzige safrangelbe Gewänder trugen und denen die verfilzte Haarpracht den Rücken hinabreichte. Sie sahen aus wie Obdachlose und Rachel jagte ihr Anblick eine Heidenangst ein. Sie war überrascht, als ich ihr erzählte, dass es sich um heilige Hindumänner handelte, so etwas wie Mönche oder Priester.

Nachdem wir einen Tag Rast gemacht hatten, reisten wir weiter in Richtung Grenze. Unser Pfad wurde unwegsamer – für Körper und Seele. Waldo und Isaac machte die Höhenkrankheit zu schaffen, die durch den Sauerstoffmangel bedingt ist und einem die ganze Kraft aus dem Leib saugt, sodass man sich schwindelig fühlt und unter Übelkeit leidet. Seltsamerweise hatten Rachel und ich kein Problem damit, was wieder einmal beweist, dass Frauen das stärkere Geschlecht sind.

Ich war stolz darauf, dass ich so gut durchhielt, obwohl wir immer weiter nach oben kamen. Zwar ging mein Atem keuchend, meine Fußknöchel und Hüften fühlten sich so hart an wie Stahlbänder und ich wusste, dass ich allmählich an meine Grenzen gelangte. Aber die Sherpas versicherten uns mit einem wissenden Lächeln, dass dies noch gar nichts wäre im Vergleich zu dem, was uns in Tibet bevorstünde.

Nicht alle Sherpas waren bereit, das „Dach der Welt“ zu betreten. Keine Ahnung, ob es die Angst vor Banditen war oder vor dem ewigen Schnee oder gar vor „bösen Geistern“, jedenfalls verließen immer mehr von ihnen unseren Konvoi, je höher wir stiegen. Als ich einen Mann namens Tensing nach dem Mönch fragte, den Bashir Ali uns als Führer empfohlen hatte, wurde der Sherpa plötzlich ganz bleich.

„Er ist ein Najlorpa", sagte er.

„Wie bitte?"

„Ein Zauberer. Er lebt seit drei Jahre in Höhle. Nur einen Mensch sieht er, eine Hand mit Handschuh. In Stille legt Handschuh jeden Tag Essen durch Loch in Tür hinein."

„Meine Güte! Das muss wirklich einsam sein."

„Macht dich verrückt. Meiste Leute sind verrückt in Kopf. Aber nicht Yongden."

Schweigend stellte ich mir vor, wie es war, endlose Tage in einer dunklen, kalten Höhle zu verbringen, nur in Gesellschaft der eigenen Gedanken. Schon nach kurzer Zeit würde man jeden Winkel und jeden Stein der Höhle kennen. Wie hielt man es monatelang dort aus, gar jahrelang? Vielleicht war Yongden die Welt in seinem Kopf irgendwann wirklicher vorgekommen als die Welt vor seiner Höhle.

„Er ist mächtig, sehr, sehr. Yongden lebt nicht in Welt", sagte Tensing, als hätte er meine Gedanken gelesen. „Bleib weg von ihm! Er spielt mit Gedanken in dein Kopf!"

Was war das für ein merkwürdiges Land, das wir betreten würden! Während wir weiterstiegen, ließ ich mir alles, was ich über Tibet wusste, durch den Kopf gehen. Der größte Teil des Landes ragt Tausende von Metern in den Himmel hoch, ein windumtostes, von schneebedeckten Gipfeln gesäumtes Plateau, größer als Frankreich, Deutschland, Spanien und Italien zusammen.

Vielleicht wirkt Tibet durch die Tatsache, dass es Fremden seit Jahrhunderten verschlossen bleibt, so geheimnisvoll und verlockend. Auf jeder Karte ist es nur als großer weißer Fleck eingezeichnet, als wäre das ganze Land von einer riesigen Schneelawine weggeschwemmt worden.

Insgeheim war ich mir sicher, dass wir es nach Tibet hinein schaffen würden. Wir würden die ersten Europäer sein, die dieses wilde Land erforschten.

Die Sonne tönte das Eis der Gletscher rosa, während wir uns den steilen Bergpfad nach Mana hochkämpften, zum letzten Dorf auf der indischen Seite der Grenze. Schon tauchten die kleinen Steinhäuser mit Schindeldächern auf, dicht umgeben von ordentlich beackerten Feldern und grünen Bergtannen. Ein Fluss rauschte ins Tal hinab. Von Mana aus war Tibet nur noch eine Wochenreise entfernt. Und dazwischen warteten eine Mauer aus blankem Eis – und die gnadenlosen tibetischen Grenzwächter.

Meine Tante brachte den Konvoi mit einer Handbewegung zum Stehen und setzte zu einer Rede an.

„Die Berge haben Ohren“, sagte sie. „Wie wir alle wissen, erlauben die Tibeter keinem Fremden, ihr Land zu betreten. Wir müssen uns als Pilger ausgeben – ich bin eine exzentrische Engländerin, die zum Hinduismus konvertieren will. Wir sind nach Mana gekommen, um die heiligen Stätten zu besuchen, und der Hauptteil unseres Konvois wird von hier aus wieder ins

Tal hinabsteigen. Sie werden die Spione ablenken, falls wir beobachtet werden, sodass wir Restlichen, die wir nach Tibet wollen, freie Bahn haben. Ich kann nur sagen, seid alle vorsichtig – unser Leben könnte davon abhängen."

Als wir Mana betraten, kamen mir Tante Hildas Warnungen allerdings übertrieben vor. Denn lächelnde Einheimische mit breiten Gesichtern und Schlitzaugen begrüßten uns herzlich. Die Bewohner dieses wilden Landstrichs waren eine Mischung aus tibetischen und indischen Bergstämmen. Nomaden, die hier ihre Herden hüteten und mit Tibet Handel trieben. Sie schienen schlichte, freundliche Menschen zu sein und empfingen uns, als wären wir Könige und Königinnen, Besucher aus einer anderen Welt. Kleine Kinder rannten fröhlich neben unseren Eseln her. Frauen boten farbenfrohe Webdecken und Tücher zum Tausch gegen Schokolade oder Tee an.

Ich bekam ein schlechtes Gewissen, als eine zahnlose alte Frau mit einem blauen Kopftuch mir begeistert eine wunderschöne Wolldecke gab und dafür nur einen Schreibstift und eine Perlenschnur annahm. Dennoch war ich froh um die Decke – sie würde mich in den kalten Schneeregionen sicher warm halten.

Später, als wir gerade unsere Zelte aufbauten, kam der Dorfvorsteher und ließ uns durch die Sherpas ausrichten, dass die Einheimischen uns zu Ehren ein Fest vorbereitet hätten. Mittlerweile hatte es, obwohl es erst

Ende August war, zu schneien angefangen und die Flocken schmolzen auf unseren Gesichtern. Der Himmel hatte sich bleiern grau verfärbt, aber am lodernden Feuer wärmten sich unsere Hände und Gesichter schnell auf. Wir ließen uns Ziegeneintopf mit Reis schmecken. Nach dem Essen gaben Tänzer ihre Kunst zur Musik eines wehklagenden Saiteninstruments zum Besten. Menschen, Tiere, Hütten – alles sah im flackernden Licht des Feuers ganz unwirklich aus, wie ein Märchenreich, in dem sich Geister und Dämonen umhertrieben. Ein Sänger heulte zum Donner einer Tabla-Trommel den Himmel an, während die Flammen zu glühenden Scheiten verebbten.

„Meine Zehen sind kalt", raunte Waldo mir zu und riss mich aus meinen Gedanken.

„Meine fühlen sich wie Eisklötze an", brummte ich zurück.

„Und meine wie Eisberge. Riesige Eisberge", sagte Waldo.

Typisch – immer musste er noch einen draufsetzen.

„Müssen wir uns dieses Gejaule noch lange anhören?", fuhr er fort.

„Pst!", zischte ich. „Sei froh, dass wir so freundlich empfangen wurden. Sie hätten uns auch die Kehle durchschneiden können."

„Das wäre im Moment fast schon eine Erleichterung. Meine Ohren fangen gleich an zu bluten von dem Krach."

Ein neuer Ton mischte sich in den Klagegesang. Ein schrilles Kreischen drang aus der Ferne zu uns herüber, Fußgetrappel war zu hören.

„Was ist da los?“ Tante Hilda stand auf.

Der Anführer erhob sich ebenfalls, der Gesang verstummte. Ein junger Mann kam angerannt und blieb schlitternd vor dem Feuer stehen. Er keuchte atemlos und sein Turban hing schief. Mehrere Minuten lang redeten der Anführer und der junge Mann aufeinander ein. Wir verstanden zwar kein Wort, aber die beiden waren eindeutig sehr aufgeregt. Dann wandte sich der Dolmetscher an uns.

„Er findet Leiche“, sagte er. „Er ist Ziegenhirt, wollte zurück zu Dorf und ist auf Leiche gestoßen.“

„Wo?“, verlangte Tante Hilda sofort zu wissen.

„Auf Pfad.“

Im Gänsemarsch setzten wir uns unter der Führung des erschütterten Ziegenhirten und des Dorfvorstehers in Bewegung. Der Weg führte aus dem Dorf hinaus in Richtung der tibetischen Berge. Der Anführer hatte eine Fackel in der Hand, die immer wieder die eisigen Gipfel um uns herum aufblitzen ließ. Und in der Dunkelheit, das wusste ich, lauerten wilde Tiere und unsere Feinde.

Wir waren erst fünf Minuten unterwegs, da blieb der Ziegenhirte plötzlich stehen. Eine leblose Gestalt lag quer über dem Pfad – ein stattlicher Mann, dessen Beine seltsam verdreht waren und dessen hellroter Turban sich wie ein Blutstrom über den Pfad ergoss. Aus seiner

Brust ragte der Griff eines silbernen Messers heraus. Er musste mit einem einzigen, gezielten Stich getötet worden sein. Ich erkannte ihn sofort. Es war Malharrao, der frühere Maharadscha.

Rachel schrie auf. Meine Tante kauerte sich neben die Leiche.

„Warum?“, flüsterte sie.

„Wahrscheinlich hatten die Gebrüder Baker genug von ihm“, mutmaßte ich. „Jetzt, wo sie Baroda verlassen haben, war er ihnen wohl nicht mehr von Nutzen.“ Dann deutete ich mit einem zitternden Finger auf etwas, das neben der Leiche lag. Ein schmutzig gelber Umschlag – aus dem die Spitze einer schimmernden Pfauenfeder herausragte.

„Sehr schlau“, sagte Tante Hilda. „Die Bakers haben einen Mord begangen und uns gleichzeitig eine neue Warnung zukommen lassen.“

Als sie sich wieder aufrichtete, bebte sie vor Wut. Wenn die Gebrüder Baker dachten, dass meine Tante sich von so etwas abschrecken ließ, dann kannten sie sie aber schlecht. Dieser Mord würde nur dazu führen, dass sie sich jetzt doppelt anstrengte, Shambala zu finden – und den Schatz, hinter dem alle her waren.

18

Es war schon weit nach Mitternacht, als wir uns in die Zelte zurückzogen. Malharrao würde bei Tagesanbruch bestattet werden, denn hier war es Brauch, die Toten so schnell wie möglich zu verbrennen. Das Letzte, was ich vor dem Einschlafen wahrnahm, war, dass sich das Wasser in meiner Flasche in Eis verwandelt hatte.

Ich erwachte schlagartig. Alles tat mir weh, der Boden unter meinem Rücken war hart gefroren. Ich nahm mir vor, Isaac anzusprechen, ob er nicht eine Decke erfinden könnte, die um den ganzen Körper ging.

Da blitzte ein winziger Lichtschein durch einen Riss im Zelt und draußen knackte ein Zweig. Erschrocken eilte ich hinaus. Tante Hilda und Champlon standen in voller Montur neben ihren Eseln und wollten gerade aufsteigen.

„Wo wollt ihr hin?“, fragte ich.

„Geh wieder in dein Zelt, Kit“, zischte meine Tante.

„Ich will aber mitkommen!“

„Herrje! Du weißt doch, dass wir den Bakers zuvorkommen müssen. Könnte bitte jemand dieses Kind zum Schweigen bringen?“

„Lass sie mitkommen“, sagte Champlon. „Sonst sie weckt am Ende noch alle auf.“

„Es war ein Fehler, diesen Störenfried überhaupt mitzunehmen“, brummelte meine Tante, willigte dann aber ein.

Zum Glück hatte ich mich in meinen Kleidern schlafen gelegt, um nicht zu frieren. Ich hätte es meiner Tante nämlich durchaus zugetraut, heimlich wegzureiten, während ich mich umzog. Hastig band ich meine Stiefel zu, sprang auf meine Tara und trottete hinter den beiden her. Ich wusste, wohin es ging. Bestimmt wollten sie Yongden finden, den Mönch, der uns führen sollte.

Der Mord an Malharrao hatte sie sicher in ihrem Glauben bestärkt, dass Eile geboten war. Ich konnte nur hoffen, dass unser Verschwinden bei den Einheimischen nicht den Eindruck erwecken würde, wir hätten etwas mit dem Mord zu tun. Am Morgen würden viele der Sherpas ihre Sachen packen und ins Tal zurückkehren. Und wir würden in der Zwischenzeit Yongden zu überreden versuchen, uns den geheimen Weg nach Tibet zu zeigen. Danach würden wir uns mit den anderen auf dem Bergpfad treffen – das war zumindest der grobe Plan.

Wir hatten das Dorf noch keinen Kilometer hinter uns gelassen, als wir wegen des zunehmend zerklüfteten Pfades gezwungen waren, von den Eseln abzusteigen und zu Fuß weiterzugehen. Alles andere wäre einfach zu gefährlich gewesen. Wir banden die Tiere an und schleppten uns schwerfällig den Berg hinauf. Wie schwarzer, sternenbesprenkelter Samt glitzerte der Himmel über unseren Köpfen und nur eine Mondsichel erhellte uns den Weg. Wir mussten äußerst vorsichtig sein. Ein falscher Schritt und wir würden in den Abgrund stürzen.

Schließlich erblickten wir über uns mehrere Höhlen in der Felswand. Aber irgendetwas stimmte nicht. Etwas stimmte ganz und gar nicht. Die größte Höhle war ausgebrannt, Gras und Zweige waren versengt. Wie ein riesiges schwarzes Auge klaffte die Öffnung vor uns auf.

Wir kamen zu spät. Unsere Feinde waren schon vor uns da gewesen.

Instinktiv griff Champlon nach seiner Waffe – aber da war niemand, nur ein einsamer Geier drehte über uns seine Runden und hielt nach Beute Ausschau. Gebückt betraten wir die Höhle. Yongden hatte nur wenige Dinge besessen. Eine hölzerne Schale lag zerbrochen in der Mitte des Raumes, ein paar Kissen, die ihm als Bettstatt gedient hatten, waren zerfetzt worden. Immer noch schwebten kleine Federn wie verirrte Schneeflocken herum. Ein dicker, lächelnder Buddha war an die Felswand gemalt und auf einem Altar aus schlichten Holzscheiten standen einige Kupferschalen mit

Wasser und Getreidekörnern sowie mehrere Butterlampen. Diese Opfergaben an die Götter waren unversehrt geblieben.

Vom Mönch selbst fehlte jede Spur.

„Verdammt!", fluchte meine Tante. „Sie haben Yongden geschnappt!"

„In die Berge wir 'aben allein keine Chance", murmelte Champlon. „Wir 'aben nischt die ..."

„Wir können es auch ohne den Mönch schaffen", sagte ich.

„Sei still, Kit!", wies Tante Hilda mich zurecht. „Kinder sind nett anzusehen, aber man darf sie nicht hören – so lautet die oberste Regel." Damit wandte sie sich von mir ab und raunte Champlon etwas zu.

Ich hätte meiner Tante am liebsten eine bissige Antwort entgegengeschleudert, aber dann begriff ich, dass sie sich nur Sorgen machte. Warum sie das an mir auslassen musste, war mir zwar nicht klar, aber so war es nun mal. Möglichst unbeeindruckt stapfte ich in der Höhle hin und her. Auf einmal fiel mir ein breiter Lichtstreifen ins Auge, der vom Altar herzukommen schien. Wirklich seltsam – eine der Lampen brannte plötzlich. Und dann japste ich auf. Denn wo soeben noch nichts gewesen war, saß plötzlich ein hagerer, dunkelhäutiger Mann in orangefarbener Kutte. Er kauerte im Schneidersitz vor dem Altar, hatte einen glatt rasierten Schädel und ein sanftes Gesicht. Aber es waren vor allem seine Augen, die mich gefangen nahmen: zwei blauschwarze Abgründe wie die ölig schimmernde Tiefe zweier Quellen. Freundlich oder gar beruhigend wirkten sie wahrlich nicht.

„Tante Hilda!“, rief ich.

„Kinder sind nett anzusehen, aber man darf sie nicht hören“, gab sie zurück, ohne sich auch nur nach mir umzudrehen.

Der Mönch betrachtete mich teilnahmslos.

„Sie sind nicht real, nicht wahr?“, sagte ich zu ihm.

Endlich drehten sich die anderen beiden um, um zu sehen, mit wem ich da sprach. Tante Hilda stieß angesichts der Erscheinung einen Schrei aus.

„Willkommen“, sagte der Mönch.

„Gomchen Yongden?“, fragte meine Tante.

Der Mann senkte den Kopf.

„Aber ...“, stammelte ich. „Ich ... ich hab doch eben schon da hingesehen und ...“

„Ich wollte nicht, dass ihr mich seht“, murmelte Yongden.

„Unmöglisch!“, bellte Champlon. „Ein Trick“, fügte er mehr zu sich selbst als zu uns gewandt hinzu. „Es muss sein ein billiger Zaubertrick.“

Der Mönch zuckte mit den Schultern.

„Wie 'aben Sie gemacht den Trick?“, bohrte Champlon weiter.

Wieder tanzte ein kleines Lächeln über Yongdens Gesicht.

Tante Hilda wechselte das Thema. „Wer hat Ihnen

das angetan?“ Sie deutete auf die verwüstete Höhle. „Das ist ja himmelschreiend!“

Yongden zuckte wieder mit den Schultern.

„Wer war hier?“

„Geister“, antwortete der Mönch.

„Geister?“, wiederholte meine Tante verunsichert.

„Menschen ohne Seele. Geister.“

„Und wie sahen diese Geister aus?“, ging ich dazwischen.

„Weiße Männer, weiße Gewänder. Als sie mich nicht fanden, sagten sie: ‚Zerstört alles.‘“ Yongden hielt kurz inne und dachte nach. „Seltsame Männer. Als ich in ihre Augen blickte, ich sah nichts. Etwas fehlte. Sie waren Menschen, ja, aber ohne Seele.“

„Seelenlose Menschen“, murmelte ich vor mich hin. Die Worte beschworen in mir ein Bild herauf – die Gebrüder Baker! Ihre leeren Augen, ihre leeren Gesichter. Auch bei mir hatten sie schon immer das Gefühl erzeugt, dass hinter den Augen nichts, aber auch gar nichts mehr war. Der Gedanke an seelenlose Menschen ließ uns alle erschauern und wir schwiegen.

Dann riss sich Tante Hilda sichtlich zusammen. Im gewohnten, geschäftsmäßigen Tonfall fragte sie Yongden, ob er uns als Führer begleiten könnte. „Man hat uns gesagt, Sie würden die Berge besser kennen als jeder andere“, sagte sie. Und ich wusste, sie würde bereit sein, zu flehen und zu schmeicheln und überhaupt alles zu tun, um diesen kahl rasierten Mann dazu zu bringen, uns zu helfen, aber er nahm ihr gleich den Wind aus den Segeln.

„Zeig mir deine Karte", sagte er schlicht und streckte mir die Hand entgegen. „Ich führe euch."

Tante Hilda sah mich an. Wir erschauerten. Keiner von uns hatte ein Wort über die Karte gesagt. Meine Hände weigerten sich, sich zu bewegen. Wortlos sah ich dem Mönch ins Gesicht.

Er schwieg ebenfalls, verharrte nur reglos mit ausgestreckter Hand.

„Kit", sagte Tante Hilda.

„Nein. Nein, das mache ich nicht."

„Kit, du gibst ihm jetzt die Karte, sonst ..."

Alles in mir sträubte sich, verweigerte sich, aber die Augen des Mönchs brannten sich in mich, und als hätten meine Hände ein Eigenleben, glitten sie in meine Tasche, holten die Karte heraus und reichten sie ihm.

„Das ist die einzige Karte, die wir haben", sagte meine Tante, während Yongden das Pergament begutachtete. „Aber eine große Hilfe ist sie nicht. Wir werden nicht schlau daraus."

„Das ist die Karte", sagte der Mönch und seine runzligen Finger drehten das brüchige Pergament sanft um. Er starrte auf die Inschrift, die so abrupt endete.

Oh abscheuliche Höhle!
Hoffnung und Ruhm sei jenen zuteil,
welche es auf sich nehmen ...

Die Augen des Mönchs wanderten über das Pergament und ich hätte es ihm am liebsten entrissen. In meinem tiefsten Inneren brannte eine besitzergreifende, heiße Wut. Er hatte kein Recht auf die Karte!

Sie gehörte mir! Ich war dazu bestimmt worden, sie zu tragen.

Ich streckte die Hand danach aus, aber Yongden schüttelte den Kopf. „Ich behalte sie." Vorsichtig rollte er das Pergament zusammen und ließ es unter seinem lockeren, safrangelben Gewand verschwinden.

„Aber …", setzte ich an, doch Tante Hilda stieß mir den Ellbogen in die Rippen.

„Ihr geht jetzt, wir treffen uns vor Grenze", verkündete Yongden. „Bei der Gabelung der Pfade ihr werdet sehen einen braungrauen Stein. Sieht aus wie Bärenjunges. Dort ich warte."

Ich wollte protestieren. Dieses Stück Pergament und ich waren auf tiefste, geheimnisvollste Weise miteinander verbunden. Seine verschnörkelten Markierungen, seine Bergpfade und klaffenden Schluchten flossen wie Silber durch meine Adern. Die Karte war mir zum Führer und Lehrer geworden. Auf einmal schoss mir der Gedanke durch den Kopf, dass dieser Eremit Yongden – kahl geschorener Kopf hin oder her – nichts als ein ganz gewöhnlicher Dieb war.

Ich starrte ihn an, legte meinen ganzen Zorn in meinen Blick. Er schien es kaum zu bemerken.

„Ihre Begleitung ist eine große Ehre für uns, Gomchen Yongden“, sagte Tante Hilda. „Dafür unseren Dank und unsere Ehrerbietung. Wann sollen wir zu Ihnen stoßen?“

„Wenn ihr dort eintrefft. Dann ich werde auch dort sein.“

Damit verabschiedeten wir uns. Die Erwachsenen mussten mich regelrecht aus der Höhle schubsen, weil ich so wütend war, dass ich kaum einen Fuß vor den anderen setzen konnte. Draußen angekommen, wirbelte ich zu Tante Hilda und Champlon herum.

„Ich denke mal, den werden wir nie wiedersehen“, sagte ich.

Meine Tante starrte mich an.

„Du hast offenbar gar nichts verstanden, was?“

„Wie meinst du das?“

„Frostbeulen. Brutale Grenzwächter. Minus dreißig Grad. Lawinen. Gletscher. All das!“

„Kenn ich alles. Was soll damit sein?“

„Nur weil du in deinem Leben schon ein paar Bücher gelesen hast, meinst du, du wüsstest Bescheid“, schimpfte Tante Hilda. „Aber die Wirklichkeit ist ganz anders, du Träumerin! Wenn wir es schaffen wollen, nach Tibet reinzukommen ... wenn wir auch nur die leiseste Chance haben wollen ... dann ist dieser seltsame Mönch unsere einzige Hoffnung.“

Champlon nickte zustimmend.

„Er ist unser Rettungsanker in diese Berge.“

„Ich hoffe, ich habe mich klar ausgedrückt“, sagte

meine Tante und stapfte den steinigen Bergpfad hinunter. „Wir brauchen diesen Mann viel dringender als ein lästiges Kind, das immer alles besser zu wissen meint." Dann rief sie über ihre Schulter: „Ich habe es dir schon so oft gesagt – weniger reden, mehr zuhören! Dann bist du vielleicht halbwegs erträglich."

Wieso war Tante Hilda plötzlich so ekelhaft zu mir? Unglaublich! Am liebsten hätte ich ihr ein Stück Holz an den Kopf geworfen, so wütend war ich. Aber ich traute mich nicht. Tränen schossen mir in die Augen. Ich ließ mich auf den Boden fallen, meine Gedanken – ein einziges Durcheinander.

Meine Karte war weg, mir war übel und heiß. Und dann war meine Tante auch noch so schrecklich zu mir. Wie kam sie dazu, mich wie ein dummes kleines Mädchen abzukanzeln? Wie konnte sie es wagen?

Lange saß ich so da und weinte heiße Tränen. Ich fühlte mich einsam – irgendwie war die Karte mir bisher die beste Begleitung gewesen, hatte mir den Mut gegeben, diese Reise mitzumachen. Ich schluchzte und schluchzte, bis der Schmerz ein bisschen nachließ. Mittlerweile war die Sonne am Himmel hochgekrochen und meine Tränen versiegten. Ich musste den Gedanken an Tante Hilda verdrängen – und auch an meine Karte, sosehr es auch wehtat. Ich musste weitermachen, mich an den Plan halten. Wenn wir uns nicht mit den anderen am verabredeten Punkt trafen, gefährdeten wir unser Vorhaben, die Dorfbewohner von unserer Spur abzulenken. Also würde ich Tante Hildas Spiel mitspielen – und abwarten, ob Yongden wirklich zu dem Felsen kam, der aussah „wie Bärenjunges“. Seufzend stand ich auf und stapfte den Pfad entlang, den meine Tante und Champlon zuvor hinuntergegangen waren.

Aber als ich die Biegung erreichte, waren die beiden verschwunden.

19

Ich hastete den Hang hinab. Mein Herz wummerte wie verrückt vor Angst, Übelkeit stieg in mir auf. Wo in aller Welt steckten meine Tante und Champlon? Sie konnten mich doch unmöglich allein zurückgelassen haben! Nicht wegen eines dummen Streits! Als ich die Stelle erreichte, an der wir die Esel angebunden hatten, fiel mir das Atmen in der dünnen Luft ziemlich schwer und meine Waden pochten schmerzhaft.

Zum Glück wartete Tara an der Tanne auf mich, genau da, wo ich sie zurückgelassen hatte. Aber wo waren Tante Hildas und Champlons Reittiere? Wir befanden uns in einer Schlucht – links von uns klaffte ein schwindelerregender Abgrund bis hinab ins Tal, zur Rechten erhob sich eine schroffe Mauer aus grauweißem Gestein, mit Bäumen und struppigen Büschen gespickt. Und nirgendwo eine Spur von meiner Tante und dem Franzosen.

So, sie hatten sich also entschieden, mich hier sitzen zu lassen? Typisch Tante Hilda. Nun, da blieb mir wohl nichts anderes übrig, als mich auf Tara zu schwingen und so schnell wie möglich nach unten zu reiten, um sie einzuholen.

„Tara! Tara!“, rief ich und ging auf meine Eselin zu.

Aber sie wieherte gar nicht zur Begrüßung. Sie war stumm, als hätte sie meine Stimme gar nicht wiedererkannt. Hier stimmte etwas nicht! Normalerweise freute Tara sich immer, wenn sie mich sah. Sie schmiegte sich dann meistens an mich und stupste mich mit den Nüstern an, in der Hoffnung, ich würde ihr etwas Leckeres zustecken.

„Tara, was ist denn los?“ Ich schob mich von hinten auf sie zu und schlang ihr einen Arm um den Hals. „Du dummes altes Eseltier! Ich konnte dich doch nicht mitnehmen – sonst wärst du bestimmt abgestürzt!“

Sie zuckte unmerklich. Und dann sah ich ihre mit einem weißen Schleier überzogenen Augen. Tara war blind! Doch als ich weiter an ihr hinabschaute, wurde es noch schlimmer: Im Hals der Eselin klaffte ein riesiger Schnitt, aus dem es rot heraussickerte. Blut tropfte auf den Boden.

Jemand hatte Tara die Kehle aufgeschlitzt!

Ich heulte auf, was eine Krähenschar auf einem nahe stehenden Baum aufschreckte. Ich schlang Tara die Arme um den Hals und küsste sie unter Tränen. Doch ich konnte ihr nicht helfen. Meine arme Eselin war zwar noch nicht tot, aber auch nicht mehr weit davon entfernt. Tropfen für Tropfen wich das Leben aus ihrem Körper. Ihre Augen waren matt und leblos.

Ich hatte keine Wahl.

Ich holte meine Pistole heraus, sah weg und drückte ab. Der Schuss erschreckte die Krähen ein zweites Mal, wie schwarze Flammen schossen sie aus der Baumkrone empor und stoben am Himmel auseinander. Als ich mich schließlich überwinden konnte, nach Tara zu sehen, war sie nur noch ein toter Fleischklumpen auf dem steinigen Boden. So schnell wie möglich eilte ich davon.

Und was jetzt? Sollte ich in die Höhle zurück und dem Mönch erzählen, was passiert war? Diesem diebischen Mönch? Oder sollte ich zu Fuß zu meinen Freunden gehen?

Die Entscheidung fiel mir nicht allzu schwer. Yongden hatte seine Zaubertricks, er konnte gut auf sich selbst aufpassen. Meine Freunde konnten das nicht. Ich musste sie warnen. Denn der Mord an Tara war eine eindeutige Drohung gewesen. Die Baker-Bande hatte meinen Esel gefunden und umgebracht. Und aller Wahrscheinlichkeit nach meine Tante und Champlon entführt.

Trotz meiner dicken Jacke fröstelte ich, und ich brauchte gut eine Dreiviertelstunde, um zum verabredeten Treffpunkt zu gelangen. Offenbar war ich spät dran, denn Waldo, Isaac und Rachel warteten schon ungeduldig mit dem ganzen Konvoi. Ich sah sofort, dass irgendetwas faul war. Meine Freunde waren wütend auf mich. Als sie bei meinem Anblick auseinanderstoben, wurde mir klar, dass sie über mich gesprochen hatten.

„Ach, da ist ja unsere rastlose Wanderin!“, blaffte Waldo. „Heißen wir sie willkommen, unsere unerschrockene Heldin, Narbengesicht Livingstone!“

„Die große Forscherin Kit Salter!“, fügte Isaac mit lauter, theatralischer Stimme hinzu. „Wir werden auf ewig Ihre ergebenen Diener und Helfer sein, Madame.“

Ich war so voller Trauer um Tara und Furcht um meine Tante, dass ich kaum verstand, was sie sagten. Wieso hatten es an diesem Tag eigentlich alle drauf angelegt, mir meine Fehler vorzuhalten?

„Bitte hört mir zu“, sagte ich. „Für so etwas ist jetzt keine Zeit.“

„Du hast ja nie Zeit für deine Freunde“, gab Waldo zurück.

„Etwas Schreckliches ist geschehen.“

„Na, wie wunderbar“, warf Waldo sarkastisch ein. „Etwas Schreckliches, soso. Du und deine großartige Tante, ihr seid einfach heimlich aufgebrochen, um das Abenteuer ganz allein zu bestehen, während wir hier auf das Gepäck aufpassen mussten – *das* ist geschehen!“

„Hör mal zu, Kit“, sagte Rachel, die braunen Augen funkelnd vor Zorn. „Wir sind gemeinsam in dieses Abenteuer gestartet. Ich finde es unmöglich von dir, dich mitten in der Nacht wegzuschleichen, ohne uns Bescheid zu sagen. Wir riskieren hier alle unser Leben. Wir frieren, wir sind müde. Du musst uns doch sagen, was hier vor sich geht! Wir spüren doch alle, dass es ein Geheimnis gibt – ein Geheimnis zwischen dir und deiner Tante. Ständig steckt ihr die Köpfe zusammen. Also, wenn ihr uns nicht mehr dabeihaben wollt, dann gehen wir eben wieder. Nicht wahr, Waldo?"

Waldo nickte. Ein dicker Angstkloß schnürte mir die Kehle zu.

„Das reicht!", schrie ich. „Tut mir leid, ich habe einen Fehler gemacht, aber ich habe jetzt wirklich keine Zeit dafür! Tante Hilda und Champlon sind verschwunden und Tara wurde umgebracht!"

Die einheimischen Träger folgten unserem Streit ohne ein Wort und ohne eine Regung.

„Umgebracht?", wiederholte Rachel. Ich sah die Bestürzung in ihrem Gesicht – und vielleicht auch ein bisschen Reue, dass sie mir ausgerechnet in dieser Situation so zugesetzt hatte.

Ich ging auf meine Freunde zu und schob meine Brust mit der blutbefleckten Jacke nach vorn.

„Seht ihr das? Wisst ihr, was das ist? Taras Blut!"

Rachel schrie auf. Auf einmal war ich selbst wieder völlig überwältigt, mein Hals war rau und trocken, eine Träne bildete sich in meinem Augenwinkel. Ich wischte sie rasch weg und erklärte den anderen hastig, was passiert war.

„Wer tut einem wehrlosen Tier so etwas an?“, fragte Rachel. „Was ist das für ein Mensch?“

Chamba, der Koch, ein plumper, ständig lächelnder Mann, trat einen Schritt nach vorn und murmelte etwas vom „schlechten Karma“, das Mördern anhaften würde. Buddhisten glauben nämlich, dass üble Taten, die man in diesem Leben begeht, einen im nächsten Leben verfolgen. Dieses Schicksal nennt man „Karma“. Und wenn man sehr viel Böses anstellt, wird man mit etwas Pech möglicherweise als Nacktschnecke wiedergeboren.

Ich war mir nicht sicher, ob ich an Wiedergeburt glaubte – aber so lange wollte ich ohnehin nicht warten. Ich wollte mich an demjenigen rächen, der Tara getötet hatte. Und zwar noch in diesem Leben.

„Wir brauchen Hilfe von jemandem, der sich hier im Gebirge auskennt“, verkündete Waldo. „Wir müssen diesen Eremiten finden.“

„Yongden hat gesagt, wir treffen uns oben in den Bergen“, sagte ich und deutete zum Mana-Gipfel hoch. Sofort kamen mir wieder Zweifel an dem seltsamen Mönch, aber ich schob sie hastig beiseite. Waldo hatte Recht, wir brauchten dringend Hilfe. „Er hat etwas gesagt von einer Stelle, wo der Pfad sich gabelt. Ein Fels, der wie ein Bärenjunges aussieht.“

Beim Klang des Namens Yongden zogen einige Sherpas scharf die Luft ein. Stumm wechselten sie ängstliche Blicke.

„Yongden ist Zauberer“, sagte Chamba schließlich, der ihr Anführer zu sein schien. „In gute Zeit wir gehen nicht in seine Nähe. In schlechte Zeit er hilft. Folgt mir. Ich kenne Bärenfels.“

Damit war es besiegelt. Ich bekam einen neuen Esel, dem ich allerdings kaum einen Blick widmete, und schon setzten wir uns in Bewegung. Tief in den Sattel gekauert, bekam ich kaum etwas von dem schwindelerregenden Aufstieg mit. Wir näherten uns immer mehr der Eiswand, dem Gletscher, der uns von Tibet trennte.

Irgendwann wurde der Pfad so schmal und steinig, dass es zu gefährlich gewesen wäre, im Sattel sitzen zu bleiben. Also stiegen wir ab und gingen zu Fuß weiter. Etwa drei oder vier Stunden marschierten wir so voran, konzentrierten uns auf den Rhythmus unserer Füße und darauf, nicht den Mut zu verlieren.

Plötzlich stieß Chamba einen schrillen Schrei aus. Ich schaute in die Richtung, in die der Koch zeigte. Erst jetzt fiel mir auf, dass ich bisher gar nicht auf die Umgebung geachtet hatte, zu sehr war ich in Gedanken versunken gewesen. Wir befanden uns nun wirklich in der Wildnis. Ein Felsblock lag quer über dem Pfad, einer von vielleicht hundert, die vom Berggipfel herabgepoltert waren. Von Bäumen, Blumen oder Gras weit und breit keine Spur. Um uns herum bestand alles aus Stein, Schnee und Eis. Es war, als wären wir auf einem fremden Planeten gelandet. Bestimmt wäre es auf dem Mond genauso, stellte ich mir vor.

Der Koch deutete auf eine Felsnase vor uns. Der Stein, ein monströses Bruchstück aus dem Berg, war gräulich und mit helleren Streifen marmoriert. Er sah genauso aus wie ein Bärenjunges, das sich auf die Hinterbeine erhoben hat, die eine Vorderpfote hochgereckt, als wollte das Tier einem gleich die Hand schütteln. Ein seltsam fröhlicher Anblick in dieser kargen Umgebung. Sofort schlugen wir alle ein schnelleres Tempo an.

Ich erreichte den Fels als Erste. Und vor lauter Überraschung wäre ich beinahe abgestürzt.

Denn ich blickte direkt in das kampflustige Gesicht meiner Tante, das wie bei einem Eskimo von einem Kranz aus weißem Pelz umrahmt war. Und die in Schaffell eingemummten Fellbündel neben ihr waren niemand anders als Champlon und Yongden.

Sie hatten den Schnee vom Fels gewischt, sich auf einem ausgebreiteten Stück Öltuch niedergelassen, plauderten munter miteinander und kauten auf ledrigen Streifen Trockenfleisch herum. Als wären sie beim Picknick im Hyde Park! Yongden allerdings aß nichts von dem Fleisch. Vermutlich war er Vegetarier, so wie viele Buddhisten, und betrachtete die Tötung eines Tieres als Sünde.

„Gott sei Dank!“, stieß ich hervor. Ich hatte völlig vergessen, wie wir auseinandergegangen waren. „Ich dachte, die hätten euch verschleppt!“

„Wen meinst du mit ‚die‘?“, fragte Tante Hilda säuerlich. „Könntest du dich bitte etwas präziser ausdrücken?“

„Die Gebrüder Baker.“

Ich wartete mit angehaltenem Atem auf ihre Reaktion. Und Tante Hildas grimmiges Gesicht reichte mir als Antwort vollkommen.

Wer sonst hätte auch Yongdens Höhle zerstört? Die Einheimischen fürchteten den heiligen Mann doch viel zu sehr, um sich so etwas zu trauen.

„Der Fluch“, sagte Waldo. „Ich meine … wie sehen die beiden jetzt aus?“

Es ging das Gerücht um, bei unserem letzten Abenteuer in Ägypten hätten sich die Bakers durch ihre bösen Taten einen uralten Mumienfluch eingehandelt.

Champlon zuckte mit den Schultern.

„Kein ’übscher Anblick.“

„Grässlich“, fügte Tante Hilda hinzu. „Besonders der eine sieht aus wie durch den Fleischwolf gedreht.“ Sie schüttelte sich.

„Ich nehme an, sie sind hinter derselben Sache her wie wir …“

Ich war versucht, nachzuhaken, was sie meinte, aber ich wusste, sie würde es mir nicht sagen, also ließ ich sie weiterreden.

„Champlon und ich glauben, dass sie mit Gewalt nach Tibet gelangen wollen, um sich die Beute vor uns zu schnappen. Die sind sich ja für keine List und Betrügerei zu schade!“

„Und sie sind in schleschte Gesellschaft“, gab ihr der Franzose düster Recht.

„Der Affe ist bei ihnen und noch dazu ein paar der übelsten Straßenräuber, die man in Indien für Geld anheuern kann“, erklärte meine Tante.

Mein Gehirn schien nur sehr langsam zu funktionieren. „Aber wenn sie euch in ihrer Gewalt hatten – wieso seid ihr jetzt hier?“

Ein verschlagenes Grinsen machte sich auf Champlons Gesicht breit. „Ist eben nischt möglisch, Gaston Champlon gefangen zu ’alten“, verkündete er.

Ich verkniff mir die Bemerkung, dass es ihnen schon einmal sehr leichtgefallen war, ihn gefangen zu halten – und dazu zu bringen, ihren Willen zu erfüllen.

„Diese Mistkerl mit der Affe, er ’at uns nämlisch überrascht, als wir abstiegen den Pfad von Yongdens ’öhle“, erklärte der Franzose. „Er nahm mir mein geliebte Webley-Waffe ab, fesselte uns und brachte uns zu Gebrüder Baker. Aber sie ’aben keine Ahnung von Gaston Champlons Voraussischt. Ich ’abe nämlisch immer ein zweite Waffe in mein linke Socke. Ich befreie meine ’ände – et voilà!“, verfiel er aufgeregt in seine Muttersprache.

Champlon hatte sich also befreit. Und als Meister im Umgang mit Waffen hatte er sich einen der Bakers geschnappt und erst dann wieder freigelassen, als man ihm die zwei Esel und seine Pistole zurückgegeben hatte.

„Aber wie haben Sie sie davon abhalten können, Sie wieder zu hypnotisieren?“, fragte Isaac nach. Irgendwie hörte er sich dabei etwas misstrauisch an und ich sah zu Champlon hin. Der schaute schuldbewusst zur Seite.

„Isch ’abe den Affen nischt an misch ’erangelassen“, erwiderte der Franzose hastig.

Yongden hatte unserer Unterhaltung unbeteiligt zugehört, doch nun stand er auf und drängte zum Aufbruch. Aber vorher musste ich unbedingt unter vier Augen mit ihm sprechen. Ich stellte mich neben ihn und raunte: „Bitte geben Sie sie mir zurück.“

Jetzt, wo ich ganz nahe bei ihm stand, spürte ich die Anziehungskraft der Karte beinahe körperlich. Bildete ich es mir nur ein oder pulsierte sie in der Tasche der safrangelben Mönchskutte? Der Eremit sah mir in die Augen und neigte leicht den Kopf.

„Bitte“, flehte ich.

„Noch nicht.“

Ich konnte nichts tun. Ein bitterer Geschmack stieg mir in die Kehle, meine Hände bebten geradezu vor Verlangen, ihm die Karte einfach zu entreißen, aber ich war machtlos.

„Wir müssen los“, sagte Tante Hilda. „Bis zur Grenze sind es noch einige Tagesmärsche.“

Rachel, Isaac und Waldo legten sofort Protest ein.

„Wir haben noch nicht zu Mittag gegessen“, sagte Isaac.

„Ich hatte nicht mal Frühstück“, gab ich zurück.

„Ohne Mittagessen kann ich nicht laufen“, fuhr Isaac fort. „Meine Beine versagen mir den Dienst.“

„Mittagessen?“, wiederholte Yongden, als verstünde er das Wort nicht. Ich stellte mir vor, wie sein Leben wohl aussah. Sich mit Köstlichkeiten den Bauch vollzuschlagen, stand auf seiner Prioritätenliste mit Sicherheit ziemlich weit unten. „Dann esst bitte. Und danach wir müssen gehen.“

Leider war in dieser unwirtlichen Eisgegend nicht einmal Chamba in der Lage, aus unserem Proviant etwas Köstliches zu zaubern. Ich sah zu, wie er einen Feuerstein aus einem Beutel herausholte und ein Feuer anzündete. Erst brannten ein paar Zweiglein, dann ein dickerer Ast. Es war zwar nur ein kleines, schwaches Feuer, aber es wärmte. Und es ermöglichte mir einen Vorgeschmack auf das, was von nun an unser tägliches Mahl werden sollte: Tsampa – ein tibetischer Gerstenbrei – und Dörrfleisch. Der Gerstenbrei schmeckte wie Kleister und beim Dörrfleisch hatte ich das Gefühl, auf Tante Hildas Stiefeln herumzukauen. Selbst Isaac blickte so drein, als wünschte er sich, nie nach Mittagessen gefragt zu haben.

Meine Tante sah, wie finster wir das Mahl hinunterwürgten, und versuchte uns aufzuheitern, indem sie sagte, das Essen hier wäre Gold gegen das, was noch kommen würde – von jetzt an würde es stetig schlechter werden.

Brummelnd beendeten wir die Mahlzeit, schulterten

unser Gepäck und brachen wieder auf. Wir würden also versuchen, uns unter der Führung eines geheimnisvollen Zaubermönchs in ein wildes, feindlich gesinntes Land zu schleichen. Die Absichten dieses Mannes waren mehr als undurchsichtig und er hatte mir meine Karte gestohlen. Vor uns lagen lange Märsche durch Schnee, Gestein und Eis, durch eine der unwirtlichsten Gegenden der Welt.

Waren wir tapfere Forscher? Oder eher Verrückte? Während meine Füße sich zäh den Berg hochschleppten, hätte ich die Frage wirklich nicht beantworten können.

20

Erst gestern hatte ich festgestellt, dass ich meine Füße nicht mehr spürte. Und jetzt waren meine Finger dran. Ich hatte drei Paar Handschuhe an sowie mit dicker Wolle ausgestopfte, flauschige Schaffellfäustlinge, meine Hände sahen aus wie zwei Fußbälle – und trotzdem verwandelten sie sich langsam in Eisklauen. Sollte es irgendwo auf der Welt kälter sein als hier, dann gebe Gott, dass ich nie dahin muss, dachte ich.

Das Thermometer meiner Tante hatte irgendwo bei fünfundzwanzig Grad minus den Geist aufgegeben. So kalt wird es in England nie, nicht mal in den Wintern, wenn die Flüsse zufrieren und man auf Port Meadow Schlittschuh laufen kann. Ich hatte gar nicht gewusst, was Kälte wirklich bedeutete. Um mich herum war alles weiß, so weit das Auge reichte. Weißer Schnee, weißes Eis, weiße Gipfel, selbst der Himmel sah aus wie gebleicht. Die Sonnenstrahlen verwandelten die Landschaft in ein grelles, blendendes Spiegellabyrinth.

Doch auf dem Eis auszurutschen oder in eine mehr

als mannshohe Schneewehe zu fallen, ist nicht die größte Gefahr. Das Schlimmste sind die Lawinen. Die Massen von Schnee und Gestein auf den Berghängen können einen jederzeit unter sich begraben. Immer wieder warnte man uns, möglichst leise zu sein. Und so schoben wir uns – vom Klackern der Eselhufe auf dem Eis und dem Knirschen unserer Steigeisen abgesehen – lautlos durch die frostklirrende Natur.

Ich hatte Mühe, meine Füße voranzutreiben. Sie waren schwer wie Ziegelsteine in den Steigeisen, die wir brauchten, um auf dem Eis zumindest ein wenig Halt zu finden. Mein Gesicht glühte, als hätte man die Haut in siedendes Öl getaucht. Ich tat mein Bestes, mit Yongden Schritt zu halten, der einen der Proviantesel führte, aber meine Kräfte schwanden zusehends. Auf einmal drehte er sich zu mir um und sah mich mit seinen tintenschwarzen Augen an.

„Du leidest“, sagte er und seine Stimme hallte heiser übers Eis.

Yongden sagte so selten etwas, dass jetzt die ganze Karawane samt Sherpas und Eseln stehen blieb.

Meine Augen tränten schon wieder. Wir trugen alle Brillen aus Yakgeweihen, schmale Knochenstreifen mit hineingeritzten Schlitzen, die mithilfe von geflochtenen Sehnen am Kopf befestigt waren. Um das helle Licht noch besser abzuschirmen, hatte Isaac eine geniale Idee gehabt: Er spannte durchsichtige Mullbindenstreifen aus dem Medikamentenkoffer über die Sehschlitze. Die

Brille verhinderte, dass wir vom Schnee komplett geblendet wurden, ließ uns aber allesamt wie geisteskranke Bienen aussehen. Doch um meine geschwollenen Augen ging es Yongden gar nicht. Ich wusste, dass er meine Gesamtverfassung meinte.

„Du siehst aus wie ein Schweinskotelett", kicherte Waldo. „Wie ein narbiges Steak!"

„Gut durchgebraten und speisefertig", fügte Isaac grinsend hinzu.

„Waldo! Isaac! Ihr seid wirklich unverschämt. Man darf Leute, die komisch aussehen, nicht auslachen", schimpfte Rachel. Dann hielt sie inne, als ihr aufging, dass sie selbst unhöflich gewesen war. Sogar noch unhöflicher als Waldo, denn der hatte es wenigstens lustig gemeint.

Ich warf Rachel einen verdrossenen Blick zu. Irgendwie fand ich die ganze Situation ungerecht. Normalerweise war ich diejenige, die stark sein musste, die tapfere Forscherin, die Wind und Wetter trotzte und sich furchtlos allen Gefahren stellte. In meiner Vorstellung war Rachel das zarte Pflänzchen, das hübsche Mädchen, das am liebsten zu Hause blieb, Kissenbezüge bestickte und auf dem Pianoforte klimperte. Rachel war lieb und äußerst warmherzig, aber eben nicht hart im Nehmen.

Und trotzdem schien sie diese Reise sehr viel besser wegzustecken als ich.

Seit sie den Affen in Simla verjagt hatte, war sie innerlich irgendwie stärker geworden. Sie kam mit der Höhenkrankheit gut zurecht. Sie war nicht schneeblind geworden. Sie sah sogar unter den hundert Schaffellschichten umwerfend aus. Und auch die anderen hatten kaum Beschwerden. Das war doch unfair! Die Berge schienen sich gegen mich verschworen zu haben. Ich war schwach und angeschlagen. Der Kümmerling im Wurf.

Jetzt hör endlich auf, dich selbst zu bemitleiden, sagte ich mir. Du musst dich durchbeißen, egal wie sehr deine Haut brennt und deine Augen zuschwellen.

Meine Tante hatte sich nach uns umgedreht.

„Jetzt reiß dich zusammen, Kit“, sagte sie, als sie sah, dass sich die anderen um mich versammelt hatten.

„Ich kann doch auch nichts dafür, dass alle mein Gesicht so spannend finden“, erwiderte ich. Meine Narbe pochte heiß.

„Hm.“ Tante Hilda kam näher und sah mich an wie ein Tierarzt, der eine kranke Kuh begutachtet. „Ich glaube, du hast eine ungewöhnliche Mischung aus Schneeblindheit und Sonnenbrand. Wirklich sehr interessant.“

„Wie bitte?“

„Wusstest du nicht, dass Tibet das einzige Land auf der Welt ist, in dem man gleichzeitig erfrieren und verbrennen kann? Hier oben ist es gleichermaßen eisig wie gleißend hell, weil die Sonne vom Schnee reflektiert wird. Kein Wunder, dass Tibet das Dach der Welt genannt wird. Man kann sich hier ernsthafte Frostbeulen holen, aber auch einen schlimmen Sonnenbrand. Und zwar gleichzeitig."

„Wie faszinierend", sagte ich, aber meiner Tante schien der sarkastische Tonfall zu entgehen.

„Vergiss nicht, dass wir uns gut 5600 Meter über dem Meeresspiegel befinden", fuhr sie fort. „Das ist 800 Meter höher als der Montblanc, der höchste Gipfel Europas."

„Ich brauche keine Erdkundelektion, danke schön. Mein Gesicht bringt mich um!"

„Ja, das sieht wirklich schmerzhaft aus", bestätigte meine Tante.

Alle starrten mich an wie ein wissenschaftliches Forschungsobjekt. Wollten sie sich jetzt den ganzen Tag über mein Befinden unterhalten? Yongden betrachtete mich als Einziger völlig ungerührt. Er raunte Chamba etwas zu, woraufhin dieser zu den Eseln ging, in einer der Satteltaschen kramte und mit einem Päckchen wieder zurückkam. Yakbutter. Yongden ließ sie mit dem Bunsenbrenner auftauen und schmierte mir dann einen Batzen auf die Augenlider. Das Zeug roch schrecklich ranzig, wie ein Fass saure Milch. Waldo rümpfte die Nase und grinste Isaac an. Der grinste zurück.

„So, jetzt hast du uns aber lange genug aufgehalten", sagte meine Tante. Die Ungeduld war ihr deutlich anzumerken. „Wir müssen weiter. Wenn du nicht mithalten kannst, dann kannst du auch ins Dorf zurückkehren, ich gebe dir gern ein paar Sherpas als Begleitung mit."

Ich kochte vor Empörung.

„Nein, mir geht es wunderbar", sagte ich kühl.

Yongden gab ein Kommando und der Konvoi setzte sich wieder in Bewegung. Mein Kopf war wie leer gefegt, ich dachte an gar nichts, auch nicht daran, dass ich wie ein Schlachthof stank. Ich konzentrierte mich darauf, einen eisüberzogenen Stiefel vor den anderen zu setzen. Und wenn es mich umbrachte – ich würde nicht diejenige sein, die die Expedition ausbremste. Wie konnte Tante Hilda nur behaupten, ich würde sie aufhalten!

In solchen Momenten, wenn es mir richtig, richtig schlecht geht, kehrt Rachel immer ihre netteste Seite heraus. Ohne ein Wort hakte sie sich unter und stapfte an meiner Seite durch den Schnee. Auf einmal machte es mir nichts mehr aus, dass sie mit Sonne und Kälte viel besser zurechtkam als ich.

„Mach dir keine Sorgen, Kit", flüsterte sie mir zu. „Du schaffst das! Zeig's ihnen!"

Ich sah sie stumm an. Ihre braunen Augen funkelten inmitten ihres pelzigen Heiligenscheins.

„Du bist eine Kämpferin." Sie drückte ermutigend meine Hand.

Mit schmerzenden Beinen krochen wir gerade eine besonders steile Passage hoch, als plötzlich die Wolken herabstürzten. Ich weiß nicht, wie ich es sonst sagen soll: Eben noch hatten die Wolken am Himmel gehangen, jetzt auf einmal krallten sie sich am Boden fest.

Mit einem Mal waren wir von einem dicken, klammen Dunst umgeben, so dicht, dass ich die Sherpas vor mir nicht mehr sehen konnte. Auch Tante Hilda, Champlon und meine Freunde waren verschwunden. Rachel und ich klammerten uns aneinander. Ich sah nur noch ihre Augen, die wie haselnussbraune Lampen durch den Nebel leuchteten.

„Was ist denn jetzt los?“, schrie sie. „Wo sind die anderen?“

„Ich weiß es nicht!“

„Ich habe Angst, Kit!“

Wir waren kurz vor einem Berggipfel und hatten uns im Nebel verirrt. Bald würde die Dunkelheit hereinbrechen. Aber noch viel angsteinflößender war die Tatsache, dass wir auch nichts mehr hörten. Kein Hufgeklapper. Kein Stimmenwirrwarr. Kein Eselwiehern. Ich hätte am liebsten laut losgeschrien, traute mich aber nicht, aus Angst, damit eine Lawine auszulösen.

„Komm, Rachel“, sagte ich und zerrte an meiner Freundin. „Wir müssen die anderen finden.“

Vorsichtig setzten wir einen Fuß vor den anderen. Aber offenbar nicht vorsichtig genug – denn schon beim zehnten oder fünfzehnten Schritt stürzte ich und hätte die zitternde Rachel beinahe mit hinabgerissen.

Ich war über etwas gestolpert. Ein rundes, ockerfarbenes Ding mit einer zerfurchten Oberfläche voller

Krater. Der Nebel bedeckte den Boden an dieser Stelle noch nicht ganz, sodass ich den Stolperstein gut erkennen konnte.

„Steh auf, Kit", zischte Rachel. „Wir müssen weiter, sonst erfrieren wir hier."

Das knochige Ding war meinem Gesicht so nah, dass meine Nasenspitze es beinahe berührte. Seine Kiefer klafften auseinander und entblößten eine zahnlose Mundhöhle, über der leere Augenlöcher zu sehen waren.

Ein Schädel. Ein zahnloser alter Schädel. Und daneben lag, in einem merkwürdig verdrehten Winkel, der Rest des Skeletts. Die nach oben ragenden Rippenknochen sahen aus wie riesige Fischgräten. Zeit und Sonne hatten die Knochen ausgebleicht, längst hatten die Geier jede Fleischfaser weggefressen.

Mein Mund öffnete sich zu einem Schrei, aber mit aller Kraft hielt ich ihn zurück.

„Steh auf, Kit", drängte Rachel. „Alles in Ordnung? Hast du dir wehgetan?"

Nein, meine Beine waren nicht das Problem. Mein Verstand weigerte sich zu verstehen, was meine Augen ihm als Bild lieferten. Hinter dem alten Skelett, nur ein kleines Stück abseits des Pfades, lagen weitere Knochenhaufen. Die verblichenen Überreste eines Pferdes, noch ein menschliches Skelett und noch eins und noch eins. Das Ganze verschwamm vor meinen Augen zu einem Nebelbild des Todes.

Was war dieser Karawane zugestoßen? War sie von

Banditen angegriffen worden? Nein, die Antwort war wohl viel einfacher. Wahrscheinlich waren sie vom Nebel überrascht worden und hatten sich verirrt. Menschen und Tiere, erfroren in einem undurchsichtigen Labyrinth aus Eis und Dunstschleiern.

„Kit!" Rachels angstverzerrtes Gesicht tauchte über mir auf. Ihre Hände griffen nach mir. „Was ist denn los? Soll ich dich tragen?"

Was auch geschah – Rachel durfte diesen Knochenfriedhof nicht sehen. Der Anblick würde sie bis in ihre Träume hinein verfolgen.

„Nein, nein." Ich rappelte mich auf und gab mir Mühe, zuversichtlich zu klingen. „Mir geht's gut. Komm, wir müssen die anderen finden."

Wie wandelnde Geister schoben wir uns weiter durch den Nebel. Ich betete insgeheim darum, nicht hier oben, auf dem höchsten Gipfel der Welt, sterben zu müssen. Nicht so lange herumzuirren, bis die Kälte sich in unser Mark fraß und die Berge uns das Leben aus den Knochen saugten. Fest aneinandergeklammert krochen wir weiter den Pfad entlang.

21

„Gott sei Dank!“, rief meine Tante und tauchte durch die letzten Nebelreste vor uns auf. „Wir dachten schon, wir hätten euch verloren.“

Die dunstigen Wolken hatten sich genauso schnell verzogen, wie sie sich herabgesenkt hatten, und gaben den Blick auf unseren wartenden Konvoi frei. Ich hatte gedacht, Tante Hilda würde mich ausschimpfen, aber nein, sie streckte die Arme nach mir aus und umarmte mich ganz fest. Ich sah ihr an, dass sie sich große Sorgen gemacht hatte, und sie umklammerte mich auch dann noch, als sie – nun doch – zu schimpfen begann.

„Ihr dürft nie wieder zurückfallen, hört ihr! Das ist lebensgefährlich, ihr dummen Dinger, ihr!“

„Was hast du dir bloß dabei gedacht?“, keifte Waldo, als hätte ich das mit Absicht gemacht. „Typisch Kit, leichtsinnig wie immer.“

„Hey, Waldo, wie süß! Hast du dir Sorgen gemacht um Kit?“ Rachel lächelte.

„Schwachsinn“, stieß er hervor und wandte sich ab.

„Ich bin nur sauer, weil sie uns mal wieder Zeit gekostet hat.“

„Jetzt sind wir jedenfalls wieder da.“ Ich wand mich aus Tante Hildas Umarmung. „Das ist doch das einzig Wichtige, oder nicht?“

Wir standen vor einem riesigen Gletscher, der sich zwischen zwei Gebirgszügen hindurchschlängelte. Zur Rechten ragten schroffe Eiskämme in die Höhe, zur Linken erstreckte sich ein weites Schneefeld. Ich hatte immer angenommen, Gletscher seien glatt und weiß wie leeres Papier. Aber dieser hier war mit Steinen und Geröll übersät. In der Mitte erhoben sich schartige Klingen und Spiralen aus Eis, viele davon größer als ein Mensch und mit Sicherheit so scharf, dass sie durch Fleisch so leicht schneiden würden wie durch Butter. Es war, als würde der Himmel uns erdrücken, so nahe schien er zu sein. Langsam bewegten wir uns zwischen den weiß und blau schimmernden Gebilden vorwärts, die aussahen, als seien sie einem fremden Wasserreich entsprungen.

„Wo sind wir hier bloß gelandet?“, fragte Rachel.

„Das ist Brlags Pa Rmi Lam Gletscher“, erklärte Yongden. „Gletscher des verlorenen Traums.“

Stumm, endlos weit, eisig – hier fanden nur die geheimnisvollsten Kreaturen ein Zuhause: der Schneeleopard, der Geier und das sagenhafte Schneewesen, das wie ein gewaltiger Bär aussehen soll und von den Tibetern Yeti genannt wird.

Einer der Sherpas stieß einen lang gezogenen Klagelaut aus, doch seine Kollegen brachten ihn durch hastiges Zischen zum Schweigen. Er war ein stiller, untersetzter Mann, der als Fährtenleser recht weit vorne ging. Mit den meisten Sherpas hatte ich bereits gesprochen, aber nun fiel mir auf, dass ich von diesem Mann noch nicht einmal den Namen wusste und ich hatte ihn auch noch nie ein Wort sagen hören. Yongden unterhielt sich nun im Flüsterton mit ihm. Wir verstanden natürlich nichts, aber der Sherpa schien verängstigt zu sein und Yongden versuchte ihn zu beruhigen.

Wir anderen versammelten uns um sie herum, was irgendwie lächerlich war, schließlich gab es doch gar nichts zu sehen.

„Was ist denn los?“, fragte ich verständnislos. Bis auf eine kleine Vertiefung im Eis, kaum größer als eine Goldmünze, konnte ich nichts erkennen.

„Das ist ein ’ufabdruck“, erklärte Champlon. „Aber weder von Yak noch Esel.“

„Pferd“, sagte der Sherpa und starrte den Abdruck an, als traue er seinen Augen nicht. „Ein Rennpferd aus Bombay.“

„Nur ein Dummkopf würde so ein Pferd hier hochschleifen“, sagte meine Tante abfällig. „Solche Tiere sind nicht für diese Witterungsverhältnisse geschaffen. Das Pferd bricht sich bestimmt ein Bein oder stirbt an Unterkühlung.“

„Grausam ist das!“, gab Champlon ihr Recht.

„Ich wette, das waren die Bakers“, zischte Waldo. „Denen ist es egal, ob sie ein teures Rennpferd zugrunde richten. Wenn es im Sterben liegt, erschießen sie es bestimmt und essen es auf.“

Es entbrannte eine hitzige Debatte über den Hufabdruck. Schließlich hob Yongden Ruhe gebietend die Hand und wir verstummten wie wohlerzogene Schulkinder.

„Wir bleiben hier.“ Er deutete auf die Mitte des Schneefeldes und trat mit seinem Pferd auf den Gletscher hinaus.

Das war doch wohl nicht sein Ernst! Wir würden unser Lager doch nicht etwa auf dem Gletscher aufschlagen!

Schweigend folgten wir dem Mönch. Vor uns versank die Sonne in einer Explosion aus Rot und Rosa hinter den Bergkämmen und verwandelte unsere eisblaue Umgebung in ein loderndes Flammenmeer. Wie bluttriefende Messerklingen ragten die Eisstacheln in die Höhe. Es sah ungefähr so einladend aus wie ein Bett voller Nägel.

Wäre ich bloß nie hergekommen!, schoss es mir durch den Kopf. Hätte ich doch auf meinen Vater gehört und wäre zu Hause in Oxford geblieben, wo ich auf meiner treuen Stute Jesse über Wiesen und Weiden galoppieren konnte.

Aber der Augenblick der Schwäche ging schnell vorbei. Als wir in Erwartung der kältesten Nacht unseres

Lebens die Zelte aufzubauen begannen, brachte ich mir selbst in Erinnerung, dass das hier ein großes Abenteuer war. Und Abenteuer bestehen nicht nur aus Spaß, Spiel und Schatztruhen, die man so mühelos ausbuddelt, als greife man im Süßwarenladen ins Bonbonglas. Abenteuer bedeutet auch, dass man mit der Angst leben muss. Mit Kälte. Mit Hunger.

Und mit der Ungewissheit, ob man den nächsten Morgen erlebt.

22

„Rachel“, flüsterte ich.

„Schlaf weiter“, brummte sie und kuschelte sich wieder in ihre Decke.

„Ich glaube, ich hab was gehört.“

Rachel machte ein Auge auf. Ein Mondstrahl, der durch einen Schlitz ins Zelt fiel, ließ ihre zerzausten Locken und die sonnengebräunte Haut schimmern.

„Das war bestimmt nur deine Tante“, sagte sie.

„Nein, das sind die Gebrüder Baker“, widersprach ich.

Meine Tante war es ganz sicher nicht, die schlief nämlich auf der anderen Seite neben mir – eng an die Zeltwand gedrückt – und schnarchte. Jetzt, in der dritten Nacht in den Bergen, hatten wir beschlossen, zusammen in einem Zelt zu übernachten, um uns durch die Körperwärme gegenseitig warm zu halten.

„Die Bakers sind hier“, wiederholte ich.

„Um Himmels willen, Kit!“, polterte Rachel, aber in ihrer Stimme schwang Angst mit. „Hier, am Ende der

Welt, können die uns doch unmöglich aufgestöbert haben."

„Mach dir da mal nichts vor."

Wir verstummten beide. Nur Tante Hildas rhythmisches Schnarchen störte die Stille – und dann plötzlich noch ein zweites Geräusch.

„Hörst du das denn nicht?", fragte ich, aber meine Freundin war längst starr vor Angst.

Da war es wieder – ein leises Grollen, dann ein dumpfer Aufprall.

Rachel setzte sich auf, das Blut war aus ihrem Gesicht gewichen. Kurz entschlossen griff ich nach meiner Pistole und entsicherte sie. Rachel krallte sich an mir fest, den Blick starr auf die Waffe gerichtet.

„Wo hast du die denn her?", raunte sie mir zu, aber ich schüttelte sie wortlos ab und machte mich daran, meine Tante zu wecken.

„Tante Hilda", flüsterte ich ihr ins Ohr und rüttelte kräftig an ihrer Schulter. „Wach auf!"

Aber statt aufzuwachen, schnarchte sie nur noch lauter.

„Ich geh mal raus und sehe nach", sagte ich zu Rachel. „Ich lasse nicht zu, dass die uns ohne Gegenwehr kriegen."

„Nein, weck lieber deine Tante auf." Rachel rüttelte Tante Hilda zaghaft an der Schulter.

„Ich schaffe das schon alleine."

„Wie willst du das denn anstellen?"

„Ich mach das schon."

„Wieso *du*, Kit?", zischte Rachel. „Mit dir stimmt doch irgendwas nicht. Warum hast du keine Angst?"

Ich zuckte nur mit den Schultern. Von wegen keine Angst – mein Herz raste wie zwei Kastagnetten. Aber immer wenn ich mich fürchte, lege ich mich grundsätzlich noch mehr ins Zeug. Ich zwinge mich, genau das zu tun, wovor ich mich fürchte.

„Du bist doch keine eins achtzig groß und hast Muskeln wie Stahl. Du bist nur ein Mädchen. Zwölf Jahre alt!", raunte Rachel.

„Es spielt überhaupt keine Rolle, wie alt ich bin."

„Kit, du kannst nicht ..."

Ohne weiter auf sie einzugehen, schlüpfte ich in meine Stiefel und zurrte diese fest zu, was nicht einfach war, weil wir selbst im Zelt Handschuhe und Fäustlinge nie auszogen und meine Finger sich kaum rühren wollten. Dann holte ich einmal tief Luft und trat hinaus.

„Kit!", hörte ich Rachel hinter mir flehen. „Komm zurück!"

Mein Atem bildete Dampfwolken im Mondlicht. Die Zelte zeichneten sich als dunkle Flecken vor dem gezackten Gletscher ab. Nichts regte sich, alles schien so friedlich. Weit über mir hörte ich das sanfte Flügelschlagen eines Nachtvogels. Doch was ich dann erblickte, ließ mich erstarren.

Ein schmächtiger Mann mit orangefarbenem Gewand kauerte im Schneidersitz auf dem Eis. Und vor ihm stand ein riesiger, pelziger Bär. Er war fünf- oder sechsmal größer als ein Mensch und dräute über dem Mann wie ein Monster aus einem Albtraum.

Yongden war nackt bis auf ein dünnes, safrangelbes Gewand, seine Füße, Arme und Beine waren der Kälte unbedeckt ausgeliefert. Er sah dem Bären, der sich nun auf die Hinterbeine erhob, direkt ins Gesicht. Das Ungetüm hätte mit einem einzigen Prankenschlag selbst den stärksten Mann niederstrecken können, aber ich hatte das Gefühl, dass der Mönch so tief in Trance war, dass er den Bären gar nicht richtig wahrnahm.

Ein greller Schrei entwich meiner Kehle, zitternd hob ich die Waffe. Ich musste schießen, der Bär war nur noch wenige Schritte entfernt. Gleich würde er sich auf Yongden stürzen. Aber ich zögerte. Es war, als würde mich eine unsichtbare Hand daran hindern, auf den Abzug zu drücken.

Da knallte ein Schuss. Erschrocken wirbelte ich herum. Hinter mir stand Waldo, die Pistole erhoben und im Begriff, die zweite Kugel abzufeuern. Der Bär reckte den Kopf gen Himmel, riss das Maul auf und brüllte so ohrenbetäubend, dass es von den schneebedeckten Gipfeln ringsum widerhallte. Dann drehte das mächtige Tier sich weg und verschwand mit ein paar großen Sätzen in der Dunkelheit. Ich rannte auf den Mönch zu. Ein roter Strich zeichnete sich auf dem schneeweißen Boden ab. Es sah aus wie eine Blutsträne.

„Yongden! Alles in Ordnung?“ Ich beugte mich zu ihm hinunter, aber er ignorierte mich, als wäre ich nur eine lästige Mücke, und sah an mir vorbei zu Waldo hin.

„Warum?“, fragte er nur.

„Blöde Frage! Weil der Bär Sie sonst gleich aufgefressen hätte!“

Yongden schüttelte den Kopf. „Bären greifen nicht Menschen an in der Nacht. Sie haben Angst.“

„Du hättest dich lieber nicht einmischen sollen“, keifte ich Waldo an. „Ich hatte die Situation vollkommen unter Kontrolle.“

Yongden hielt die Hand hoch. „Dieser Bär ist ein Freund.“

Mittlerweile war unsere ganze Reisegruppe wach. Köpfe reckten sich aus den Zeltöffnungen. Selbst Tante Hilda war, nun, da sich offenbar ein Drama abspielte, in dem sie nicht die Hauptrolle spielte, aus ihrem Tiefschlaf erwacht.

„Ich muss gehen“, sagte Yongden. „Ich muss mit Bär sprechen.“

„Mit Bären kann man nicht sprechen“, murmelte Waldo eingeschnappt.

„Sie braucht meine Hilfe.“

Ohne ein weiteres Wort stand Yongden auf. Wie vom Donner gerührt sahen wir zu, wie er in die Nacht verschwand. Innerhalb weniger Sekunden hatte die Dunkelheit ihn verschluckt.

Tante Hilda stapfte auf uns zu, gefolgt von den anderen. Ich erklärte ihnen, was geschehen war. Aus irgendeinem Grund schienen sie mich für den Vorfall verantwortlich zu machen.

„Du dummes Kind! Schöne Bescherung!“, polterte meine Tante. „Ich kann nur hoffen, dass Yongden zurückkommt, sonst …“

„Sonst?“ Wir konnten dem seltsamen Mann wohl kaum mit irgendwas drohen.

„Sonst sind wir aufgeschmissen!“

Tante Hilda hatte Recht – hier auf dem eisigen Dach der Welt, mit schnell schwindenden Nahrungsvorräten, hatten wir ohne Führer keine Chance.

Plötzlich stieß Waldo ein Gebrüll aus, das fast noch lauter war als das des Bären vorhin.

„Still, Waldo, sonst löst du noch eine Lawine aus“, sagte ich, hielt dann aber inne, als ich sein Gesicht erblickte.

Es war schmerzverzerrt. Langsam bog Waldo seine Finger auf und ließ die Pistole fallen. Er starrte auf seine Hand und ich folgte verständnislos seinem Blick. Als ich erkannte, was los war, stieß ich einen heiseren Jammerlaut aus.

Seine Hände waren unbedeckt.

Der Dummkopf hatte anscheinend kopflos nach seiner Waffe gegriffen und war ohne Handschuhe nach draußen geeilt. Wie konnte er nur? Wir waren doch eindringlich gewarnt worden, nie, niemals ohne Handschuhe hinauszugehen. Ein verhängnisvoller Fehler: Die Fingerspitzen meines Freundes glänzten nämlich seltsam grau im Mondlicht. Frostbeulen. Aber das war noch nicht alles.

Das Schlimmste war sein kleiner Finger. Als Waldo die Waffe hatte fallen lassen, war die Fingerspitze am eiskalten Metall kleben geblieben und wie ein trockener Zweig abgebrochen. Ich sah zu Boden – das Stückchen Fleisch und Knochen klebte immer noch am schwarzen Pistolenschaft.

Jetzt hatte Waldo also nur noch viereinhalb Finger an der rechten Hand. An seiner Schusshand. Die sah feuchtkalt und ausgeblichen aus, wie ein toter Fisch. Zum Glück blutete sie wenigstens nicht, dafür war es hier viel zu kalt.

Waldo starrte wie betäubt auf seine Hand. Er reagierte genauso entsetzt wie ich, nur irgendwie verlangsamt. Bestimmt hatte er Schmerzen, aber sein Gehirn musste wie gelähmt sein. Als die Erkenntnis darüber, was passiert war, ihn überwältigte, fing er zu wimmern an, leise und mitleiderregend, wie ein Tier in der Falle.

Ich musste ihm helfen, und zwar schnell. Ich raste zu ihm und klemmte seine Hand zwischen meinen Schaffellhandschuhen ein, aber er wand sich. Alles, was ich je über Frostbeulen gehört hatte, wirbelte in meinem Kopf durcheinander. Eiskristalle bildeten sich im Gewebe. Man musste die betroffenen Körperteile warm reiben, um das Blut wieder zum Fließen zu bringen.

Nein, nein, das stimmte nicht. Man musste etwas anderes tun. Ich war völlig durcheinander. Vielleicht machte ich alles nur noch schlimmer, indem ich Waldos Hand wärmte? Panik durchströmte mich.

„Wasser. Chamba, wir brauchen warmes Wasser!", schrie Isaac, der die Situation blitzartig erfasst hatte. „Schnell! Wenn er Wundbrand bekommt, müssen wir ihm auch die anderen Finger abnehmen."

Die Furcht in Waldos Gesicht brachte mein Herz regelrecht aus dem Takt. Er gab keinen Laut mehr von sich, aber seine Wangen waren kreidebleich, sein Kinn bebte.

„Kit, in meinem Gepäck habe ich eine Salbe!", rief Tante Hilda. „Ich schau nach dem Wasser. Es darf nicht zu heiß sein, sonst brennen wir Waldo am Ende noch die Finger ab."

Ich stürzte in unser Zelt, um die Salbe zu holen. Zu meiner Verwunderung saß Rachel immer noch zwischen ihren Decken, in ihrem Gesicht stand blankes Entsetzen. Ich erzählte ihr alles in Stichworten, während ich Tante Hildas Gepäck durchwühlte. Im schwachen Mondschein war nicht viel zu erkennen und ich tastete mich durch das Sammelsurium in ihrer Tasche: Briefe, ein glänzendes Messinstrument mit Zahnrädern und Hebeln, ein Kompass, ein Paar Extrahandschuhe, Socken. Vom Salbentöpfchen keine Spur.

„Was hast du denn da zu suchen?"

Breitbeinig stand Tante Hilda am Eingang unseres

Zeltes. Es war nicht zu übersehen, dass sie vor Wut kochte.

„Du hast doch gesagt, ich soll in deinem Gepäck nachsehen“, sagte ich.

Sie kroch herein und stopfte unter zornigem Gekeuche alle Sachen zurück in die Tasche.

„Was ist das denn für ein Ding?“ Ich deutete auf das glänzende Instrument. „Etwas zum Landvermessen, oder?“

„Geht dich nichts an“, bellte meine Tante. „Diese Tasche hier habe ich natürlich gemeint.“ Damit versenkte sie ihre Hände in einem anderen Gepäckstück, das normalerweise von ihrem Esel getragen wurde, und holte ein kleines Töpfchen Salbe heraus. Ich schnappte es mir. Für Tante Hildas Sonderbarkeiten hatte ich jetzt wirklich keine Zeit.

Draußen herrschte Chaos. Esel schrien in die Nachtluft, Sherpas liefen kreuz und quer durcheinander. Chamba hatte den Bunsenbrenner angeworfen und etwas Schnee geschmolzen.

Aber der arme Waldo hatte die Schmerzen nicht ertragen. Isaac sagte, wenn die erfrorenen Finger wieder warm werden und das Gefühl darin zurückkehrt, sei es am allerschlimmsten. Waldo war in Ohnmacht gefallen und lag nun zusammengerollt auf Isaacs Schoß, während Champlon seine Hand vorsichtig in warmes Wasser tauchte. Ich strich Waldo sanft ein paar blonde Locken aus dem Gesicht.

„Keine Sorge“, flüsterte Isaac. „Wir konnten seine Finger retten.“

„Gott sei Dank!“

„Na ja ... die meisten jedenfalls.“

Die meisten! Das war so ungerecht! Wieso musste einem jungen, lebenshungrigen Menschen wie Waldo etwas so Schreckliches widerfahren? Ich hob die Hand aus dem Wasser und trug sachte ein bisschen Salbe auf. Meine Gedanken schwirrten zu Tante Hilda zurück. Wieso war sie im Zelt so übertrieben aufgebraust? Was hatte sie vor?

Ich hatte schon die ganze Zeit gespürt, dass sie eigene Pläne verfolgte, in die sie mich nicht einweihen wollte. Erst jetzt, wo wir inmitten von Eis und Schnee gestrandet waren, wurde mir klar, warum mich das so beschäftigte.

Ich vertraute Tante Hilda nicht mehr.

23

Am nächsten Morgen wachte ich von dem Aufruhr auf, der draußen vor dem Zelt im Gange war. Rachel und meine Tante waren anscheinend schon aufgestanden. Hastig schnürte ich meine Stiefel und trat ins Freie. Esel schrien aufgeregt, Sherpas kreischten wild durcheinander, meine Freunde und Tante Hilda schnatterten – und inmitten von all dem fuchtelte Champlon mit seinen Pistolen durch die Luft, als wollte er gleich alles und jeden erschießen.

„Was ist denn passiert?", wandte ich mich an Isaac.

„Katastrophe", murmelte er nur.

„Mach doch die Augen auf, Kit!", raunte Rachel.

Und erst dann begriff ich. Wir waren in der Einsamkeit des Gletschers nicht mehr allein. Sondern umzingelt von Männern mit bunt durcheinandergewürfelten Uniformen, die auf stämmigen Ponys ritten. Manche trugen runde Otterfellhüte und hatten sich in alte, rasselnde Kettenhemden gezwängt, andere hatten sich Pelzumhänge mit blitzendem Brustpanzer umgeworfen. Bewaffnet waren sie mit Speeren, Dolchen, Pfeil und Bogen, Schwertern und antiken Musketen – ein wildes Heer, mit dem zweifellos nicht zu spaßen war.

„Was um …“, setzte ich an.

„Das sind die Grenzwächter. Die Tibeter“, unterbrach mich Waldo. Sein Gesicht war nach all den Qualen noch immer blutleer, die Hände waren in dicken Fäustlingen verpackt. Schicksalsergeben sah er zu, wie die tibetischen Grenztruppen sich näherten.

„Und was machen wir jetzt?“ Ich sah mich verzweifelt um, aber es gab kein Entkommen. Sie ritten von allen Seiten auf uns zu.

„Nichts. Wir sind geliefert“, lautete die matte Antwort.

„Aber wir können doch nicht einfach so aufgeben.“

Die entsetzten Sherpas hatten sich dicht zusammengedrängt und murmelten aufgeregt durcheinander. Ich hatte keine Ahnung, an wen ich mich wenden sollte oder wer jetzt, nachdem Yongden verschwunden war, überhaupt als Anführer galt. Offenbar ging es den Sherpas genauso, denn ihre Unterhaltung hörte sich sehr nach Streit an. Schließlich wurde Chamba, der Koch, nach vorne geschubst. Sein Gesicht war aschfahl, aber er richtete tapfer das Wort an die Angreifer. Einer der Grenzwächter stieg ab und ging auf Chamba zu.

Ich verstand zwar nichts von dem, was sie sagten, aber es war eindeutig keine freundschaftliche Unterhaltung. Der Tibeter deutete unwirsch auf uns und barsche Worte flogen über das Eis.

„Was hat er gesagt?“, fragte Tante Hilda, als das Gespräch vorbei war und Chamba auf uns zugehumpelt kam.

„Wir sind Gefangene“, erklärte Chamba. „Wir müssen gehen mit ihm. Er ist der Anführer der tibetischen Grenzwächter.“

„Na wunderbar, dieser Mönch stiefelt einfach auf und davon und lässt uns allein im Elend zurück“, knurrte meine Tante. „Sagen Sie dem Mann doch, dass wir britische Forscher sind und eine wissenschaftliche Expedition durchführen.“

„Er weiß nicht, was bedeutet das.“

„Was für Ignoranten! Guter Mann, wir sind hier in Indien! Auf dem Grund und Boden Ihrer Majestät der Königin Victoria!“

„Er sagt, wir sind in Tibet.“ Chamba zuckte hilflos mit den Schultern. „Tibets Gefangene.“

Der tibetische Anführer beobachtete uns mit einem überlegenen Grinsen im Gesicht.

„Wir schießen uns der Weg frei!“, plusterte Champlon sich auf, zum Glück, ohne dabei mit den Pistolen herumzufuchteln.

Die Musketen der Tibeter mochten zwar uralt sein, aber mit ihren Pfeilen und Bögen konnten sie sicherlich meisterhaft umgehen. Außerdem waren sie eindeutig in der Überzahl.

„Kämpfen nicht möglich", sagte Chamba, als hätte er meine Gedanken gelesen. „Zu viele."

„Das stimmt", gab Tante Hilda ihm Recht. „Ich denke, das ist eher ein Fall für die sanfte Zunge denn für eiserne Fäuste."

Ich atmete erleichtert aus. Die im Widerschein des Eises funkelnden Reiter sahen in ihrer Reglosigkeit wirklich bedrohlich aus.

„Anführer von Grenzwächtern sagt, wir brechen auf", sprudelten die Worte aus Chambas Mund heraus. „Er bringt uns zu Statthalter."

„Nein", sagte Tante Hilda.

„Was?", keuchte Chamba.

„Wir gehen nirgendwohin. Wir unterstehen nur der englischen Königin. Dieser Bauer hat kein Recht, uns Befehle zu erteilen oder uns irgendwohin zu scheuchen."

Ich hätte wissen müssen, dass Tante Hilda eine sehr eigene Vorstellung von einer sanften Zunge hat.

„Bitte lass uns gehen", flehte ich sie an. Meine Hände zitterten.

„Bitte, Memsahib Salter", bettelte auch Chamba. „Bitte, wir alle sterben, wenn Sie sich weigern."

„Ich bleibe hier", verkündete meine Tante und reckte verächtlich das bullige Kinn nach vorn. Noch nie hatte ich sie so furchtlos, so entschlossen – und so dumm – erlebt wie in diesem Augenblick, da sie dem tibetischen Anführer trotzte.

Offenbar hatte der Mann versucht, aus unserer Unterhaltung schlau zu werden. Nun bellte er Chamba etwas zu, und der hatte sichtlich Mühe, die Situation halbwegs zu erklären.

Und Tante Hilda hatte anscheinend genug gesehen. Mit fuchtelnden Händen stapfte sie auf den Anführer zu. „Nein“, sagte sie und schüttelte den Kopf, sodass er selbst ohne Sprachkenntnisse verstehen musste, was sie meinte. „Wir bleiben hier.“

Der Mann zuckte zurück, als hätte sie ihn geschlagen. Ein Ausdruck völliger Verblüffung machte sich auf seinem markanten, wettergegerbten Gesicht breit. Der Mut meiner Tante musste für ihn so verrückt sein, dass er es kaum fassen konnte. Sein Mund zuckte grausam, aber irgendwie spielte darum plötzlich auch ein anderer, furchtsamer Zug. Was mir noch mehr Angst machte, denn Feiglinge neigen eher dazu, Gewalt anzuwenden.

Ich dachte schon, er würde Tante Hilda anspucken, doch er drehte sich nur nach hinten und stieß einen harschen Befehl aus. Zwei Männer traten vor und packten meine Tante. Champlons Hand schoss zu seiner Waffe, aber schon hatten sich auch auf ihn zwei Leute gestürzt und bogen ihm die Arme nach hinten. Ein Soldat zog an seinem Schnurrbart, als hielte er ihn für angeklebt. Und entsetzt sahen wir, was dann passierte: Champlon und Tante Hilda wurden die Handschuhe abgenommen und um ihre nackten Handgelenke Bambusseile geschlungen. Dann banden die Tibeter die Seile an je einen dicken Stock. Erst als die Stöcke mit weiteren Seilen an die Schwänze zweier Maultiere geknüpft wurden, wurde mir klar, was genau diese Leute eigentlich vorhatten.

Champlon ertrug die Behandlung mit stoischer Gelassenheit, während meine Tante sich wie eine Wahnsinnige hin und her wand, sodass noch mehr Tibeter herbeieilten, um sie zu bändigen.

Hilflos mussten wir mit ansehen, wie Tante Hilda und der Franzose an den Maultieren festgezurrt wurden. Was für eine Grausamkeit! Schon nach kurzer Zeit konnte ich an den Handgelenken der beiden rote Striemen erkennen. Das Blut wich aus ihren Händen, bald würde der scharfe Frost ihnen ernsthaften Schaden zufügen.

Nein!, schrie ich innerlich, war aber zu verängstigt, um den Mund zu öffnen.

Blass und reglos beobachtete Waldo die Szene. Ich spürte, wie Rachels behandschuhte Hand sich in meinen Ärmel schob und mich besänftigend drückte.

„Zelte packen!“, schrie Chamba. Speicheltröpfchen flogen ihm dabei aus dem Mund. „Packen und ab. Wir müssen gehen mit ihnen. Ich will nicht, dass sie töten uns.“

Die Sonne stand mittlerweile hoch am Himmel und ließ die Eisformationen glitzern. Hastig packten wir unsere Sachen zusammen. Und dann setzten wir uns in Bewegung – ein stiller, müder Konvoi aus Menschen und Tieren, der vom Gletscher herunterstolperte. Die

Grenzsoldaten hielten ein gutes Stück Abstand von uns, als fürchteten sie, dass wir sie verseuchen könnten.

Für diese Leute waren wir „fremde Teufel". Wir waren dabei, ein Land zu betreten, das im Mittelalter stehen geblieben war und durch Peitsche und Schwert regiert wurde. Die Vorstellung, Gefangene mit Respekt zu behandeln, war hier so unbekannt wie Zweispänner und Gaslaternen.

Stumm schleppten wir uns voran. Wir hatten Mühe, mit den Lasttieren Schritt zu halten, die Tante Hilda und Champlon hinter sich herschleiften. Neben jedem Esel ging ein Soldat und trieb das Tier mit Peitschenhieben zur Eile an. Als ich einmal versuchte, zu meiner Tante aufzuschließen und mit ihr zu sprechen, holte ihr Bewacher mit dem Stock aus und ich musste mich wegducken, um seinem Schlag auszuweichen. Tante Hildas Augen funkelten vor Wut.

Mit wunden Füßen und betrübtem Herzen betraten wir einen Pfad, der sich in einem sanften Abstieg um den Berg herumwand. Und dann, hinter einer weiteren Kurve, tat es sich plötzlich vor uns auf: Tibet. Die karge Landschaft wurde von einem Fluss, in dem sich schäumende Abschnitte mit ölglatten Wasserflächen abwechselten, in zwei Teile zerschnitten. In diesem Augenblick verstand ich beim besten Willen nicht, wieso wir so erpicht darauf gewesen waren, dieses Land zu erforschen.

Im Schatten einer schrägen Eiswand ragte ein Grenzposten auf. Eine Handvoll Häuser stand dicht gedrängt beieinander, ihre Dächer waren mit Steinen beschwert, wie um sie davor zu bewahren, weggeweht zu werden. Als wir Richtung Garnison abgeführt wurden, begann es zu schneien. Die Flocken flogen uns schräg ins Gesicht und hüllten alles in einen grauen Schleier.

Nachdem Tante Hilda und Champlon losgebunden worden waren, scheuchte man uns alle in das größte Gebäude auf dem Platz. Am Ende eines finsteren Ganges wurden meine Tante, Rachel und ich von den anderen getrennt und in eine dunkle Zelle geworfen.

Schweigend lauschten wir den Schritten unserer Freunde nach. Meine Tante rieb stumm die Hände aneinander, um sich wieder das Blut in die Finger zu treiben. Ihre Hände waren grau, schlaff und schmuddelig wie ausgewrungene Geschirrtücher, und die Handgelenke waren von Blutspritzern und roten Furchen verunstaltet, wo die Bambusfesseln eingeschnitten hatten. Meine Tante war geschunden und gedemütigt. Doch in ihren Augen glomm noch der alte Lebensfunke.

Ich zog meine Schaffellhandschuhe aus und schob sie über Tante Hildas gepeinigte Hände. Es musste höllisch wehtun, aber meine Tante biss sich auf die Lippe, bis ein Blutstropfen hervorquoll, und gab keinen Schmerzenslaut von sich.

„Ein bisschen besser?“, fragte ich.

Sie nickte nur, als traue sie ihrer Stimme nicht.

Ich sah mich um und versuchte unsere Lage einzuschätzen. Wir waren inmitten der tibetischen Eiswüste die Gefangenen wilder, heidnischer Banditen. Man hatte uns in ein Verlies gesperrt, das nicht einmal über eine Matratze oder eine Toilette verfügte. Wände und Boden bestanden aus Stein, das winzige Fenster, durch das der kalte Wind hereinblies, war vergittert. Keine Chance, zu entkommen. Keine Chance, zu den Vertretern unseres Königreichs in Simla irgendwie Kontakt aufzunehmen.

Nur ein einziger, schwacher Hoffnungsschimmer blieb uns. Gerade wollte ich mit Tante Hilda darüber sprechen, als sie auf einmal etwas ganz Dummes tat. Sie ging zu der Zellentür, die aus dicken Kiefernbohlen gemacht war, und trat mit aller Kraft dagegen, einmal, zweimal, dreimal. Das Holz knirschte, ein Splitter löste sich. Schreie drangen vom Flur zu uns herein, dann Fußgetrappel.

„Hör auf!“, schrie ich.

Aber Tante Hilda hörte nicht auf mich. Mit wild blitzenden Augen machte sie weiter. Es schien mir, als bereite es ihr regelrecht Vergnügen, und einen Moment lang überlegte ich, ob sie vielleicht den Verstand verloren hatte.

„Aufhören!“, kreischte Rachel.

Wir packten meine Tante an den Armen und versuchten, sie von der Tür wegzuziehen.

Ein kleines Brett in der Tür glitt zur Seite, dahinter funkelte uns ein Auge zornig an. Ein heiserer Befehl wurde ausgestoßen. Tante Hilda gab nichts darauf. Sie war – wohl wegen der Schmerzen – wie von Sinnen. Immer weiter traktierte sie die Tür mit ihren stahlverstärkten Stiefelspitzen, und die Steigeisen gruben sich bissig in das dunkle Holz.

Im nächsten Augenblick schob sich ein eisernes Rohr durch die Luke. Ein Schuss. In dem kleinen Raum war der Knall ohrenbetäubend, das Blut rauschte hinter meinen Trommelfellen. Die blitzende Kugel schoss durch die Zelle, prallte an der Wand ab und ließ einen Steinsplitterregen auf den Boden herabrieseln. Rachel und ich duckten uns instinktiv, während Tante Hilda wie betäubt dastand. Ein Querschläger streifte ihre in Schaffell gehüllte Schulter.

„Das reicht!“, schrie ich.

Endlich schien meine Tante genug zu haben. Wie ein Ballon, aus dem die Luft entweicht, sackte sie in der Ecke zusammen. Die Luke wurde zugeknallt, ich sank neben meiner Tante auf den Boden.

„So geht das nicht weiter!“, schrie ich ihr ins Ohr und merkte selbst, wie hysterisch ich dabei klang. „Wir müssen uns beherrschen, wenn wir überleben wollen.“

Auf einmal sprang mir etwas ins Auge. Im schwachen Zwielicht konnte ich gerade so erkennen, dass etwas in die Mauer eingeritzt worden war. Lesen konnte ich es natürlich nicht, es war Tibetisch. Aber jeder Buchstabe war an die acht Zentimeter hoch und mit sichtlich großer Mühe in den Stein gekratzt worden.

Ein Name!, schoss es mir voller Entsetzen durch den Kopf. Die Buchstaben bildeten einen Namen – und einen stummen Protest gegen ein grausames Schicksal. Vielleicht das Einzige, was von dem Menschen übrig geblieben war, der vor uns diese Zelle bewohnt hatte.

24

Viel schlafen konnten wir in dieser Nacht nicht. Wir kauerten uns alle drei dicht aneinander in eine Ecke der Zelle und überließen uns einfach der Erschöpfung. Ich träumte von endlosen Eisflächen. Ich hatte mich verirrt. Monster mit haarigen Händen und Gesichtern umzingelten uns, trieben uns mit riesigen, messerscharfen Haarnadeln voran. Die Stiche schmerzten.

Ich schlug die Augen auf – jemand stieß mir einen Stock in die Seite. Ein Mann mit einem behaarten Gesicht! Auch Rachel und Tante Hilda taumelten übernächtigt herum.

„Ugh, ugh", grunzte der Mann und deutete zur Tür. Nur allmählich wurde mir klar, dass der Mann kein haariges Gesicht hatte, sondern lediglich seine Kopfbedeckung tief über die Stirn gezogen hatte.

Wir wurden über einen dunklen Flur zu einem Raum geführt, der mit bestickten Wandbildern, farbenfrohen Buddhagemälden und tibetischen Tankas geschmückt war. Es war ganz still im Zimmer, nur ein paar Butterlampen knisterten und tauchten alles in einen goldenen Schein. Offenbar hatte man uns in den Schrein der Garnison gebracht. Auch Waldo, Champlon und Isaac waren schon da, sie warteten niedergeschlagen auf einer Bank.

Waldo sah entsetzlich aus, seine Haut war klamm wie die eines gestrandeten Wals. Seine rechte Hand hing schlaff herunter, der Finger mit der fehlenden Kuppe musste ihm höllische Schmerzen bereiten. Auch Champlon wirkte blass und seltsam verändert. Ich musste zweimal hinsehen, um zu erkennen, woran es lag. Sie hatten unseren eleganten französischen Freund seines ganzen Stolzes beraubt: der üppige, sorgfältig getrimmte und gewachste Schnurrbart – restlos abrasiert. Ohne den Bart sah Champlon regelrecht nackt aus. Wut kochte in mir hoch. Diese Barbaren! Hatten sie das nur getan, um Champlon zu erniedrigen?

„Kit“, setzte Waldo an, aber schon verpasste ihm einer der Wachleute einen Schlag in den Nacken und brachte ihn damit zum Schweigen.

Am liebsten wäre ich diesen tibetischen Wilden an die Gurgel gesprungen, aber ich musste mich unbedingt beherrschen. Ich hatte bei meiner Tante gesehen, was passierte, wenn man durchdrehte.

Wenige Augenblicke später stapfte der Anführer der Grenztruppen herein, gefolgt vom sichtlich eingeschüchterten Chamba.

Unser Koch warf uns noch hastig einen flehentlichen

Blick zu, da begann der Anführer schon zu poltern. Er hatte eine Reisetasche dabei, die ich erschrocken als Tante Hildas erkannte. Mit einem Ruck riss er sie auf und kippte alles auf einem niedrigen Holztisch aus. Ich kannte den Inhalt bereits: eine Gebetsmühle aus Messing und Holz, Handschuhe, Taschentücher, eine spitzenbesetzte Pumphose und das seltsame Metallding. Der Anführer rief Chamba etwas zu, woraufhin dieser stammelnd zu übersetzen begann.

„Er sagt, ihr seid Spion", wandte sich Chamba an meine Tante. „Ihr seid gekommen als Spion für englische Regierung."

„Schnickschnack! So einen Blödsinn hab ich ja noch nie gehört", erwiderte Tante Hilda.

Der Anführer gestikulierte wild in Richtung der Gegenstände auf dem Tisch und seine Stimme bellte heiser und keuchend wie die eines Bassets.

„Er sagt, ihr wollt stehlen Tibets Geheimnisse."

„Das ist wirklich Unsinn", ging Rachel zu meiner Überraschung dazwischen. „Wir sind Forscher. Wir führen eine wissenschaftliche Expedition durch."

„Ausländer nicht erlaubt in Tibet", sagte Chamba.

„Na ja, wir sind ja nur in Tibet, weil dieser Kerl uns hierhergeschleift hat", gab ich zurück.

Ich war froh, dass sich Tante Hilda von ihrem Ausbruch in der Zelle erholt hatte. Ihre Augen glänzten nicht mehr wie wahnsinnig und sie schien erstaunlich gefasst. Sie wirkte sogar ein bisschen nachdenklich.

Der Anführer hatte mittlerweile das seltsame Instrument in die Hand genommen und begutachtete die eingravierte Skala und die Metallrädchen. Wütend murmelte er etwas, woraufhin Chamba heftig den Kopf schüttelte. Anscheinend war der Tibeter angesichts des unbekannten Gegenstands ziemlich verwirrt, was ihn aber nur noch zorniger machte. Chamba beeilte sich zu übersetzen.

„Er weiß, was das ist. Für Goldfinden. Ihr seid gekommen mit einer Goldmaschine, um Tibets Gold zu stehlen."

„Das muss ich mir nun wirklich nicht anhören", keifte Tante Hilda. „Dieses Ding ist ein absolut harmloses Instrument, mit dem man die Position der Sterne messen kann. Zufällig bin ich nämlich auch eine leidenschaftliche Astronomin. Sagen Sie dem Mann, dass ich mich mit dem Zauber der Sterne auskenne."

Meine Gedanken rasten, während Chamba Tante Hildas Worte übersetzte. Natürlich hatte der tibetische Anführer sich die Sache mit dem Goldsuchgerät nur ausgedacht. Aber genauso klar war, dass Tante Hildas Instrument kein Sextant war – die Dinger kannte ich aus dem Arbeitszimmer meines Vaters. Das hier sah mir eher wie ein Theodolit aus, ein hochmodernes Gerät, mit dem man Landvermessungen durchführen und unter anderem auch die Höhe von Gebirgsgipfeln ausmessen konnte. Was in aller Welt wollte meine Tante mit einem Theodoliten?

Aber der Anführer schien noch lange nicht zufriedengestellt zu sein. Die Augen voller Hass, griff er zu seinem größten Trumpf: der Gebetsmühle. Sie bestand aus einem polierten Holzzylinder mit eingravierten tibetischen Schriftzeichen, der sich klickernd drehen ließ. So etwas benutzte auch Yongden während seiner Gesänge und Gebete. Ich wusste, dass Gebetsmühlen für Buddhisten genauso heilig sind wie für uns Christen das Kreuz.

Mit einer überschwänglichen Geste nahm der Anführer die obere Kappe des Zylinders ab und holte daraus eine Papierrolle hervor. Ich sah uns verloren. Denn auf den ordentlich beschrifteten, mit einem roten Band zusammengeschnürten Blättern konnte ich ein einziges Wort deutlich erkennen: GOLD.

„Deswegen er denkt, ihr seid Spion“, sagte Chamba. „Dreckige, hinterlistige englische Spion, sagt er.“

Tante Hilda klappte den Mund auf und zu, aber es kam kein Ton heraus. Der Anführer keifte weiter.

„Die Männer sagen ihm, ihr wart auf Gletscher“, übersetzte Chamba. „Sie haben ihm gewiesen den Weg, dass er euch findet dort.“

Mir fuhr ein Schreck durch die Glieder.

„Was für Männer?“, platzte ich heraus.

Kaum hatte Chamba meine Frage weitergegeben, sprudelte gleich wieder ein wütender Wortschwall aus dem Mund des obersten tibetischen Grenzers.

„Gute Männer, sagt er. Echte Freunde von Tibet.

Zwei russische Prinzen und einige Inder, dazu ein sehr schlauer Affe. Er weiß, dass sie gute Absichten haben, weil sie ihm geben viele Geschenke und erzählen von euch, deswegen er erlaubt ihnen, Tibet zu bereisen."

Na wunderbar. Die Bakers hatten uns die perfekte Falle gestellt. Und wir waren direkt hineingetappt.

Der Anführer polterte immer weiter und blaffte am Ende seines Wutanfalls Chamba einen kurzen Befehl zu. Der Koch warf uns einen gehetzten Blick zu. Man sah ihm an, dass er hin- und hergerissen war. Am liebsten hätte er den Befehl des Anführers nicht übersetzt – aber er hatte einfach zu viel Angst, was passieren würde, wenn er es nicht tat. Als er zögerte, schlug ihm der Tibeter mit der flachen Hand heftig ins Gesicht.

Chamba hielt sich die Wange – und überbrachte uns stockend die entsetzliche Nachricht: „Er sagt, ihr seid Spione. Morgen ihr werdet alle gehängt."

25

Zurück in der Zelle ließen wir uns jeder in einer anderen Ecke zu Boden fallen. Unser Verlies war winzig, höchstens sechs Quadratmeter groß. Aber so geflissentlich, wie wir einander aus dem Weg gingen, hätten wir genauso gut auf einem gigantischen Gletscher sein können, durch endlose Eiswüsten voneinander getrennt.

Das musste ein Albtraum sein. Was macht man in der letzten Nacht seines Lebens? Mit Schlaf kann man sie jedenfalls nicht vergeuden. Außerdem war ich viel zu wütend auf Tante Hilda, als dass mir der Schlaf ein Trost hätte sein können. Entsetzliche Gedanken schossen mir durch den Kopf, eine Übelkeit erregende Todesangst fuhr mir durch die Glieder. Immer wieder schaute ich auf die in die Wand gekratzten Buchstaben. Sollte ich unsere Namen auch da hineinschreiben, damit vielleicht jemand eines Tages an uns denken würde?

Weder Rachel noch Tante Hilda wussten, dass ich noch immer die kleine Pistole bei mir hatte. Die Wachen hatten die Männer entwaffnet, mich dagegen hatten sie nicht durchsucht – wahrscheinlich kamen sie gar nicht auf die Idee, dass ein Mädchen eine Waffe besitzen könnte. Sollte ich es einfach wagen? Der Gedanke begann in meinem Kopf zu kreisen. Ich würde mir den Weg frei schießen! Selbst wenn ich bei dem Versuch sterben sollte – immer noch besser, als gehängt oder zu Tode gefoltert zu werden.

„Sag mir, dass es nicht wahr ist, Tante Hilda."

Ich erschrak selbst, als die Worte mir über die Lippen flossen, Worte, ausgesprochen nur, um die Kälte und die Angst zu verdrängen. Rachel warf mir einen matten Blick zu. Und ich wusste jetzt schon: Egal was meine Tante sagen würde, um den Vorwurf der Spionage zu entkräften, ich würde ihr nicht glauben.

„Wahr? Meine Güte! Natürlich ist es wahr", sagte Tante Hilda, ohne zu zögern, und sah mir geradewegs ins Gesicht.

„Dann bist du tatsächlich eine Spionin?"

„Sieht ganz so aus."

„Du hast uns in Gefahr gebracht, wohl wissend, dass wir wegen Spionage hingerichtet werden können?"

„Verflixt noch mal, Kind! Ich hab dich in Gefahr gebracht? Das ist ja wohl ein starkes Stück! Du hängst doch an mir dran wie eine Klette! Dich wird man schwerer los als einen Wachspfropfen im Ohr!"

„Aber warum, Tante Hilda? Wie konntest du nur so tief sinken? Nur wegen des Goldes? Ich dachte, du wärst auf der Suche nach Shambala und den antiken Stätten."

Meine Tante stand auf und schüttelte sich wie ein Hund, der tropfnass aus einem schmutzigen Tümpel kommt.

„Weißt du, was dein größtes Problem ist, Kit? Du bringst immer alles durcheinander."

„Wie bitte?"

„Offenbar hast du in deinem Kopf nur Grütze statt eines Gehirns. Du schwebst ständig in deinem Wolkenkuckucksheim voller romantischer Vorstellungen, statt mit beiden Beinen auf dem Boden zu bleiben."

Rachel sah verdattert von einer zur anderen – wahrscheinlich wunderte sie sich genau wie ich darüber, wie meine Tante mich beschrieben hatte.

„Was soll das?", platzte ich heraus. „Ich hab keine romantischen Vorstellungen. Du hast uns in diese schreckliche Lage gebracht und du willst dich noch nicht mal dafür entschuldigen!"

„Weißt du noch, was ich dir auf dem Dampfschiff gesagt habe?", fragte Tante Hilda.

Wieder mal typisch – Vorwürfe, die ihr unbequem waren, überging sie einfach.

„Was meinst du?"

„Auf der Fahrt nach Indien hab ich dir einen guten Rat gegeben. Du hast mir offenbar nicht zugehört. Hättest du aber besser tun sollen, Kind, denn es war der beste Ratschlag, der dir wohl je gegeben wurde."

„Ach? Und wie lauteten diese Worte großer Weisheit?"

„Genau das meine ich!", polterte Tante Hilda. „Worte der Weisheit! Immer dieses Gerede von großen Gefühlen und edlen Taten. Gold! Gold, Gold, Gold. Das ist das Einzige, was zählt, liebes Kind. Es geht auf der Welt immer nur um Reichtum und sonst um gar nichts."

Rachel starrte Tante Hilda aus ihrer Ecke angewidert an. Dann senkte sie den Kopf, vergrub das Gesicht im Schoß und zog sich damit endgültig aus unserer Unterhaltung zurück.

„Ich glaube nicht, dass du das wirklich denkst, Tante Hilda", sagte ich gedehnt.

„Oh doch, genau das denke ich." Ihre Stimme klang jetzt mehr wie ein Knurren, ihre Augen blitzten. Ich verstand nicht, warum sie so wütend war. „Hast du noch nie was von den tibetischen Goldfeldern gehört? Warren Hastings hat schon vor über hundert Jahren davon erfahren. Seit jener Zeit träumt die britische Regierung davon. Schon mal von Black Hills gehört?"

Ich nickte. Natürlich hatte ich von dem berühmten Goldrausch gehört, von dem Fieber, das ganz Amerika erfasst hatte. Tausende von Männern hatten Heim, Frau und Kinder verlassen, um dem glänzenden Edelmetall nachzujagen.

„Thok Jalung, gigantische Goldfelder. Dieser Name

bringt mein Herz zum Klingen, Kit. Dagegen sind die Black Hills ein Nichts. Goldnuggets, so groß wie meine Faust, soll es da geben. Wenn ich die finde, bin ich reicher, als du es dir vorstellen kannst, meine Liebe. Ich rede hier nicht von Kinkerlitzchen, die man sich ins Schmuckkästchen legt. Ich rede von so viel Geld, dass man damit eine ganze Armee ausstatten kann. Ich wäre reicher als die Gebrüder Baker. Und ich könnte jede Expedition auf die Beine stellen, die ich möchte. Immer und jederzeit genau das tun, was ich will!“

Wieder glänzten ihre Augen irr und auf ihren Wangen prangten rote Flecken. Sie wandte den Blick ab und starrte an die Wand, als könnte sie dort die erträumten Goldklumpen sehen.

„Und was ist mit Shambala?“, fragte ich leise. Natürlich finde ich Gold genauso anziehend wie jeder andere Mensch auch, aber ich war auf der Suche nach etwas anderem. Meine Träume waren viel wertvoller. Dieses Gebirge, es beherbergte doch so viel mehr! Der Verlust meiner Karte schmerzte mich noch immer sehr. Sie hatte mich hierhergelockt, mich auf die Spur eines uralten Geheimnisses gebracht – und nun würde ich sie nie wiedersehen.

„Pfff“, schnaubte meine Tante verächtlich. „Alberne Kleinmädchenträume.“

„Ich glaube trotzdem, dass du hinter Shambala her bist – und hinter meiner Karte.“

„Die Karte interessiert mich nur deswegen, weil darauf die tibetischen Goldgebiete eingezeichnet sind. Du denkst, deine Karte zeigt dir den Weg ins Paradies? Ha! Sie zeigt uns den Weg nach Thok Jalung. Ich hab mich in Simla mit einem Meisterspion getroffen, wusstest du das?"

Ich dachte daran zurück, wie Tante Hilda mich auf dem Basar in Simla weggescheucht hatte. Und wie sie meinen Fragen immer ausgewichen war.

„Du wolltest mich also nur loswerden, um dich mit deinem Meisterspion zu treffen?"

„Er hat mir eine königliche Belohnung in Aussicht gestellt, wenn ich die Goldminen finde. Einen riesigen Batzen Gold, kann ich nur sagen."

Trostlosigkeit senkte sich über mich. All meine Träume – hier waren sie ausgeträumt, hier in dieser steinernen Zelle. Aus Gier nach Gold zu Tode getrampelt. Aber dann schoss mir eine Frage durch den Kopf – wieso sollten die Bakers all diese Mühen nur wegen des Goldes auf sich nehmen?

„Die Gebrüder Baker – die müssen doch noch hinter etwas anderem her sein. Die haben doch schon mehr als genug Gold", sagte ich.

Tante Hilda seufzte.

„Kit", sagte sie langsam, als spräche sie zu einem Vollidioten. „Zum letzten Mal. Du solltest es endlich begreifen: Man kann nie – niemals! – genug Gold haben."

Jetzt reichte es mir endgültig. Wenn dies wirklich

meine letzte Nacht auf Erden war, dann hatte ich keine Lust, sie mit Streitgesprächen über Reichtümer zu verplempern. Es war, als kämen die Wände unserer Zelle immer näher. Immer schneller verrannen die Minuten bis zu dem Augenblick, da der Wärter uns abholen und zum Galgen bringen würde.

„Schön und gut, liebe Tante", sagte ich süßlich. „Aber da, wo wir bald hingehen, kannst du kein Gold mitnehmen. Schon in der Bibel steht: ‚Eher geht ein Kamel durchs Nadelöhr, als dass ein reicher Mann das Königreich Gottes betritt.'"

Und das ließ sie endlich, endlich verstummen.

26

Obwohl mein Blut vor Kälte und Angst langsam gefror und mein Herz sich in einen Eisklotz verwandelte, muss ich irgendwann doch eingenickt sein – bis mich eine gegen die Zellenwand krachende Tür aus dem Schlaf riss. Eine stämmige Gestalt zeichnete sich vor dem schwarzen Rechteck des Türrahmens ab. Der Mann hatte eine Butterlampe in der Hand, die sein Gesicht von unten erhellte. Das flackernde Licht machte ihn zum Ungeheuer, mit dunklen Höhlen statt Augen und Wangenknochen, so kantig wie mit dem Messer geschnitten.

Durch das winzige Zellenfenster konnte ich ein Stück des dunklen Nachthimmels erkennen, sternengesprenkelt und mit einem höckerigen Mond geschmückt, der in scharlachrote Wolken gehüllt war. Noch Schlafenszeit – und doch war unser Scharfrichter schon da, um uns abzuholen.

Auch die anderen beiden waren wach geworden. Rachels Gesicht war zerknittert wie eine welke Rose, Tante Hilda unterdrückte mühsam ihren rasselnden

Atem. Stumm sahen wir den auf der Türschwelle stehenden Mann an, der jetzt seine Butterlampe hob, sodass ich sein Gesicht sah.

„Yongden?", keuchte ich.

„Ist Zeit", sagte er.

Ich hatte nicht damit gerechnet, den Mönch je wiederzusehen, aber jetzt war er da. Wo er eine Schaffelljacke, die dicken Stiefel und die Butterlampe herhatte? Wie es kam, dass er plötzlich in unserem Verlies aufgetaucht war? Bei einem Mann, den ich zuletzt barfuß durch den Schnee hatte stapfen sehen, wunderte mich gar nichts mehr. Und Yongden war nicht die Sorte Mensch, der man allzu viele Fragen stellte. Also marschierten wir stumm hinaus, an einem auf seinem Stuhl schnarchenden Wachmann vorbei, den Flur entlang. Wenige Meter weiter bogen wir nach rechts ab und blieben vor einer Kiefernholztür stehen.

„Wartet", befahl Yongden und drehte den Knauf. Die Tür schwang auf und gab den Blick auf Champlon und Isaac frei, die beide noch schliefen. Nur Waldo war aufgesprungen und starrte uns mit wild aufgerissenen Augen entgegen.

„Eher sterbe ich, als mich von euch kriegen zu lassen", murmelte er und ballte die Fäuste. „Ich bringe euch um. Barbaren!"

„Pst, Waldo", zischte ich. „Wir sind's."

„Kit?" Seine blauen Augen blinzelten ungläubig, als fürchtete er, ich könnte nur ein Trugbild sein.

Als Yongden die Zelle betrat, wachten auch Champlon und Isaac auf. Der Mönch strahlte so eine Autorität aus, dass er kein einziges Wort sagen musste – wir folgten seinem gekrümmten Zeigefinger. Immer noch unsicher, ob ich nicht nur träumte, ging ich hinter ihm her. Wir schlichen an rund einem halben Dutzend Soldaten vorbei, die allesamt tief und fest schliefen. Sie rührten sich auch nicht, als Waldo ihnen die Waffen abnahm, unsere eigenen Martini-Henry-Gewehre. Noch im Laufen teilte Waldo die Waffen an alle aus.

Nie zuvor war ich mir so leichtfüßig vorgekommen, es war, als bestünde ich nur aus Licht und Energie. Für unsere Bewacher schienen wir jedenfalls weder spürbar noch sichtbar zu sein, nicht mehr als ein Lufthauch, der sie streifte, als wir vorüberschwebten.

Nur wenige Augenblicke später waren wir draußen im kopfsteingepflasterten Innenhof, wo unsere Esel schon mit stampfenden Hufen auf uns warteten – und sogar unsere Sherpas, die sich stumm zusammengedrängt hatten.

Ich stieß pilzförmige Atemwolken in die eisige Luft. Wie Ameisen zeichneten wir uns vor dem majestätischen Gebirge ab, das schillernd vor dem rabenschwarzen Himmel aufragte. Darüber hing der blutgetränkte Mond, den ich schon aus der Zelle heraus erblickt hatte. Geier kreisten über uns, ihre Schreie stiegen auf und verebbten im Rhythmus der Windböen. Ein schlechtes Omen? Egal. Noch nie war ich so glücklich gewesen, die frische Luft im Gesicht zu spüren, die Freiheit auf der Zunge zu schmecken.

„Geht“, sagte Yongden zu Tante Hilda und Champlon.

„Ja, beeilen wir uns“, pflichtete meine Tante ihm bei. „Wir müssen aufholen.“

„Nein.“

„W… was meinen Sie damit?“, stammelte Tante Hilda.

„Geht nach Hause. Ist Zeit.“

Meine Tante blinzelte nervös, und ich dachte schon, sie würde gleich wieder protestieren, aber dann senkte sie nur den Kopf.

Diesmal war es Champlon, der nicht einverstanden war und sich, wild mit der Waffe herumfuchtelnd, weigerte, auf seinen Esel zu steigen. Eine Kugel, die haarscharf an seinem Gesicht vorbeizischte und sich in den Schnee bohrte, machte seinem Protest ein Ende. In der Garnison erhob sich Geschrei – offenbar hatte der seltsame Fluch, der auf den Wachen gelastet hatte, sich wieder verflüchtigt.

Weitere Kugeln schossen an uns vorbei, ein Esel schrie verwundet auf. Ebenholzschwarze Gestalten glitten durch die Schneelandschaft auf uns zu.

„Geht!“, drängte Yongden.

Die Esel stampften panisch, die Sherpas rannten fluchend los. Immer mehr Wachleute strömten aus dem Gebäude. Lautlose, tödliche Pfeile mischten sich unter die Kugeln. Champlon wirbelte auf seinem Hengst herum, zielte und schoss die Soldaten reihenweise aus dem Sattel. Es gab mir einen Stich, als ich sah, wie Waldo zitternd die linke Hand hob, um sich ebenfalls als Schütze nützlich zu machen.

Ein Pfeil mit gebündelten Adlerfedern und tödlicher Spitze sirrte auf mich zu, hinter mir schrie jemand auf.

Yongden, der auf einem gescheckten Hengst neben mir herritt, legte meinem zu Tode erschrockenen Esel die Hand auf die Kruppe, woraufhin das Tier sich sofort beruhigte. Dann bedeutete er mir, ihm zu folgen. Wie er uns eine Schneise durch das Chaos der Schreie und der explodierenden Geschosse bahnte, wirkte beinahe wie Zauberei.

Rachel, meine Tante und die meisten Sherpas waren schon ein Stück vor uns, Champlon bildete die Nachhut. Mit wild entschlossenem Gesicht und tödlichem Kugelhagel hielt er uns die Angreifer vom Leib. Auf einmal drang durch das ganze Kampfgetümmel ein anderes Geräusch an meine Ohren, ein tiefes, dumpfes Dröhnen wie von einem Vorschlaghammer, das im Brustkorb widerhallte und unsere Verfolger mit einem Schlag nach allen Seiten davonpreschen ließ.

„Lawine“, murmelte Yongden.

Er ritt eilig voran, die Hufe seines Reittiers bohrten sich in den aufstiebenden Schnee. Ich versuchte ihm zu folgen, aber die wirbelnden Flocken verstopften mir

Augen, Ohren und Nasenlöcher. Eine weiße Eisplatte leuchtete vor mir auf, wie ein fliegender Teppich erhob sie sich vor mir und versperrte mir die Sicht auf meine Freunde. Nur Rachels erschrockene Augen sah ich noch kurz aufblitzen, dann nichts mehr.

Neben mir riss Tante Hilda den Mund zu einem Entsetzensschrei auf, verlor das Gleichgewicht und fiel aus dem Sattel. Champlon gab seinem Tier die Sporen. Er sprang ab, legte meine Tante auf sein Pferd und scheuchte es durch den Schneeschleier nach vorn zu meinen Freunden. Dann rannte er zu Tante Hildas panischem Esel und versuchte, sich auf dessen Rücken zu hieven. *Wschsch!* Eine riesige Gletscherklinge zischte zwischen uns herab und nahm mir die Sicht auf Champlon. Ein Schrei entrang sich meiner zugeschnürten Kehle. Und im nächsten Moment donnerte ein monströses weißes Schneefeld herab und begrub Champlon und den Esel unter sich.

Die Eiskante über uns knackte Furcht einflößend, scharfe Brocken schlugen mir ins Gesicht. Ich rutschte samt meinem in Todesangst wiehernden Esel auf einer Eisplatte vorwärts. Da tauchte ein gräulicher Schatten vor mir auf. Yongden. Meine letzte Hoffnung. Yongden, hol mich hier raus!, flehte ich innerlich.

Ich hatte jedes Gefühl dafür verloren, wo oben und wo unten war. Ich sah nur noch Licht um mich herum, grelles, schmerzend weißes Licht, das mich mit sich in die Tiefe zog. Ich spürte zwar, dass ich rutschte, aber wohin und wieso, hätte ich nicht sagen können. Mein Atem ging keuchend, ich bekam kaum noch Luft, eine tonnenschwere Last senkte sich auf meine Brust.

Dann stürzte Dunkelheit auf mich ein, genauso plötzlich wie zuvor das blendende Licht. Alles um mich herum wurde schwarz, ich verlor das Bewusstsein.

Als ich die Augen aufschlug, sah ich das Gesicht von Yongden, der sich über mich beugte. Hinter ihm ragte eine massige Gestalt auf, die ich, sobald sich meine Augen scharf stellten, als seinen gescheckten Hengst identifizierte.

„Was ist passiert?“, keuchte ich.

„Du lebst“, sagte Yongden nüchtern.

„Rachel! Waldo! Und …“

„Deine Freunde alle in Sicherheit, auf der anderen Seite von Lawine. Das war nur ein …“ Er machte ein seltsames Geräusch.

„Schluckauf?“

„Schluckauf. Der Berg, er spielt nur, nicht wütend.“

„Spielt?“, wiederholte ich und dachte daran, wie es sich angefühlt hatte, unter den Schneemassen begraben zu werden. „Dieses viele Eis und alles – das war nur ein Spiel?“

„Kein Eis, kein Stein“, verbesserte mich Yongden. „Nur Pulverschnee. Babylawine. Deine Freunde sind auf der anderen Seite der Lawine, Sherpas bringen sie zurück nach Indien. Sie machen nicht Fehler, noch mal zurückzukommen. Sie gehen Berg runter. Sie passen auf. Dieses Land ist nicht für Goldjäger. Sie verlassen diesen Ort, der nicht ihrer ist, und gehen nach Hause."

So viele Worte hatte ich Yongden noch nie am Stück sagen hören. Langsam streckte ich Arme und Beine aus und rappelte mich hoch. Knochen schienen nicht gebrochen zu sein, nur mein Rücken schmerzte, als wäre er mit tausend Kieselsteinen abgeschabt worden. So ähnlich musste es ja auch gewesen sein. Nach dem Stand der Sonne zu urteilen, die sich am Horizont immer weiter hochschob, musste ich ziemlich lange bewusstlos gewesen sein.

„Mein Esel?", fragte ich.

Yongden schüttelte den Kopf. Also war das arme Tier wohl tot. Auf meinen Eseln scheint ein Fluch zu liegen, dachte ich bitter. Schon das zweite Tier, das in meinem Dienst sein Leben lassen musste.

Wir befanden uns nun in einer gänzlich anderen Landschaft. Vom Soldatenstützpunkt mit den steinbeschwerten Dächern war nichts mehr zu sehen. Wir schienen in einer Art Klamm zu sein, zu beiden Seiten ragten felsige, unüberwindbare Gipfel in die Höhe. Weit vor uns schlängelte sich ein Fluss durchs Gelände, Millionen kleiner Lichter tanzten auf der Wasseroberfläche. Ob das nur eine Fata Morgana war? Ich konnte nicht unterscheiden, was wirklich war und was ich mir nur einbildete. Hatte mich der junge Sherpa nicht gewarnt, damals ... wie lange war das eigentlich her? „Bleib weg von Yongden“, hatte er gesagt. „Er spielt mit Gedanken in dein Kopf.“

„Wo sind wir?“, fragte ich.

„Wir sind Berg runtergefallen.“

Ich sah die riesigen Abhänge, die über uns aufragten, und es kam mir unfassbar vor, dass wir so einen Sturz überlebt hatten. Und dann fiel mir mein Traum ein, den ich während meiner Bewusstlosigkeit gehabt hatte: Etwas Federartiges hatte mich getragen, ein schwebendes Bett aus Schnee. Ich blickte Yongden an. Wir waren also von den anderen weit, weit entfernt. Wie sollte ich wieder zu ihnen gelangen? Ein grausamer Gedanke peitschte mir durch den Kopf.

„Sie werden mich suchen, Yongden. Sie werden sich in Gefahr begeben, um mich zu finden.“

Er schüttelte nur den Kopf.

„Sie haben dich sterben sehen.“

„Sie haben mich sterben sehen?“

„Uns. Sie haben dich und mich sterben sehen.“

Darauf wusste ich nichts mehr zu antworten.

„Wir müssen gehen“, sagte Yongden nach einer Pause und bedeutete mir, hinter ihm in den Sattel seines Reittiers zu klettern.

„Wohin gehen wir?“

Er sah mich an. In seinen Augen lag Besorgnis, aber das war nicht alles – darunter lag so viel mehr, Dinge und Gedanken, die ich beim besten Willen nicht entschlüsseln konnte.

„Shambala“, sagte er.

Ich stieg auf und Yongden klatschte dem Pferd mit der flachen Hand auf die Flanke. Stumm ritten wir davon.

27

Es hatte zu schneien begonnen und die anfangs winzigen Flocken verdichteten sich schnell zu einem regelrechten Schneesturm, der nach allen Seiten tobte und zerrte. Der Himmel hatte eine bleigraue Färbung angenommen und man konnte kaum noch ein paar Meter weit sehen. Ich hielt mich an Yongdens Rücken fest, der nur wenige Zentimeter mit weißen Flocken gesprenkelt vor mir aufragte. Die Berührung verlieh mir auf seltsame Weise Sicherheit. Unter mir spürte ich das stetige Schaukeln des warmen, atmenden Pferdes. Schneeflocken ließen sich auf meinem Gesicht nieder. Es war zu kalt, als dass sie hätten schmelzen können. Ich musste sie von Zeit zu Zeit wegwischen, um mich nicht in einen Schneemann zu verwandeln.

Keine Ahnung, wie lange wir so dahinritten. Minuten oder Stunden, ich hätte es nicht sagen können. Meine Nerven waren zum Zerreißen gespannt, jede Faser meines Körpers kribbelte, als stünde ich unter Strom. Der Schmerz in meinem Rücken, der mich vorhin noch so gequält hatte, war verschwunden, als hätte der Schnee ihn aufgesaugt.

„Wir halten hier“, verkündete Yongden plötzlich. Warum, wusste ich nicht. Um mich herum sah es aus wie überall – Gestein und dichtes, blendendes Weiß. Der Hengst hatte Yongden offenbar auf Anhieb verstanden und blieb stehen. Der Mönch stieg ab, griff in die Satteltasche und holte ein Stück Seil heraus, aus dem er ein einfaches Gurtzeug knüpfte.

„Wir klettern“, sagte er.

„Wohin?“

„Nach oben.“

Es hatte anscheinend keinen Sinn, ihm Fragen zu stellen – aus den einsilbigen Antworten wurde man ohnehin nicht schlau. Kurz leuchtete Yongdens Gesicht aus der schneebedeckten Umgebung hervor, ein aufgehender, dunkler Mond, und ich vermeinte so viele Gefühle darin zu lesen: Mitgefühl, Bedauern, Traurigkeit.

Hatte das Mitleid etwas mit mir zu tun? Oder tat die ganze Welt ihm leid? Ich fühlte mich seltsam von mir selbst entrückt, so als hätte die Kit Salter, die in Oxford zu Hause war, überhaupt nichts mehr mit meinem jetzigen Ich zu tun. Diese neue Kit reiste mit einem Mann, den sie kaum kannte, durch eine merkwürdige Eislandschaft. Mit einem Mann, der nur selten ein Wort sprach und kaum einen Hinweis darauf lieferte, was in seinem Kopf vorging. Völlig frei wanderte er durch das Leben und hatte mit den Belangen des Alltags so wenig zu tun wie der Schatten eines Adlers mit den Schicksalen der Menschen, über deren Dorf er hinwegfliegt.

Ich hätte nicht in Yongdens Haut stecken wollen. Ich wollte lieben und hassen können, das Leben spüren. Aber ich bewunderte ihn. Für ihn war alles, was uns so unglaublich traurig oder glücklich machte, reine Illusion, wie zweidimensionale Bühnenbilder, hinter denen die eigentliche, echte Handlung des Lebens ablief. Es war, als wäre ich mit einem Phantom unterwegs. Nie würde ich Yongden wirklich kennen. Er war kein gütiger Mensch, jedenfalls nicht in dem Sinne, wie wir das verstanden hätten. Wenn überhaupt, dann war er eher Furcht einflößend.

Ich umfasste das Seilende, das er mir gegeben hatte. Es war ein dickes, grobes Seil, aus den Fasern eines weidenartigen Baums gemacht und vermutlich eingeweicht, um es noch reißfester werden zu lassen. Yongden zeigte mir, wie ich das Gurtzeug anlegen und an den Seiten festzurren musste. Am Rücken hatte ich einen großen Eisenhaken, den er nun an dem Seil festmachte.

Er selbst hakte sich nicht fest, sondern band sich nur das Seil locker um die Mitte und schlang sich dann eine Schlaufe über die Schulter.

Schließlich ging Yongden zu seinem Hengst, strich ihm über das Maul und redete in einer Sprache, die ich nicht verstand, sanft auf ihn ein. Als er ihm die Seite tätschelte, wieherte das Pferd leise und drückte die

Nüstern gegen Yongdens Hand. Dann drehte es sich weg und trottete langsam davon.

„Das können Sie doch nicht machen!", protestierte ich. „Wo geht Ihr Pferd denn jetzt hin?"

„Ist nicht mein Pferd. Er gehört niemand, nur sich selbst. Er geht jetzt nach Hause."

„Aber wie soll es denn den Weg dahin finden?", fragte ich und deutete auf die Eiswüste um uns herum.

„Er ist Kind der Berge."

Ohne ein weiteres Wort schleuderte Yongden das Seil in die Luft. Es entrollte sich im Hochfliegen und es überraschte mich kein bisschen, als es sich schließlich um eine hervorspringende Felsnase wickelte. Es hätte mich vermutlich nicht mal überrascht, wenn Yongden einfach so den Berg hochspaziert wäre.

Ich kletterte hinter dem Mönch her, suchte in dem eisigen Abhang mühsam nach Halt für meine Füße. Die ersten paar Schritte fielen mir noch leicht, dann wurde es immer schwerer. Der Schnee wehte mir ins Gesicht, ständig rutschte ich auf dem glitschigen Untergrund ab. Einmal so unerwartet, dass ich abgestürzt wäre, hätte mich das Gurtzeug nicht gerettet.

„Nicht nach unten sehen", sagte Yongden. „Und nicht nach oben. Nur nach vorn."

Aber natürlich hielt ich mich nicht an seine Warnung. Als der Schneesturm eine kleine Pause einzulegen beschloss, bot sich mir plötzlich eine geradezu schwindelerregende Sicht auf die Berge und auf die Schlucht tief unter uns. Sofort begann sich mein Magen zu drehen, mein Herz setzte einen Schlag aus. Ich konnte Yongdens Pferd sehen, wie es sich immer weiter entfernte, und es schien kaum größer als eine Ameise. Ein winziger Tintenklecks vor schneeweißer Kulisse. Der Griff meiner Hände lockerte sich und mir war, als würde ich fallen, fallen …

Zum Glück ging der Moment schnell vorbei. Nach diesem Zwischenfall hielt ich mich daran, weder nach oben noch nach unten zu schauen, und konzentrierte mich auf das Seil. Ich konnte nur hoffen, dass es wirklich reißfest war – es hatte schon bedenklich geknackt, als ich vorhin abgerutscht war. Obwohl ich keinen Blick mehr hinaufwagte, war ich mir der Mächtigkeit des Berges, der über mir dräute, bewusst. Kit Salter war nur ein bedeutungsloses Nichts, ein Staubkorn in der Endlosigkeit dieser uralten Gipfel.

Das Klettern war wirklich anstrengend; die Gurte schnitten mir durch das Schaffell ins Fleisch, meine Knie zitterten und die Rückenschmerzen waren auch wieder da. Doch mein Geist war hellwach. Hier in dieser Eiswüste begleitete uns nur das Trällern der Beos und die Schreie der Adler. Und im Hintergrund lauerten unsichtbar die Geier mit ihrem grässlich kahlen Kopf und ihrem grausam gebogenen Fleischfresserschnabel darauf, dass wir abstürzten.

Aber dank Yongden stürzten wir nicht ab. Irgendwann machte er auf einem Felsvorsprung halt und ich kletterte zu ihm hoch. Die Felsnase ragte ein Stück über den Abhang hinaus und war groß genug, dass wir beide bequem darauf sitzen konnten. Als ich nach unten schaute, wurde mir klar, wie hoch wir geklettert waren. In der Ferne konnte ich wieder den schäumenden Fluss erspähen, den ich schon einmal gesehen hatte.

„Wir sind da", murmelte Yongden.

„Wo?", fragte ich verständnislos. Dieser Felsen konnte doch nicht unser Ziel sein! Als er nicht antwortete, hakte ich noch einmal nach: „Wo sind wir?"

„Du musst hier entlang." Er deutete nach hinten, ins Gebirge hinein. Jenseits des steinernen Vorsprungs klaffte ein Höhleneingang in der Felswand. Es war zu dunkel, als dass man hätte hineinsehen können, aber das konnte jedenfalls unmöglich das Tor zum Paradies auf Erden sein.

„Hier ich muss dich verlassen", sagte Yongden. „Aber du bist in Sicherheit." Er reichte mir mit beiden Händen einen Gegenstand. Wie betäubt nahm ich ihn entgegen – es war die zerrissene Hälfte von Pater Monserrates Karte.

Wie ein elektrischer Schlag fuhr der Anblick mir durch alle Glieder. Gierig nahm ich die Karte an mich. „Sie gehört mir?"

„Ja."

Mit zittrigen Fingern schob ich die Karte in die Innentasche meiner dicken Jacke. Es fühlte sich gut an, sie wieder so nah an meinem pochenden Herzen tragen zu dürfen. Ein warmes Gefühl der Geborgenheit ergriff mich. Nun hatte ich meinen Glücksbringer wieder, der mich vor jeder Gefahr beschützen würde. Die Wunde, die in meinem Inneren geblutet hatte, war endlich wieder verheilt, und das gab mir den Mut, Yongden in die Augen zu sehen.

„Ich glaube nicht, dass Sie mich hier ganz allein zurücklassen", wagte ich mich vor.

„Ich gehe", beharrte er ruhig. Geschickt lösten seine Finger den Haken von meinem Gurtzeug.

Panik stieg in mir auf, ein saurer Geschmack brannte mir auf dem Gaumen. Eigentlich war meine Karte doch nur ein Stück Papier! „Was muss ich jetzt tun?"

„Du weißt es selbst."

Sie dürfen nicht gehen!, hätte ich am liebsten gejammert. Sie können mich doch nicht einfach so auf diesem blöden Stein erfrieren und verhungern lassen!

Aber seltsamerweise kam kein Laut über meine Lippen. Gleich würde ich ganz auf mich allein gestellt sein. Aus weiter Ferne drang das Brausen einer Windböe an mein Ohr, dann der Flügelschlag eines Vogels. Es war ein Wiedehopf, sein wildes Krächzen schnitt mir ins Trommelfell.

Yongden band das Seilende an die Felsnase. „Lebe wohl", murmelte er und legte mir für den Bruchteil einer Sekunde eine Hand auf die Wange, als wollte er mich segnen. Dann seilte er sich ab.

Die Panik schnürte mir die Kehle zu, ich brachte keinen Schrei heraus. Mit Entsetzen sah ich Yongden leicht wie eine Feder nach unten gleiten. Überall ragten Felszacken, scharf wie Axtklingen, aus der Wand heraus. Jeder andere hätte sich den Kopf gestoßen, sich an den scharfen Steinen die Glieder aufgeschlitzt. Doch der Mönch umschiffte alle Hindernisse mühelos. Innerhalb weniger Augenblicke war er nur noch ein winziger Fleck tief unter mir.

Kurz überlegte ich, ob ich ihm folgen sollte. Aber mein Seil reichte nicht bis nach unten, und bestimmt hätte ich mich schon beim ersten Abschwung am Fels verletzt. Ich zwang mich, ruhig zu bleiben. Ja, ich hatte entsetzliche Angst – doch keine andere Wahl. Yongden hatte mich allein zurückgelassen, und er hatte mir gesagt, dass ich in die Höhle gehen müsse. Also würde ich ihm gehorchen.

Ich stapfte in die Dunkelheit hinein, obwohl meine Beine sich anfühlten, als wären sie mit Quecksilber gefüllt. Hier oben, wo kein Wind eisige Luft herantrug, war es etwas wärmer. Ich zog die Handschuhe aus und stopfte sie in die Taschen.

Die Höhle war bestimmt ein beliebter Unterschlupf für Bären oder Schneeleoparden. Auf jeden Fall deuteten Federn, Zweige und Haarbälle auf dem Boden darauf hin, dass hier ein Tier zu Hause war. Im hinteren Teil der Höhle wurde es dunkler. Wie schwarzer Samt schimmerte die Finsternis vor mir. Ein Tunnel! Benommen kroch ich hinein. Er war so schmal und niedrig, dass ich nicht aufrecht gehen konnte, sondern mich auf Händen und Füßen hindurchkämpfen musste.

Langsam tastete ich mich durch den stickigen Gang voran, bis der Weg auf einmal breiter wurde. Jetzt konnte ich wieder aufrecht gehen und sogar die Luft war sauerstoffreicher. Vorsichtig tastete ich mich an den Wänden entlang, setzte sorgsam einen Fuß vor den anderen. Von irgendwoher weit vor mir drang Licht herein. Ich sah schattenhafte Umrisse, Felsen, die wie riesige Eiszapfen aussahen oder wild aus den Steinwänden herausragten. Eine Fledermaus flatterte an mir vorbei und streifte dabei meine Wange. Immer weiter kämpfte ich mich ins Herz des Berges hinein.

Und dann bog ich um eine Ecke und trat ins Licht.

Der gleißende Sonnenschein umfing mich so plötzlich, als käme er aus einer anderen Welt. Ich blinzelte. Etwas versperrte mir den Weg. Mehr als den Umriss dieser Kreatur konnte ich nicht erkennen. Sie war riesig und behaart, mit weit abstehenden Ohren. Ich kannte die Legenden von dem Ungeheuer, das im Himalaja leben sollte. Der Yeti. Ich wollte wegrennen, aber wohin? Also taumelte ich blindlings nach vorn, vor Angst so stark bebend, dass ich stolperte und flach auf den Bauch fiel. Etwas beugte sich über mich. Ein Tier. Ich spürte seinen warmen, torfigen Atem an meinem Gesicht.

Ganz sanft, als wäre ich ein Säugling, nahm es mich in die Arme und hob mich hoch.

28

Der warme Atem, der meine Wange streifte, duftete nach Vanille und nach etwas Schwererem, fast Schokoladeartigem. Ich war von Pelz umhüllt. Das fremde Wesen trug mich so sanft, dass ich das Gefühl hatte, wir schwebten. Aus dem Nest der pelzigen Arme heraus konnte ich nichts anderes erkennen als ein Stück milchglasweißen Himmels. Doch dann blieb das Wesen urplötzlich stehen und setzte mich am Boden ab. Es war weich unter mir – ein Bett aus Blättern? Ich sank, den Blick gen Himmel gerichtet, in den warm gepolsterten Untergrund ein.

„Bist du ein Yeti?“, fragte ich.

Das Wesen lachte mit perlender, wunderschöner Stimme. „Nein, ich bin kein Yeti“, sagte es.

„Was bist du dann?“

„Ein Beschützer.“

Ich richtete mich mit Mühe auf. Die Sonne brannte auf mich herab, aber irgendwie sah sie anders aus als sonst, glühender, näher und flach wie eine Untertasse.

Gnadenlos schmolz sie Dunkelheit und Schatten weg und ich hatte das Gefühl, nichts mehr verstecken zu können.

„Bin ich noch auf der Erde?“, fragte ich das seltsame Wesen.

Es wand sich und zögerte. Doch dann warf es mit einer geschmeidigen Bewegung seine pelzige Oberhaut ab. Und unter der Jacke, die es von Kopf bis Fuß verdeckt hatte, kam eine Frau hervor. Eine Frau mit Augen, Ohren und allem Drum und Dran, so menschlich wie du und ich. Sie hatte ein weiches Gesicht, glänzende schwarze Augen und brünettes Haar, das so kurz geschoren war wie bei einem Soldaten oder einem Mönch. Ob sie jung oder alt, schön oder hässlich war, hätte ich nicht sagen können. Ich konnte sie nicht mal als tibetisch, indisch oder englisch einordnen. Es verwunderte mich, dass sie mich mit solcher Leichtigkeit getragen hatte, denn ihre Hände waren ganz klein und feingliedrig, nicht wie die großen, weichen Pranken, die ich unter mir gespürt hatte. Sie strahlte etwas Würdevolles aus und neigte nun leicht den Kopf zur Seite.

„Ist das hier Shambala?“, fragte ich.

„Manche nennen es so, ja.“

Mit wild pochendem Herzen sah ich mich um. Vielleicht kindisch von mir, aber ich hatte wirklich mit einer märchenhaften Umgebung voller Wunder gerechnet. Mit Kobolden und Einhörnern weißer als Schnee, ja, vielleicht sogar mit einem Regenbogen, der sich bis zum Himmel hochspannte. Oder zumindest mit einer glitzernden Stadt aus Eis, die sich zwischen den kristallenen Bergen erhob. Ich weiß nicht ... jedenfalls war ich auf alles gefasst.

Nur nicht auf das, was ich nun erblickte: ein kleines, völlig unscheinbares tibetisches Dorf. Die Häuser waren aus unterschiedlich großen Steinen erbaut worden, die Dächer mit Felsbrocken beschwert, genau wie der Soldatenstützpunkt, in dem wir gewesen waren. In kleinen Gruppen standen die Häuser dicht gedrängt, dazwischen befanden sich Obstgärten. Ein gluckernder Bach schlängelte sich durch das Dorf. Der ganze Ort war eine grüne Oase mit Blumen und Büschen und Bäumen, die von winzigen Kolibris, summenden Bienen und anderen Insekten umschwirrt wurden. Ich sah einen Beo, einen Wiedehopf, eine im Wind schwingende Weide, in deren Schatten ein Wacholderbusch wuchs. Kirschbäume in üppiger Blüte, ein kleiner Zuckerrohrhain ... Alles war wunderschön.

Warum also war ich so enttäuscht, so unzufrieden? Vielleicht weil ich es nicht glauben konnte, dass ich mich den ganzen Weg lang durch Eis und Schnee und Todesgefahr gequält hatte, nur um das hier vorzufinden. Ja, es war friedlich und bezaubernd hier, aber irgendwie auch so ... gewöhnlich.

Wenn man die kristallenen Gipfel ausblendete, die wie ein Schutzwall aus Eis jenseits der Wiesen aufragten, sah dieser Ort nicht viel anders aus als ein Dorf in

Südengland. Einige Fensterscheiben waren zerbrochen, das Gemäuer bröckelte, irgendwie sahen die Häuser teilweise sogar ein bisschen armselig aus.

Armselig? Das Paradies – armselig?

„Wirklich? Das ist Shambala?"

In meiner Stimme musste die Enttäuschung mitgeschwungen haben, denn die Frau lächelte milde.

„Es ist das, was du siehst." Und dann fuhr sie mit derselben sanften Stimme fort: „Du hast etwas für mich?"

„Ich weiß nicht, was Sie meinen."

„Da drin." Sie deutete direkt auf mein Herz. „Unsere Karte."

Wut stieg sofort in mir hoch. Erst hatte Yongden sie mir gestohlen, jetzt wollte diese Frau sie haben. Aber die Karte war mein Talisman! Sie war mit mir verschmolzen, gehörte ebenso zu mir wie die Schramme in meinem Gesicht, mein keuchender Atem und mein Herz, das nun wieder so wild pochte.

„Es ist meine Karte."

„Nein, Kit, sie gehört hierher."

„Nein, sie gehört mir!"

„Bitte."

Es zerriss mir das Herz, aber ihrer ausgestreckten Hand konnte ich mich nicht widersetzen. Sie hatte solche Macht über mich, dass sie meinen Körper steuerte, meinen Willen beherrschte. Ich griff in meine Innentasche und tastete nach der Pergamentrolle. Langsam holte ich sie heraus und reichte sie der merkwürdigen Frau.

„Wie heißen Sie?“, fragte ich.

„Maya.“

„Maya.“ Ich ließ mir die fremd klingenden Silben auf der Zunge zergehen. „Kann ich meine Karte wiederhaben, Maya?“

Sie schüttelte den Kopf. „Nein. Die Karte hätte diesen Ort niemals verlassen dürfen.“

„Aber Ihnen nützt sie doch gar nichts. Sie ist nur ein Stück Papier.“ Ein flehender Unterton schlich sich in meine Stimme. *„Oh abscheuliche Höhle!* Ich habe diese Höhle doch noch gar nicht gefunden! Und auch sonst nichts, was auf der Karte verzeichnet ist.“

„Manchmal weiß man gar nicht, was man alles schon gefunden hat.“

„Wie bitte?“

„Die Karte hat dich hierhergeführt. Aber dieser Ort will nicht gefunden werden.“

Jeder Satz von ihr klang in meinen Ohren wie ein Rätsel. „Was soll das heißen, die Karte hätte mich hierhergeführt? Yongden hat mich hierhergebracht.“

„Die Karte hat ihm den Weg gezeigt.“

„Und dieser Ort ist geheim?“

„So möchten wir es.“ Maya beugte sich herunter und reichte mir eine Hand, damit ich aufstehen konnte. Mir fiel auf, dass sie ein schlichtes, dunkelorangefarbenes Baumwollgewand trug.

„Komm mit.“ Schon schwebte sie voran, leichtfüßig und mit leise raschelndem Gewand. Ich starrte verständnislos hinter ihr her.

„Wieso muss ich Ihnen folgen?“, rief ich.

Sie drehte sich zu mir um. Ich konnte nicht erkennen, ob in ihren Augen eher Ungeduld oder Belustigung aufblitzte.

„Deine Freunde warten schon auf dich!“

„Rachel, Waldo, Isaac!“ Schlagartig war meine Wut verflogen. Yongden hatte sich also geirrt! Meine Freunde waren also gar nicht nach Indien zurückgekehrt. Voller Freude rannte ich hinter Maya her.

29

Maya führte mich durch das Dorf und dann in einen kleinen Hain dahinter. Flüsternd empfingen uns die Bäume, tauchten uns in Schatten, fuhren uns mit federleichten Tentakeln über die Wangen. Der Wind rauschte durchs Geäst. Es war, als wäre dies die Wiege aller Geheimnisse. Die uralten Zypressen, die Fichten und Kirschbäume, sie schienen nicht aus Holz, Rindensaft und Blättern zu bestehen, sondern kamen mir vor wie Geister, die uns genau beobachteten.

Schließlich betraten wir eine mit dichtem Gras bewachsene Lichtung. Knorrige Äste neigten sich darüber, als versuchten sie, ihren kostbarsten Besitz zu behüten. Und auf der Wiese explodierte eine wahre Farbenpracht: Orchideen schimmerten wie Eiskristalle, Blaumohn, samtig violette Stiefmütterchen, Oleander und Lotusblumen blühten um die Wette. Verschwommene kleine Wesen surrten zwischen den Blumen hindurch – flinke Schmetterlinge, summende Bienen, nektartrunkene Libellen. Unter der größten Kiefer sprudelte eine

Quelle aus dem Schatten hervor, ihr Wasser – ein prickelndes Lichtspiel.

„Perfekt!“, hauchte ich.

Ich sog die Düfte der Lichtung tief ein. Brombeere, Schokolade, Vanille, Rose und Jasmin – was für eine betörende Mischung. Mit jedem Atemzug verflogen meine weltlichen Sorgen, lösten sich in der zuckerschwangeren Luft auf. Dies, ja dies war nun endlich das Paradies.

Als wir über die Lichtung gingen, sah ich, dass sich mehrere Gestalten um die Quelle herum versammelt hatten. Ihr Licht umspielte sie wie Mondstrahlen und ließ sie überirdisch leuchten.

Ich war verwirrt, fühlte mich gleichzeitig aber merkwürdig befreit. Das hier war echt, ich träumte nicht. Aber ich konnte es trotzdem nicht fassen – war dies wirklich der Garten Eden? Ich schwebte mehr, als dass ich ging, leichtfüßig, beschwingt, heiter, in Richtung meiner Freunde.

Aber schon im nächsten Augenblick brach meine schöne Welt in sich zusammen. Vor Entsetzen wie gelähmt, blieb ich stehen.

„Nein!“, brüllte ich.

„Sie sind vorhin erst angekommen“, murmelte Maya.

„Das sind nicht meine Freunde!“

„Sie sind die Träger der zweiten Kartenhälfte.“

Es waren nicht Rachel, Waldo und Isaac, die da im hell leuchtenden Wasser der Quelle standen – sondern die Gebrüder Baker. Ihre geisterhafte Erscheinung war verschwunden. Sie sahen prall und blühend aus, ihre Augen und Gesichter waren erfüllt von einer gierigen, verzweifelten Sehnsucht. Haare und Haut schweißnass, die Gesichtszüge vor Habgier verzerrt, mühten sie sich damit ab, das Wasser abzufüllen. Ein Haufen leerer Flaschen lag zu ihren Füßen. Jeder der beiden Brüder hielt eine Flasche in den hervorsprudelnden Wasserstrahl, ohne auf die Gischt zu achten, die ihnen die weißen Leinenanzüge vollspritzte.

Der eine Bruder war auf entsetzliche Weise entstellt: Seine Haut war mit eitrigen Kratern übersät, die teilweise zu ausgehöhlten Narben eingetrocknet waren. Irgendetwas schien ihm regelrecht das Blut aus dem Leib gesogen zu haben. Was für eine kranke, besudelte Kreatur, kaum mehr ein menschliches Wesen! Ich dachte an die Gerüchte, die über ihn im Umlauf waren. Ja, der Fluch der Mumie hatte ihn zerstört.

Auf dem Arm des pockennarbigen Bruders kauerte der widerliche kleine Affe. Er hatte die gelben Zähne gebleckt und stippte eine Flasche mitten in die Quelle. Auch er schien vom Fieber gepackt zu sein und tauchte seine Klaue wie besessen immer wieder ein.

Ich war so nah bei ihnen, dass ich sie hätte berühren können. Doch genauso gut hätte ich unsichtbar sein können, denn sie nahmen mich einfach nicht wahr. Was hatte das alles zu bedeuten? Ich schüttelte verständnislos den Kopf.

„Was machen die denn da?", fragte ich Maya, ohne den Blick von dem irren Treiben abzuwenden.

„Nach dem Unmöglichen greifen."

„Nach der Quelle?"

„Ja, aber das tanzende Wasser will sich nicht einfangen lassen."

In der Tat, das Wasser tanzte. Es blubberte und brauste, schoss zu munteren Tropfenketten empor, sang vom Leben und vom Freisein. Es wollte nicht gefangen werden. Sosehr sich die Bakers auch mühten, es abzufüllen – mehr als ein paar Tropfen bekamen sie nicht hinein. Und die Flaschen zu ihren Füßen … bildete ich es mir nur ein oder versuchten selbst die wenigen Tropfen darin ihrem gläsernen Gefängnis zu entfliehen?

„Seit Jahr und Tag träumen die Menschen überall auf der Welt von diesem Wasser", sagte Maya. „Sie haben viele Namen dafür: Elixier … Nektar … Amrita … Manasrovar …"

„Das Elixier der Unsterblichkeit", keuchte ich atemlos. „Die Quelle des ewigen Lebens. Der ersehnte Jungbrunnen!"

„Trink davon und du wirst bis in alle Ewigkeit leben."

„Bis in alle Ewigkeit?", echote ich.

„Du kannst davon trinken, Kit."

Der Affe kletterte von der Schulter seines Besitzers herunter und reckte triumphierend seine Flasche in die

Luft. Ein paar Tropfen Wasser glitzerten darin. Dann fiel sein Blick auf mich. Zorn flammte in seinen geistlosen gelben Augen auf. Er heulte auf, war aber zu gierig, um sich von mir ablenken zu lassen. Sofort ging er wieder ans Werk, versuchte, der Quelle noch einen weiteren Tropfen abzuringen.

„Ich weiß nicht ...“ Unschlüssig blieb ich neben Maya stehen. Ich fühlte mich durchaus zur Quelle hingezogen, aber irgendwie konnte ich mich nicht von der Stelle rühren. Meine Narbe begann zu pochen, eine verführerische Stimme meldete sich in meinem Kopf.

Trink es, Kit. Trink.

Maya lächelte mich an.

Du könntest ewig leben, murmelte die Stimme weiter.

Wenn ich von dem Brunnen trank, würde ich schneller, stärker, besser werden. Meine Narbe würde heilen. Diese Narbe, die mich entstellte, mich zu einem hässlichen Außenseiter machte.

Trink, Narbengesicht, trink. Worauf wartest du noch? Oder hast du etwa Angst?

Die Stimme war kalt und schrill und mir war, als wäre der Affe in meinen Kopf gekrochen.

„Ich erzähle dir eine Geschichte“, raunte Maya, und auch ihre Stimme schien aus meinem Kopf zu kommen, nicht aus ihrem Mund. Sie übertönte die andere, grelle Stimme. „Es war einmal vor vielen, vielen Jahren ein Priester, der zum Hof eines mächtigen Kaisers reiste.

Dort lernte er Fakire und weise Männer kennen, hörte von Legenden und Wundern."

Ein silberner Schmetterling flatterte herbei und setzte sich auf meinen Arm. Ich lauschte Mayas Worten, ohne einen Muskel zu rühren.

„Dieser Pater Monserrate hatte einen Diener namens Jorge, einen Mann, der gleichermaßen gut aussehend wie schlau war und sehr viel abenteuerlustiger als sein Dienstherr. Immer wenn er sich andere Leute ansah, hatte er das Gefühl, etwas Besseres zu sein, etwas ganz Besonderes. Und mit der Zeit erwuchs in ihm der Wunsch, noch viel besonderer zu werden. Wenn er mentale Kräfte erlangen könnte, so dachte er, wäre er allen anderen überlegen.

Von nun an dachte er bei allem, was er tat, nur noch daran, dass er etwas Besonderes war. Er betrachtete seinen trägen Dienstherrn und wunderte sich, dass dieser weder nach Weisheit noch nach Macht strebte. Und als sich eine Chance bot, lief er weg. Er verließ seinen Herrn und kam hierher – mithilfe einer Karte, die ihm ein großer Zauberer gegeben hatte. Die Karte, die auch du gehabt hast. Hier fand er etwas von dem, was er suchte. Doch er befand sich in großer Gefahr. Denn er war noch nicht bereit.

‚Sei vorsichtig', rieten wir ihm, ‚so manches, was einem als Segen erscheint, ist in Wirklichkeit ein Fluch'. Aber der Mann war stolz und gierig und hörte nicht auf uns. Er wollte nur haben, haben und noch mehr haben. Und so trank er von dem Brunnen – und verließ diesen Ort. Und der Segen der Unsterblichkeit verwandelte sich in einen Fluch. Denn die Gnade des Wassers verliert außerhalb dieses Ortes ihre Wirkung. Viele Jahrhunderte lang wanderte Jorge durch die ganze Welt, er lebte und lebte, aber sein Fleisch wurde welk, und wohin er auch auf seinem Weg kam, überall war er ein Außenseiter.

Nie wieder fand er den Weg hierher, die Karte hatte er nämlich verloren. Als er vor einiger Zeit erfuhr, dass sie sich in den Schatzkammern von Baroda befand, begann er, Pläne zu schmieden. Er lernte diese beiden Brüder kennen. Sie waren verwandte Seelen, denn auch sie standen unter einem Fluch. Mit vereinten Kräften umgarnten Jorge und die Bakers den alten Maharadscha. Sie spannten ihn für ihre Zwecke ein – erst benutzten sie ihn, dann töteten sie ihn. Was für ein elendes, verschrumpeltes Wesen …"

„Wesen?", fragte ich verständnislos.

Maya sah zu dem Affen hin.

„Jorge ist der Affe?", keuchte ich. „Dann muss er ja fast dreihundert Jahre alt sein!"

Auf dem Gesicht des Affenmenschen glitzerten Wassertropfen. Mayas Geschichte war wirklich unfassbar. Ich sah das merkwürdige Tier an, und noch während sich mein Geist weigerte, die Geschichte zu glauben, begann ich menschliche Züge unter dem weißen Pelz zu erkennen. Die Form der Nase, die listigen gelben Augen, die alles verschlingende Gier ... Konnte ein Tier denn überhaupt so begehren wie ein Mensch?

„Hast du schon einmal von Tithon gehört?“, fragte Maya.

Tithon. Ja, der Name erinnerte mich vage an etwas. Der Grieche, der sich nach ewigem Leben gesehnt hatte, aber vergessen hatte, um ewige Jugend zu bitten. Die Erfüllung seines Wunsches verdammte ihn dazu, als ewiger, von unsäglichen Altersqualen geplagter Greis zu leben.

Pass auf, was du dir wünschst.

Immer wieder hallte dieser Satz in meinem Kopf nach. Ob es Mayas Stimme war oder das Rauschen der Blätter oder gar mein eigenes Gewissen ... ich wusste es nicht. Auch die kreischende Stimme war wieder da: *Sie will nur nicht, dass du es bekommst. Sie will es für sich behalten.*

Ich sah Maya, der Beschützerin, direkt ins Gesicht.

„Haben Sie auch von dem Brunnen getrunken?“

Sie antwortete nicht.

„Wie alt sind Sie, Maya?“

Ihr Körper erbebte, als lache sie innerlich.

„Hundert? Zweihundert? Spielt das eine Rolle?“

Damit hatte sie zwar meine Fragen nicht beantwortet, aber mir wurde klar, dass das auch gar nicht nötig war. Trotz der schrillen Stimme in meinem Kopf wusste ich, dass Maya anders war. Sie war wirklich etwas Besonderes. Ich hingegen nicht. Ich war einfach nur ich.

Und das Merkwürdige war, dass mir das überhaupt nichts ausmachte.

Auf einmal wollte ich gar nicht mehr besser, reicher, schlauer sein, wollte nicht mehr ewig leben. Es war mir sogar egal, ob meine brennende Schramme abheilte oder nicht. Hitze wallte in mir auf wie eine Stichflamme. Es war, als öffnete sich mein Kopf, als flösse etwas Schweres heraus und hinterließe nur Leichtigkeit und Licht. Und da verstand ich plötzlich.

Manches, was einem als Segen erscheint, ist in Wirklichkeit ein Fluch.

Einer der Baker-Brüder drehte sich zu mir um. Sein vernarbtes Gesicht verzog sich zu einem hasserfüllten Grinsen.

„Du!"

Der Schmetterling flatterte erschrocken davon.

„Trink doch! Ist genug für alle da."

Ich schüttelte den Kopf.

„Vielleicht wirst du dann deine Narbe los. Sonst bleibst du auf ewig entstellt und kriegst nie einen Mann ab. Kein Mann will so eine hässliche Frau haben!"

„Ich will das Wasser nicht", beharrte ich. „Ist nichts für mich."

„Wie drollig!"Der pockennarbige Bruder griente. „Und wieso nicht?"

Ich rang nach den richtigen Worten. „Es funktioniert nicht", sagte ich schließlich. „Weil es gegen die Natur ist."

Die Gebrüder Baker schnaubten verächtlich.

„Wer hat dir das denn bloß eingeredet? Dein hirnverbrannter Vater? Deine idiotische Tante?", keifte der eine.

„Armes Kind", murmelte der andere, während der Affenmensch auf seiner Schulter schnatterte. „Hat einfach nicht genug Grips abgekriegt."

„Es wird der Tag kommen – und er ist sicher nicht weit entfernt –, da wirst du an diese Quelle zurückdenken und wegen deines Fehlers weinen."

„Niemals."

Der Mann wandte sich ab und spuckte auf den Boden. Es wirkte so grob, so fehl am Platz.

„Das ist das Schlimme an den jungen Leuten", sagte er. „Es liegt alles in ihren Händen, aber sie wissen nicht, wie sie damit umgehen sollen."

„Den Fehler machen wir nicht", pflichtete ihm sein Bruder bei. „Nicht dieses Mal."

„Wenn wir etwas haben wollen, dann nehmen wir es uns einfach."

Maya beobachtete unser Gespräch, ohne sich im Geringsten anmerken zu lassen, wie sie darüber dachte. Barfuß stand sie da, reglos wie ein Baum. Irgendwie schien sie mit dem Wald zu verschmelzen, zwischen den knorrigen Stämmen zu verschwinden und uns mit unserem Kampf allein zu lassen.

„An diesem Ort glaubt man aber daran, dass man loslassen muss", sagte ich. „Dass man sich nicht an Besitz klammern darf und an Reichtum. Das ist wahre Weisheit. Loslassen können."

Der pockennarbige Bruder schnaubte.

„Küchenpsychologie aus dem Mund eines dummen Kindes", spöttelte er.

Der Affe versuchte weiterhin, seine Flasche zu füllen. Der Frust darüber, dass er das tanzende Wasser nicht einfangen konnte, brachte das Tier – oder besser gesagt Jorge – schier um den Verstand. Dann hielt er die Flasche gegen die Sonne, wo sie glitzerte, als schlüge sie tausend Funken. Aber außer Luft war nichts darin. Rasend vor Wut schleuderte Jorge sie beiseite, sprang von der Schulter des Baker-Bruders ab und stürzte sich mitten in die Quelle. Er ließ seine rosafarbene, kreuzotterlange Zunge hervorschnellen und begann das Wasser gierig aufzuschlabbern. Ein einzelner Tropfen blieb auf der Zunge kleben. Die Gebrüder Baker vergaßen mich auf der Stelle und wirbelten fasziniert zu ihm herum.

Der Bach plätscherte sein leises Lied, der Wind rauschte in den Baumkronen, die Bienen summten, aber über all dem hörte ich das ekelerregende, gierige Gurgeln und Rülpsen des Affen, der verzweifelt versuchte, das tanzende Wasser einzusaugen. Wir sahen zu und die Zeit schien stillzustehen.

Die Kreatur vor unseren Augen, dieses schnatternde Tier, war einst ein Mensch gewesen. Was es in seinen dreihundert Lebensjahren alles miterlebt haben musste! Ich sah in sein runzeliges kleines Gesicht und konnte hinter der gelblichen Haut und dem weißen Fell immer mehr Menschliches erkennen. Das vorgereckte Kinn, der Mund ... ja, die zitternden Dinger, die zwei Reihen fauler Zahnstümpfe umrahmten, konnte man durchaus Lippen nennen. Und dann waren da natürlich die gelben Augen, die so arglistig, so verschlagen dreinblickten. Schon bei der ersten Begegnung hatten sie mir eine Heidenangst eingejagt.

Und nun begann das Wesen sich zu meiner Verblüffung langsam in einen Menschen zurückzuverwandeln. Das Fell wich hinter die Ohren zurück, die Augen wurden länger und breiter, der Mund ein wenig voller. Unter der Affenmaske kam das Menschliche – und beinahe schon Schöne – immer stärker hervor.

Der Affe hielt inne, starrte auf seine Hand. Büschelweise fielen die Haare aus, gaben den Blick auf nackte Haut frei. Ein triumphierendes Lächeln hellte das Gesicht der Kreatur auf, sie legte den Kopf in den Nacken und stieß das markerschütterndste Geräusch aus, das ich je gehört hatte, halb animalisches Geheul, halb Ausdruck überschwänglicher menschlicher Freude.

„Ich habe gewonnen!“, krächzte das Wesen. Zumindest meinte ich, das verstanden zu haben, denn die Verwandlung zum Menschen war noch nicht abgeschlossen.

Die Gebrüder Baker fassten es als Signal auf, stiegen ebenfalls ins Wasser und begannen gierig wie verdurstende Tiere zu schlabbern. Das tanzende Wasser, das nicht gefangen werden wollte, machte es ihnen nicht leicht. Immer wieder schwappte und platschte es zur Seite, um den reptilienartigen Zungen der beiden auszuweichen. Die Bakers boten in ihrer nackten, unverhohlenen Gier einen wirklich beängstigenden Anblick. Das war zu viel für mich. So böse diese Männer auch waren, ich konnte nicht einfach dastehen und zusehen, wie sie sich selbst zu endloser Qual verdammten.

„Nein!“, schrie ich, sprang nach vorn und packte einen der Brüder bei der Schulter. „Tun Sie das nicht!“

Ohne auf mich zu achten, steckte er den Kopf nur noch tiefer ins Wasser und schnappte nach dem flüchtigen Nass. Wasser rann ihm aus den Mundwinkeln und das Kinn hinab. Die Bakers achteten weder auf die uralten Bäume, die auf sie herunterblickten, noch auf den missbilligenden Atem der sie umgebenden Natur, auf die Unheil verkündende Stille, die ich so deutlich hören konnte wie das lauteste Brüllen.

Die Bakers hatten gefunden, was sie suchten. Tante Hilda hatte sich geirrt. Es gab etwas, was diese Männer noch viel mehr begehrten als Gold. Unsterblichkeit. Und jetzt hatte sich ihr sehnlichster Wunsch erfüllt.

Sofort begannen die Pockennarben im Gesicht des einen Bruders abzuheilen. Einen Moment durchzuckte mich der Gedanke an die Narbe auf meiner Wange und versetzte mir einen Stich. Es wäre so leicht gewesen, sie ebenfalls loszuwerden. Ich könnte eine neue, makellose Kit sein, immer lächelnd und ohne die ganzen Ecken und Kanten, deretwegen Waldo mich immer aufzog. Aber der Gedanke verflüchtigte sich sofort wieder, als ich den Blick erneut auf die beiden Narren vor mir richtete.

Sie schauten einander an. Zwei bleiche junge Männer. Zwei strahlende Männer in der Blüte ihrer Jugend. Es war, als hätte ihnen jemand die Gesichtshaut aufgeschnitten und straff hochgezogen. Pockennarben, Wundkrater, Falten, Makel jeglicher Art waren wie durch Zauberhand verschwunden. Die Bakers sahen so makellos aus wie griechische Götter.

Sie lächelten nicht, starrten einander nur mit einer unbeschreiblichen Gier an. Auch der Affe hatte seine Verwandlung mittlerweile bis zum Ende durchlaufen. Mit stolzgeschwellter Brust stand er neben den Bakers, ein gut aussehender junger Mann mit olivbrauner Haut, schwarzen Augen und einer arroganten Nase.

„Komm, Kit“, sagte Maya. „Es wird Zeit, nach Hause zu gehen.“

Sie verschwand hinter den Bäumen, und ich folgte ihr wie von einem starken Magneten angezogen.

„Das wird nicht lange halten!“, rief ich den drei Männern noch über die Schulter zu. „Wenn Sie diesen Ort verlassen, ist alles wieder hinfällig.“

Drei panisch aufgerissene Augenpaare folgten mir.

„Unsinn!“, brüllte der eine Bruder. „Wir trinken in London dann auf dein Wohl!“

„Keine Sorge!“, keifte der andere, die dicke Oberlippe geschürzt. „Wir werden dich ein für alle Mal von deinen kindischen Macken heilen.“

Ihre Drohungen glitten an mir ab. Konnten sie nicht begreifen, dass das Wasser nur wirkte, solange sie sich hier in Shambala aufhielten? Eine schreckliche Entscheidung für solch gierige Menschen: entweder in diesem bescheidenen Paradies bleiben, ohne Reichtümer, ohne Samt und Seide, oder in ihre Luxuswelt zurückkehren und dafür miterleben, wie das Phantom ihrer Jugend sich im Handumdrehen wieder verabschiedete.

Die Äste der Bäume schlossen sich über mir, sperrten die Rufe der Gebrüder Baker und des Affenmenschen aus. Es fühlte sich gut an, hier im Wald zu sein. Sattgrüne Blätter und Ranken schoben sich vor meine Augen, besänftigten mich mit ihrer jahrhundertealten Weisheit. Ich war mir sicher, die richtige Entscheidung getroffen zu haben.

Niemals würde ich auf diesen Tag zurückblicken und mir wünschen, ich hätte anders gehandelt. Es war mir lieber, die alte Kit Salter zu bleiben, mit all ihren Macken und Flausen, als mich in ein Lebewesen zu verwandeln, dessen Schönheit nur eine flüchtige Maske und dessen Seele mit ewiger Verdammnis geschlagen war.

Epilog

So weit waren wir gereist und doch kamen wir mit leeren Händen zurück. Wir hatten weder das von Tante Hilda so begehrte Gold gefunden noch kostbare Altertümer. Selbst der diamantenbesetzte Turban, den der Maharadscha Waldo geschenkt hatte, war in den wilden Bergen verloren gegangen. Nur meinem Vater war das Manuskript von Pater Monserrate geblieben, das ihm so lieb und teuer war, auch wenn es für den Rest der Welt kaum einen Wert besaß. Von außen betrachtet war unsere Expedition nach Indien ein Misserfolg auf ganzer Linie. Oder mehr noch eine Tragödie, wenn man an den armen Gaston Champlon dachte. Der tapfere Franzose hatte Tante Hilda aus der Lawine gerettet – und dafür mit seinem eigenen Leben bezahlt. Eine Weile hofften wir noch, ein Wunder würde geschehen und er würde doch noch gefunden werden. Aber die Zeit verging und wir erfuhren nichts Weiteres über sein Schicksal.

Und dennoch.

Für mich bedeutete unsere Expedition nach Indien und vor allem meine märchenhafte Reise nach Shambala alles andere als ein Scheitern. Ich hatte so unglaublich viel gelernt – auch wenn ich dies gar nicht so recht in Worte fassen kann. Die Großzügigkeit der Menschen, die ich kennenlernen durfte, hatte mich zutiefst gerührt. Ich hatte Schmerz und Angst überlebt. Und vor allem hatte ich begriffen, dass Loslassen manchmal wichtiger ist als Festhalten. Dass es gut sein kann, zu verzichten. Und dass sich ein Herzenswunsch manchmal dann erfüllt, wenn man begriffen hat, wie leer dieser Herzenswunsch gewesen ist.

Meine Erinnerung an die Heimreise von Shambala ist noch vernebelter als die an die Reise dorthin. Die Beschützerin hatte mich durch einen schmalen Bergpass hinausgeführt, durch die Endlosigkeit von Eis und Schnee, bis ich knapp hinter der Grenze zu Indien wieder auf Tante Hilda und die anderen gestoßen war. Das muss Tage oder gar Wochen gedauert haben, aber in meiner Erinnerung waren es nur wenige Stunden. Und schon bald danach war mir all dies nur noch wie ein Traum erschienen. Bis auf eines: einen kleinen Fetzen orangefarbenen Stoffes, den ich vor dem Abschiednehmen aus Mayas Gewand herausgerissen hatte.

Ich habe das Stück Stoff immer noch. Ich bewahre es in einer geschnitzten indischen Schatulle aus Sandelholz auf, die neben meinem Bett steht. Es ist mein einziges Andenken an Shambala.

Viele Wochen lang hörten wir nichts von den Gebrüdern Baker, dem Maharadscha und dem abscheulichen Affenmann Jorge.

Dann, eines Tages, wurde Tante Hilda zu einer Party eingeladen, die von Florence Nightingale und dem Prinzen von Wales ausgerichtet wurde. Und die Bakers waren auch da! Tante Hilda konnte es kaum fassen, wie sie sich verändert hatten. Ihre Haut glänzte immer noch jung und frisch, ihre geisterhafte Erscheinung war einer Aura des blühenden Lebens gewichen. Sie seien beinahe hübsch gewesen, berichtete meine Tante. Der Prinz habe gescherzt, die beiden hätten wohl „in Baden-Baden ein Bad im Jungbrunnen genossen".

Die Gerüchte, dass auf den beiden Männern ein Mumienfluch läge, verstummten. Aber als ein ungeschickter Kellner einen Tropfen Wein auf den Handschuh eines Bruders geschüttet hatte, hatte Tante Hilda einen Blick auf die Hand darunter erhaschen können.

Und was sie da sah, erschreckte sie bis ins Mark. Das war gar keine richtige Hand, sondern eine Klaue. Ein runzeliges, verschrumpeltes Ding, das eher einer Affenpranke ähnelte als einer menschlichen Hand.

Fürwahr, der Segen begann sich schon in einen Fluch zu verwandeln.

Tante Hilda war wegen Champlon am Boden zerstört. Aber sie ist nicht die Sorte Frau, die sich in ihre Trauer verkriecht. Oder sich mit einer Niederlage abfindet. Nur wenige Wochen nach unserer Rückkehr nach Oxford stürmte sie an einem besonders feuchten, windigen Nachmittag in unseren Salon und verkündete, sie habe überwältigende Neuigkeiten. Die Royal Geographic Society wolle ihr einen Orden verleihen! Schon für die nächste Ausgabe von deren Fachzeitschrift sollte sie einen Artikel darüber verfassen, wie sie, Hilda Salter, es als weltweit erster Mensch geschafft habe, das verbotene Land Tibet zu betreten. Stolz präsentierte sie uns die Rohfassung ihres Artikels. Die Überschrift lautete:

Unbezwingbare Forscherin auf dem Dach der Welt –
Hilda Salter enthüllt die Geheimnisse der Heimat
des Yeti

Schnell sprangen die *Times* und die *Morning Post* auf den Zug auf und brachten ebenfalls Berichte über Tante Hilda. Und so kam sie in den Genuss der einzigen Sache, die ihr noch mehr bedeutete als das Gold des Himalajagebirges – sie wurde berühmt! Stolz vertraute sie uns an, sie rechne täglich damit, zu einer Privataudienz mit Königin Victoria geladen zu werden.

Mein Vater erholte sich erfreulich schnell von seinen Magenbeschwerden und nahm sich vor, nie wieder auf Reisen zu gehen. Das nehme ich genauso ernst wie all seine anderen Schwüre und Versprechungen. Also gar nicht. Denn mein Papa vergisst seine Vorsätze immer schon zwei Sekunden, nachdem er sie geäußert hat.

Der arme Waldo war wegen seiner verlorenen Fingerkuppe der tragische Held unserer Expedition. Wochenlang schien es, als würde er nie wieder eine Waffe bedienen können, und seine Handschrift ließ wahrlich sehr zu wünschen übrig. Aber eines Tages kam Isaac dann breit grinsend herein und verkündete, er habe für Waldo einen künstlichen Finger gebaut. Sofort stülpte Waldo sich diesen über und es dauerte nicht lange, da merkte er kaum mehr, dass der Finger nicht sein eigener war. Ehrlich gesagt, finde ich, seine früher gar nicht so berühmte Treffsicherheit hat sich dadurch erheblich gesteigert.

Und zum guten Schluss noch die beste aller Nachrichten: Miss Minchin ist in Baroda geblieben und genießt das luxuriöse Leben im Palast des Maharadschas. Ich rechne täglich damit, eine Heiratsanzeige in der Post vorzufinden.

Natasha Narayan
wurde in Bangalore in Indien geboren.
Im Alter von fünf Jahren kam sie nach England.
Heute lebt sie als Journalistin in Oxford
und schreibt unter anderem
für den *Observer* und die *Daily Mail*.

Leseprobe aus
„Die Abenteuer von Kit Salter:
Der Fluch des grünen Skarabäus“
978-3-473-34783-4
von Natasha Narayan

„Das ist kein Sack mit Steckrüben, Sie ignoranter Flegel!“, fuhr Tante Hilda einen Gepäckträger an, der unter dem Gewicht einer Kiste von der Größe eines ausgewachsenen Sarges ächzte. „Ich bin doch nicht den ganzen Weg von Memphis angereist, um die Schätze des Pharao hier von einem nachlässigen Bengel zerstören zu lassen!“

Der „Bengel“, von dem sie sprach, war in Wirklichkeit ein Mann mittleren Alters. Tante Hildas Geschimpfe machte ihn nur noch unsicherer; ich fürchtete schon, er könnte die Kiste tatsächlich fallen lassen.

Hinter Tante Hilda zappelte mein Vater wie eine wild gewordene Marionette herum. Das war ein unglaublicher Tag für ihn, und in seinem Gesicht spiegelten sich die Leiden, die er durchmachte, ganz deutlich wider.

Ich zwängte mich mit meinen Freunden im Schlepptau durch die Menschenmenge.

„Kit? Wieso bist du nicht bei Miss Minchin?“, fragte mein Vater überrascht.

„Du hast doch gesagt, du brauchst Hilfe.“ Ich baute darauf, dass er sich nie daran erinnerte, was er noch vor ein, zwei Stunden gesagt hatte.

„Oh, schön“, sagte er abwesend, und sein Blick wanderte zu einem anderen Gepäckträger ab, der gerade eine Kiste von einem Wagen herunterhievte.

Tante Hilda gab es auf, den „Flegel“ mit Beschimpfungen zu traktieren, kam auf mich zu und verpasste mir eine forsche Umarmung.

„Können wir uns nützlich machen?“, fragte ich.

„Ah, du hast gleich Freunde mitgebracht! Na, ich denke schon, dass ihr euch nützlich machen könnt. Hier, Abdul braucht zum Beispiel Hilfe. Ich bezahle ihm jeden Monat zehn Schilling – dafür, dass er meine kostbarsten Besitztümer fallen lässt! Das ist Diebstahl am helllichten Tag!“

Ich fand, der arme Abdul machte seine Sache angesichts der riesigen Ausmaße der Kiste ausgesprochen gut, aber ich wusste, dass es auf der ganzen Welt keinen anspruchsvolleren Menschen gab als meine Tante. Wir scharten uns um Abdul herum und gemeinsam trugen wir die Kiste vorsichtig ins Museum. Ein paar andere Gepäckträger folgten uns, beladen mit noch größeren Kisten und Truhen.

Um zur Sammlung Pitt zu gelangen, mussten wir die Eingangshalle des Naturhistorischen Museums mit ihrer Kuppeldecke aus Glas und Stahl durchqueren. Langsam kämpften wir uns an den Vitrinen vorbei, in denen prähistorische Knochen und längst ausgestorbene Schmetterlinge ausgestellt waren.

Isaac liebt das Naturhistorische Museum und nennt

es das beste Museum der Welt. Mir gefällt darin natürlich vor allem die Sammlung Pitt, deren Direktor mein Vater ist. Obwohl die Gänge dort muffig und dunkel sind (manche nennen die Sammlung Pitt auch „das Loch“), beherbergen sie eine ganz bezaubernde Ansammlung von Kuriositäten, eine wahre Schatztruhe voll kunterbunter Kostbarkeiten. Von Hexen-Schrumpfköpfen bis zu hoch aufragenden Totempfählen – hier ist alles zu finden.

Kurz darauf standen wir schon im Vorraum der Pitt, wo mein Vater bereits wartete. Aufgeregt hüpfte er um uns herum und flehte uns an, unsere Last bitte, bitte, nur ganz vorsichtig abzustellen. Der Raum war mittlerweile bis oben hin voll mit Kisten, die teilweise mit dicken Seilen verschnürt und mit der Aufschrift VORSICHT, ZERBRECHLICH! versehen waren.

„Also, Theo – wie lautet der Plan?“ Tante Hilda kam herangerauscht.

„Der Plan?“

„Na, wo gedenkst du, das alles auszupacken?“ Sie deutete unwirsch auf die Kistenstapel. „Ich will überprüfen, ob meine Schätze auch wirklich sicher angekommen sind. Außerdem bin ich mit einem Kerl von der *Illustrated London News* verabredet. Ich gehe davon aus, dass er auch einen Künstler mitbringt, der einen Porträtstich von mir mit der Mumie macht. War bisher jedenfalls immer so.“

„Wie aufregend!“

„Nein, eigentlich ist das ausgesprochen langweilig, aber was soll's. Anscheinend kann die Öffentlichkeit einfach nicht genug von mir bekommen."

„Wir haben extra ein Zimmer leer geräumt. Möchtest du es sehen?"

„Ja, wäre wohl besser. Um sicherzugehen, dass dort kein schädliches Sonnenlicht oder Staub zu finden ist. Meine Sammlung ist etwas ganz Besonderes, Theo. Ich möchte, dass sie gebührlich behandelt wird."

Tante Hilda befahl den Trägern, draußen auf die nächste Kistenlieferung zu warten. Dann verschwand sie mit Vater in einen Flur. Und auf einmal waren wir vier allein mit der Mumie!

Langsam spazierte ich an den Kisten vorbei. „In welcher wohl die Mumie steckt?", fragte ich. Die lange Reise hatte Kratzer und dicke Staubschichten hinterlassen. Tausende von Meilen waren sie gereist, hatten auf dem Rücken von Kamelen geschaukelt, auf den starken Schultern von Gepäckträgern, waren per Dampfschiff und Kutsche transportiert worden. Welche Geheimnisse sie wohl bargen?

„Es muss eine große rechteckige Kiste sein", sagte Waldo. „Ich tippe mal auf diese hier." Er blieb vor einer Kiste stehen, die gerade einen Sonnenstrahl einfing. Waldo legte besitzergreifend eine Hand darauf, als gehörte sie ihm ganz allein, und seine blauen Augen glänzten vor Stolz.

Die Kiste war in verwittertes braunes Papier eingeschlagen und verschnürt. Ein ausgeblichenes Etikett prangte darauf. Wir scharten uns alle um sie herum.

„Was, wenn sie mit einem Fluch belegt ist?", fragte Rachel.

„Mumien bringen nur demjenigen Unglück, der ihre Grabmäler schändet", sagte Waldo. „Ich würde sagen, deine Tante muss gut auf sich aufpassen, Kit."

„Huhuuu, der Fluch der Mumie!" Isaac tanzte um die Holzkiste und stieß schauerliche Geräusche aus.

„Pst!", sagte ich streng. „Das hier ist ein ernsthaftes, wissenschaftliches Museum. Wenn du nur herumalbern willst, mach das bitte woanders."

Ohne mich zu beachten, machte Isaac mit seinem dummen Tänzchen weiter.

„Ruhe jetzt!", fauchte ich.

Endlich blieb Isaac stehen. „Du bist ja schlimmer als die Minchin", schmollte er.

Einen Moment lang versanken wir in Stille, nur das entfernte Rumpeln der Wagenräder draußen war zu hören. Da ertönte plötzlich ein Geräusch. Ein Stöhnen!

Ein heiseres Stöhnen, das aus diesem Zimmer kam. Ich wirbelte zu Isaac herum.

„Raus hier! Mir reicht es mit deinen Späßen!"

„Das war ich nicht."

Wieder ein Stöhnen, lauter diesmal, und begleitet von einem scharfen Knacken. Isaac konnte es eindeutig nicht gewesen sein, außer er hatte sich heimlich in einen Bauchredner verwandelt.

„Die Mumie!“, keuchte Rachel und klammerte sich an mir fest.

Das Geräusch kam aus der größten Kiste, die im Raum stand, aufrecht gegen die Wand gelehnt. Sie war so groß wie ein riesiger Schrank. Hatte ich mir das nur eingebildet oder hatte sie gerade leicht gewackelt?

Ein eisiger Schauer durchzog den Raum, wie der modrige Atem eines Geistes, der seit Tausenden von Jahren tot ist. Eine unerklärliche Angst ergriff mich – und offenbar auch meine Freunde, denn auf einmal waren wir alle wie erstarrt. Dann schüttelte ich mich. Meinen rasenden Herzschlag konnte ich nicht verlangsamen, aber immerhin brachte ich meine Beine dazu, sich vorwärtszubewegen. Langsam näherte ich mich der Kiste, während die arme Rachel mich vergeblich zurückzuhalten versuchte.

Da – wieder das grausige Geräusch! Das Stöhnen. Und diesmal gab es keinen Zweifel mehr daran, dass es aus der Kiste kam.